钱理群
讲鲁迅

钱理群　著

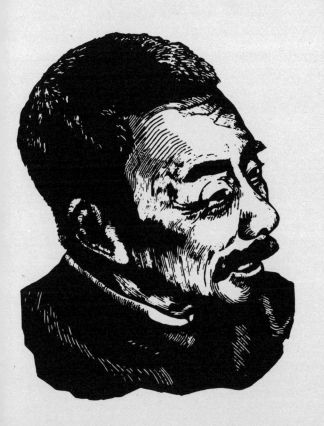

当代世界出版社
THE CONTEMPORARY WORLD PRESS

图书在版编目（ＣＩＰ）数据

钱理群讲鲁迅 / 钱理群著 ． —北京：当代世界出版社，
2022.1
ISBN 978-7-5090-1638-1

Ⅰ．①钱… Ⅱ．①钱… Ⅲ．①鲁迅著作研究 Ⅳ．
① I210.97

中国版本图书馆 CIP 数据核字 (2021) 第 210866 号

书　　名：钱理群讲鲁迅
出版发行：当代世界出版社
地　　址：北京市东城区地安门东大街 70-9 号
网　　址：http://www.worldpress.org.cn
邮　　箱：ddsjchubanshe@163.com
编务电话：（010）83907528
发行电话：（010）83908410
经　　销：新华书店
印　　刷：北京中科印刷有限公司
开　　本：864 毫米×1200 毫米　　1/32
印　　张：10.75
字　　数：195 千字
版　　次：2022 年 1 月第 1 版
印　　次：2022 年 1 月第 1 次
书　　号：978-7-5090-1638-1
定　　价：69.00 元

图书策划：■ 活字文化

目　录

第一讲

我们今天为什么需要鲁迅

论鲁迅的特别之处

我们讨论"为什么需要鲁迅",首先要讨论或者明确的一个问题是:鲁迅是谁?关于"鲁迅是谁",实际上有两种流行的说法。一种说法是我在读中学的时候就被告知的,可能也包括诸位所听过的毛泽东的鲁迅观——鲁迅是伟大的文学家、思想家和革命家。这"三家"并不错,是有一定道理的。但是有一个问题,这么一讲就把鲁迅置于高高在上的位置,离我们比较远,可敬,却不可亲,也不可爱,也就谈不到需要了。实际上今天很多青少年与鲁迅有所隔绝,很重要的一个原因是被这"三家"给吓到了。

这些年又有了新说法,强调鲁迅是一个好爸爸、好丈夫、好儿子。这也有很多事实作根据。但是面对这个新"三好",我不免有一个疑惑:天下的好爸爸、好丈夫、好儿子多得是,干吗需要鲁迅呢?也许有人做爸爸比鲁迅还要好,所以用"三好"来说明鲁迅,同样没有说服力。

我自己对此有一个说法:一方面,鲁迅不是神,他是人,是和我们一样的普通人,因此我们可以接近他;另一方面,鲁迅和我们,和我们大多数人又不一样,他是个特别的人，因为特别所以稀有，因为稀有所以我们需要鲁迅。我想起当年林语堂给鲁迅起了一个绰号，说他是"白象"——大多数的象都是灰色的，鲁迅这头"象"有点特别，是"白象"。据说鲁迅非常喜欢这个绰号，海婴刚出生的时候，鲁迅第一次作为父亲到产房抱起他，一边走一边念念有词地说着"小白象、小白象、小白象"。他把林语堂给他取的绰号传给自己的爱子了。

我们来进一步讨论，鲁迅的特别体现在哪里？简单地说，就是鲁迅的思维方式、感情方式、思想观念，对很多问题的看法，和我们大多数人所习惯的不一样。这样讲可能有点抽象，我们不妨一起来读鲁迅的作品，看一看仅属于鲁迅的一些特别的东西。

很多人问我，读鲁迅作品该读什么。我经常向他们推荐两篇文章。第一篇就是收在《鲁迅全集》第一卷中的《论"他妈的！"》。"他妈的"是中国的"国骂"，每个人都会骂，不过有的人公开骂，像我这样的人讲文雅，公开场合不会讲，但私下里对讨厌的东西也会说"他妈的"。鲁迅说他在农村观察到一个很有趣的现象，一对父子在一起吃饭，那天的饭菜非常好吃，父亲就对儿子说："他妈的，你吃吧。"儿子则回答说："他妈的，你吃吧。"这里的"他妈的"跟我们今天说的"亲爱的"意思差不多。

但这样的"国骂"是不能登大雅之堂的，也从来没有人写文章谈"他妈的"。鲁迅不仅谈了，他还要论，还作出论文，我不知道现在有没有博士论文敢以"他妈的"作为论题的。鲁迅却偏偏要论，而且要"考证"——"他妈的"作为"国骂"是从什么时候开始的。骂人从来就有，中国自古就有，但那时候骂人不骂"他妈的"。骂"他妈的"是从什么时候开始的呢？从晋代，这是鲁迅考证的结果。为什么从晋代开始？晋代有门阀制度，讲究出身，你出身大家族，就什么都有；你出身寒门，就什么都没有。在这种等级制度下，那些寒门出身的人当然对仅凭出身就耀武扬威的大家族子弟非常不满，但又不好也不敢公开反抗。怎么办？只好曲线反抗，你神气活现，不就是有个好妈吗？那我就骂"×你妈的"，这就出了一口气，心里也似乎好受一点。这或许可以说是"迂回胜利"吧，但在鲁迅看来，这是"卑劣的反抗"，是阿Q的"精神胜利法"。这样，鲁迅就从"他妈的"这句"国骂"里发现了两个重要的东西，一个是中国国家体制中的等级制度，另一个就是国民性的弱点，并由此得出结论：只要中国社会还有等级制度存在，就会不断地有"国骂"，有"他妈的"。

我们不由得会想到今天。我们读中学时流行过一句话："学好数理化，走遍天下都不怕。"现在则说："有了好妈妈好爸爸，走遍天下都不怕。""官二代"永远是官二代，"穷二代"永远是穷二代，在这种情况下，就很容易出现"国骂"，"他妈的"不正风行于当下的中国吗？

你们看，"国骂"本来是个司空见惯的东西，我们平常都习惯了，没有任何人对这个问题提出质疑。但是鲁迅提出了质疑，而且还把问题开掘得如此之深。这样的文章，这样的思维，除鲁迅之外不会有第二个人，《论"他妈的！"》也从此成为绝无仅有的一篇奇文。

我要郑重推荐给大家的第二篇文章，题目也很怪，叫《我要骗人》。很多人都认为鲁迅是说真话的，但鲁迅却说："我不想讲假话，但我并没有把我心里想讲的东西全部说出来。我说出一部分，人们就说太冷。如果我内心的冷气全部说出来，还有人愿意接近我，那这个人就是我真正的朋友。"可见鲁迅是有所讲又有所不讲，并没有把想讲的话全部讲出来；而且，鲁迅还公开承认，在一定条件下，他还要"骗人"。鲁迅讲到一个真实的故事：有一年冬天，他从家里走出来，在门口遇见一个小女孩。那时候有很多地方发生水灾，这个小女孩正在为灾民募捐。她见到鲁迅就抓住他的手，请求捐款。鲁迅作何反应呢？鲁迅知道，当时的国民党政府已经相当腐败，小女孩辛辛苦苦募捐来的钱是不会落到灾民手里的，一定会被那些水利局的老爷们给贪污掉。因此在他看来，小女孩的募捐是没有意义的。这是鲁迅心里想讲的话。但是鲁迅问自己：能把这些话讲出来吗？能对小女孩说，你这样做没意义、没价值吗？看到她那渴望的、热切的眼光，真的就说不出来。不但不会讲真话，还要骗她说，你做得非常好，我感激你。于是鲁迅就从兜里拿出一大把钱给小女孩。小女孩紧紧握住鲁迅的手连声谢谢。看着小女孩的身影越走越远，她手的温热还感觉得到；但鲁迅分明感到，这手温像火一样烧灼着他的心——他骗了这个女孩子！鲁迅又反躬自问，难道我能不骗她吗？在那个时代，我能够处处、时时都说真话吗？他又想起远在北方的母亲已经八十多岁了，整天念叨的是要长生不老。他能对老母亲说，您不会长寿，您迟早要死的吗？他不但不能这么说，还要安慰她：母亲，您一生做了这么多好事，您一定长寿！但他的心里却明白，他说的不是真实。鲁迅由此得出结论：现在还不是披沥真实的时候，"我要骗人"！

不知道诸位听了这个故事怎么想，我是非常受震动的。我觉得，能够公开说真话的人固然了不起，但能够像鲁迅这样，如此真诚、坦率地承认自己也骗人，恐怕更应该得到我们的尊重。

这就引出了一个非常严肃的，也是我们每个人每一天都会遇到的问题——我们应该"如何言说"？这就要谈到鲁迅《野草》里的一篇文章，题目就叫《立论》。其实我们每天讲话都是在"立论"，问题是：如何立论？鲁迅设想了一个梦中的情景：一位老师正在教学生作文如何立论，讲了一个故事：有一户人家生了一个孩子，过满月的时候请亲戚朋友喝酒。一位客人说，这孩子将来要死的，结果招致一顿好打；另一位客人说，这孩子将来要发财升官，得到了众人的欢呼。这就说明说真话要遭打，说假话反而受欢迎。学生问，老师，我既不愿意说假话，但也不愿意说真话被打，那我怎么办？老师对他说，你就这么回答吧："哎呀，这孩子，你瞧他多么……，哈哈哈哈哈……"

文章中提出了三种说话方式：第一种，按照事实说话，说真话；第二种，按照别人的需要说话，说假话；还有一种，就是说模棱两可的话。我读到这里也很受震动。因为我自己，我们每个人、每天都面临着这三种选择，而且最后选说真话、老实话、心里想说的话的不多，大多数情况下，我们都在说假话，说不着边际、模棱两可、大家都这么说、自己也未必明白和相信的话。但谁也不去想它，不敢去正视它；但是鲁迅正视了，想了，还严肃认真地提出来了。鲁迅的特别就在这里。

这使我想起一件往事。很多年前，我收到一位大学生的来信。这位大学生马上就要毕业了，但学校领导提出一个条件，每一个学生都必须对某一问题表态，不表态就不能毕业。但他实在不愿意表态，就写信问我，钱老师，您说怎么办？我收到这封信时也不知道该怎么回答。我似乎可以这么说：你要拒绝表态，不说违心的话。但我能这么说吗？我已经当教授了，他连大学还没毕业。我说这话倒是轻松，显得很正确，挺崇高；但这个年轻人如果听了我的话，就不能毕业，连工作都没有了，这怎么行？我反复考虑，想到鲁迅关于立论、关于"我要骗人"这番话，就按我的理解，对这位大学生讲了三点意见：第一，说真话本来是一个人的基本道德，但在中国却是一个很高的境界；作为年轻人，你自然应该追求最高境界，要尽可能地说真话。第二，有时候真话说不了，你可以沉默，不说话、不表态就是了。第三，有时候不表态也不行，你必须说话，而且必须说假话，怎么办？那就说假话。但是说假话也有三个条件，也可以说是必须坚守的三条底线：第一，要分清是非，认识到你这次表态是错误的。这话讲起来简单，但在生活中，有些人开始说假话时很勉强，后来讲多了便认为讲假话是对的。现在很多人不就是在理直气壮地讲假话吗？这就过了线了。你心里的是非必须清楚：讲真话是对的，讲假话是错的，这一点不能含糊。第二，说假话必须是被迫的，不能去为了自己的私利主动说假话。第三，说假话绝对不能伤害到第三者。你违心地表个态，自己承担责任与后果，但绝不能去检举别人，即所谓"戴罪立功"，那也是过线了。

这就是我在鲁迅启发下得到的三条说话原则：一、尽量说真话；二、不说话；三、在特殊情况下，不得不说假话，但也要守住三条底线。我这样的理解，是否歪曲了鲁迅的意思，欢迎大家批评、讨论。

对公共价值观的肯定与质疑

　　下面我们再看看鲁迅对公认的价值观念，即所谓的公理、公意或定论的看法。在一个社会里，会有很多公论，如科学、民主、平等、自由和爱国等，这些都是公认的价值观，似乎没有什么讨论的余地，接受、照办就是了。但鲁迅的态度却远没有这样简单、明确。他是如何看，又怎样对待的呢？

　　先说科学。鲁迅早在《科学史教篇》一文里就说过，科学尤其是西方的现代科学传入中国，对中国未来的发展将会有深远的影响，所以他非常强调科学和科学思维。但在肯定的同时，鲁迅又提出警告：如果把科学当成一种宗教，陷入科学崇拜的陷阱，也就是我们今天所说的陷入唯科学主义，那么就可能使人生陷入枯竭，就会缺少美感、想象力以及人类自身所拥有的情感。当你过分理性化，完全用理性思维来看待和对待社会、人生，就会压抑人的非理性，造成人性之不全。鲁迅的态度是，既赞成、提倡科学，又对科学可能带来的负面影响保持高度警惕。

　　这是鲁迅的科学观。

　　再看民主。鲁迅当然是民主的支持者、鼓吹者，但也提醒我们，民主有一条基本原则叫"少数服从多数"。如果因此忽略了少数人的不同意见和权利，就会导致多数人对少数人的压迫，即所谓"多数人专政"。就拿当下最为盛行的网络来说，一方面确实大大增强了普通网民的知情权、发言权，促进了民主的发展；但弄不好也会造成"网络暴力"，对此大家应该都有体会。因此我们也就不难理解鲁迅的民主观——既肯定民主，同时又质疑民主。

还有平等。鲁迅作为左翼知识分子，当然强调平等，但他也提醒我们，平等绝对不是平均主义。如果你因为强调平等而否定竞争，把一切都削平，结果就是把最高的砍掉了，最低的也上不来，反而会造成新的社会问题，甚至带来新的灾难。对于平等，鲁迅也是既肯定又有质疑。

再说自由。鲁迅当然强调自由，有记者曾经问过鲁迅，如果你现在面对一个中学生，你准备对他说什么？鲁迅说，我要对他说，第一步要争取言论自由。但他同时提出来，自由和平等可能是矛盾的。他批评当时的自由主义者，说你们讲自由是对的，但如果过分强调自由，陷入纯粹的精英意识，就有可能忽略社会平等。

还有爱国。鲁迅毫无疑问是爱国主义者，这里也可以讲一个故事。鲁迅临死之前，曾托他的三弟周建人带一封信给二弟周作人，这可能是周氏兄弟的最后一次对话。当时正是抗日战争的高潮时期，鲁迅在信中说，他注意到北方的很多教授都在救国宣言上签了名，但周作人没有签。鲁迅当然了解周作人为何不签，他和周作人有一个共同的看法：救国主要是政府的事，过分打民意牌来救国是不行的。在这个意义上，签名并不是特别有意义的事情，鲁迅是理解的。但是他又提醒二弟：一个知识分子在民族生存问题上态度是绝对不能含糊的，你必须坚持爱国主义。这恰好击中了周作人的要害。因为在周作人的观念里强调个体的人、世界的人，却恰恰忽略了作为社会的人、作为民族的人。国家、民族观念的淡薄，这是周作人最后成为汉奸的内在原因，他为了救赎自己，而不惜牺牲民族的利益。鲁迅在这里提醒我们，在存在着民族、国家的现代社会里，每一个国民包括知识分子，不管有怎样的理想、信念，都应该有基本的民族立场，都应该是一个爱国主义者。在这一点上鲁迅是不含糊的。但按照他的思维习惯，他也对过分宣扬爱国主义、民族主义提出了自己的担忧。

鲁迅要人们警惕那些爱国的自大家。他举例说，当时有这样一些言论：中国地大物博，开化最早，道德天下第一；外国文明虽然好，但中国的精神文明更好；外国人的东西中国早就有过；外国也有叫花子，因此中国最好。鲁迅说，这样的人完全不看自己民族的弱点，表现为"爱国的自大"，因此拒绝改革。中国现在已经是天下第一了，还改什么？然而不改革，中国就会走向灭亡，所以鲁迅把这种爱国者称为爱亡国者，爱的是亡国，不是爱国。他提醒人们，别看外国人总说中国好，其实有些外国人是希望中国成为他们赏玩、谋利的工具，对这种别有用心的吹捧者要保持必要的警惕。

鲁迅还提出了另一个命题。一九三四年，正是中日关系最紧张的时候，鲁迅写文章说我们要向日本人学习。不管日本人有多少毛病，但"认真"这一点很值得中国人学，中国人最大的毛病就是不认真。鲁迅提出这个命题很快就招来一顿臭骂，从此戴上"汉奸"的帽子，直到今天。其实鲁迅是对的，两个人如果打架的话，怎样才能完全把对方打垮，只有把他的优点学过来，才能彻底地战胜他。鲁迅这种敢于向敌人学习的态度，才是真正的爱国主义，而那些拒绝向敌人学习的人，恐怕很难说是真正的爱国主义者。

这也引申出一个很严肃的问题，中国人如何和外国人相处。鲁迅说，中国人对于外国人，历来就有两种称呼，一个叫他禽兽，一个叫他圣人。当自己软弱的时候，就把外国人当作圣人捧起来；当自己强大了，就把外国人看作禽兽。其根本原因正在于没有真正的民族自信力，只好在自卑与自尊之间来回摇摆。鲁迅提醒我们，在强调爱国主义、民族主义的同时，必须要警惕极端的爱国主义。爱国主义发展到极端，就可能变成一种非理性；而陷入非理性的思维和情感中，对国家和民族的发展没有任何好处。

由此可见，鲁迅对我们习以为常、从不怀疑的东西，如科学、民主、自由、平等、爱国，都持有一种非常复杂的态度。他不是简单地肯定或否定，而是在肯定中有否定，在肯定中有质疑。他强调既要吸取这些价值观念，同时也要保持质疑的态度。要在吸取与质疑、肯定与否定之间不断旋转，从而使自己的思考逐步深入。这是一种我称之为鲁迅式的、既有坚守又有质疑的思维模式。

对传统伦理的看法

我们再来看看鲁迅对传统伦理道德的看法，这在今天也是有意义的。比如说，我们今天大讲孝道，其中有一个观念叫"报父母之恩"。鲁迅对此提出质疑，他说得很坦率，我想今天还是会让一些人感到难以接受。他说，父母为什么生孩子，有两个原因，一个是要延续后代，延续生命，另一个就是要满足性交的欲望。可以说是出于人的本能而生下子女，这有什么"恩"可谈？说穿了，强调"恩"的背后，是隐含着一个"因为我生了你，所以我有权力支配你"的逻辑。我有"恩"于你，因此你必须服从我。这完全是一种父权主义的思维，把父子关系变成了权力关系。鲁迅所要质疑的正是这一点。

鲁迅说，你去看农村的家庭主妇，她在哺乳婴儿的时候绝不会想到自己正在施恩。一个农夫爱他的子女，也绝不会想到他是在放债，将来孩子长大了要还债。所以鲁迅说，实际上这都不是真正的爱，真正的爱是超越交换关系和利益关系的天性的爱。父母对子女的爱，子女对父母的爱，都是出于人的本性，没有什么道理可讲。而所谓的报恩，实际上是一种权力观念。这种话现在讲起来可能还是会让很多人觉得大逆不道，但这恰恰是在抵制当今社会无所不在的权力意识对父子、母女关系的侵蚀。鲁迅要做的，就是要捍卫和恢复人的本性、本能的天伦关系。

还有许多人觉得更难接受的，是鲁迅关于爱的说法。《野草》中有一篇文章叫《过客》，其中有一个细节非常有意思。有一个人一直往前走，前方有他所要追求的东西，走着走着，最后走累了，流血了。这时他遇到一个小女孩，出于对这个过客的同情和爱，小女孩拿出一块破布给他，说请你包扎一下伤口吧。我们看这位过客是怎么反应的：他先是非常感动，立刻接受了这块破布，连声说谢谢。因为过客这样孤独的战士，内心是渴望别人对他的同情和爱的。但稍想片刻后，过客又坚决地把这块破布还给了小女孩，说我不但要拒绝你对我施恩，还要像老鹰一样在你的周围盘旋，祝福你早日死亡。这就不能让人理解了，他渴望爱，又拒绝爱，还希望爱他的人早点死亡。

还有一个故事，是关于鲁迅的好朋友许寿裳的。许夫人去世时，鲁迅发去了一封唁电。他先对许夫人的去世表示悼念，这是人之常情，但接着又说了一句话，他说反过来想，嫂夫人这么早去世，可能对你们孩子将来的成长是有利的。这就让人感到费解了。后来有个大学生写信给鲁迅，说他不懂为什么要拒绝爱，甚至要诅咒爱？鲁迅说，非常简单，比如我们两个人彼此不认识，相互之间没有任何感情纠葛，有一天在战场上搏斗的时候，我可以毫不犹豫地一枪打死你。但现在我们认识了，有了感情，以后短兵相接的时候，我就不忍心开枪了。这样的情感纠葛，包括父母对子女的爱，会妨碍一个人的独来独往，妨碍一个人做出自己独立的选择。比如说，我的老母亲在北京，她时刻关心着我的安全，因此我做什么事情，都要考虑母亲的反应。本来我一个人在上海可以做很多想做的事情，但是有了母亲的爱，就有了束缚，在做选择的时候不能不多些犹豫。

鲁迅说人的独立性，常常会蹉跌在爱上，这也是一个很奇怪的命题。但其实我们应该很能理解这一点。我注意到一个很有趣的现象：中学生到了高中，特别是到了高二、高三阶段，要告别童年的时候，常常会有一种脱离父母的欲望，想摆脱父母对自己的约束，这时候子女和父母的关系会非常紧张。从孩子的角度说，他要求独立；从父母的角度说，父母对孩子有着过分的爱，而这种爱又常常建立在不了解孩子真正需求的基础上，反而成了对孩子的束缚。有一个说法叫作"爱的专制"，认为爱有亲和的一面，也有专制的一面。从这个意义上说，中学生想要摆脱父母的束缚，其实是一种内在的反抗——想要摆脱"爱的专制"，而父母却不理解孩子要求独立的愿望。这样的"爱的专制"的命题与思维，看起来很难让普通人接受，事实上又在时时困惑着每一个人，是处于成长期的青少年告别童年、进入成年时一个最困难的生命命题。但谁也不敢触及，回避之不及，唯有鲁迅敢于正视，并公开揭示出来。他的良苦用心，是要将人的本性的爱，提升到一个理性的高度。我们也可以从中看出，鲁迅是真正懂得人性，以及人性的复杂性和丰富性的。

正面文章反面看

我们再来看看鲁迅是怎样看待中国人的言说的。他对中国人的言说，包括报纸上的宣传，有两句概括：中国是一个文字的游戏国，中国人是做戏的虚无党。我看了很有同感。汉语可以说是全世界最灵活的语言，任何事情不好提，用汉语一说就变好了。比如说失业，我们不叫失业，叫待岗，一听待岗，就说明有工作的希望，好像问题就不严重了。这就是中国语言特有的灵活性，从另一个角度说就是游戏性。鲁迅因此提醒我们，在听中国人讲话、看中国人写的文章的时候要注意，"有明说要做其实不做的；有明说不做其实要做的；有明说做这样，其实要做那样的；有自己要这么做，倒说别人要那么做的；还有一声不响就做了的"。听到这样的讲话或宣传，如果你真的相信了，用鲁迅的话说，你就是个笨牛；如果你还照别人说的话认真做起来，那就是不合时宜。所有人都知道他在说谎，但每个人都做出一副相信他说的是真话的样子，而且这已经形成为游戏规则。如果你说破了，你反而成为公敌。

如何看待报纸的宣传，鲁迅也认为是一个很大的难题。往往它拼命说什么，反而是因为它缺什么。鲁迅举例说，我们平时不会想起自己的脑袋或肚子并因此对它们进行特别的保护。但有一天他头疼或者拉肚子了，便会到处讲我们要注意卫生。如果听到这些话就以为这个人是个卫生家，你就上大当了。鲁迅由此写了一篇杂文，题目又怪又长，叫《由中国女人的脚，推定中国人之非中庸，又由此推定孔夫子有胃病》。为什么说孔夫子有胃病呢？因为孔夫子有一句话叫"食不厌精"，如此强调饭菜要精细，就因为他有胃病嘛。当然这只是一篇游戏文章——鲁迅有许多这样的游戏文章，很值得一读，因为他在半开玩笑之中，讨论了许多严肃的问题，既好玩，又发人深思。

前面我们说鲁迅追问"我们自己如何言说"；现在，他又要讨论"如何看待别人的言说，特别是那些冠冕堂皇的言说"。鲁迅说他有一个经验，就是"正面文章反面看"。这样去看报纸上的宣传，"大人物"的演说、报告，就很可怕。鲁迅举例说，当时报纸上登出一条消息，说国民党军队在某地和日军奋战多少天，歼敌多少人。正面文章反面看，你就明白了：根本没打。还有一篇报道，说日本某要人到中国访问，没有任何其他目的。不用说，这背后肯定有一个大阴谋，越说"没有"就越"有"。

恐怕不仅报纸如此，现在的网络也是如此。近年来西方学界有一个说法叫"后真相时代"，也就是说现在已经没有真相了。报纸上讲的很多是假的，网络上很多也是假的。所以我最近跟一个大学生谈话，说你看网络消息，千万别随便义愤填膺地表态，因为你可能义愤填膺表了半天，最后发现是假的，就陷入了尴尬。进入"后真相时代"，对于所有的问题，包括别人讲的话、宣传的话、网络上的话，都要有独立的思考、独立的判断，不能随便轻信。但是反过来也不能随便质疑，报纸不能全都说假话，有时候也会说真话，如果什么都正面文章反面看，那就走到了另一个极端，就会陷入虚无主义的困境。

对一些思维定式的质疑

鲁迅还对很多我们的思维定式，以及成为一种感情选择的东西提出了质疑。比如人们在回忆过去的时候总有一种倾向叫"避重就轻"。回忆童年时只想最美好的方面，同学聚会时的怀旧也都是讲当年如何好，从不讲让人不愉快的事情。我听过一些老红军演讲，从来只讲当年打仗如何勇敢。我这个人受鲁迅影响很深，心想你没打过败仗吗，你大部分时间都应该是打败仗的，打胜仗是少数。但是他们从来不谈败走麦城，只会谈如何"过五关斩六将"。这是可以理解的，人的本性就是趋利避害的，这是一种本能的思维和情感选择。

但是鲁迅对此提出了质疑。他问了三个问题：第一，童年就这么美好吗？他写过一篇文章叫《风筝》，现在编入教材了。鲁迅回忆童年回忆什么？他不回忆最光彩的事情，就回忆他做的一件错事，他把弟弟的风筝给踩了。其实我们每个人在童年的时候也都做过类似的事情，但是我们都不会去谈，只有鲁迅谈，而且提升到一定高度，说这是对弟弟的"精神虐杀"，而且还不给自己后悔的机会——当我发现当年做了错事，就想现在做点弥补，跟弟弟一起再放风筝，但放来放去放不了了，两个人都老了，还放什么鬼风筝！我又对弟弟说，对不起，我当年踩了你的风筝。弟弟回应说，真的吗？我早忘了。连道歉都不行，这是一个无法挽回的错误，一段无法遗忘的痛苦经历。

当人们不满意于现实，就常常把希望寄托于未来，想象那是一个多么美好的黄金世界，这样的"乌托邦幻想"大概也是人之常情。鲁迅却偏偏提了一个非常尖锐的问题：黄金世界里就没有黑暗吗？他的回答是：照样有黑暗，而且还会杀人。这是基于鲁迅对人类社会的一个概括："曾经阔气的人要复古，正在阔气的人要维持现状，还没有阔气的要改革。"在任何社会、历史发展的任何阶段，都存在这样的三种人，三种选择，只不过"阔气"的概念不一样。二十世纪八十年代"万元户"就称得上"阔气"了，现在"万元户"已不算什么，但依然有按现在的标准，"曾经阔气、正在阔气和未曾阔气"的三种人。即使进入了黄金世界，还是如此，他们之间仍会有利益的博弈。而正在阔气的人往往是掌权者，他会利用掌握的权力，维持现状，并把不满意现状，"要复古""要改革"的人清除，甚至杀掉，所以鲁迅说到了黄金世界，也还有新的黑暗，甚至新的死亡。

我在养老院生活，养老院里的老人经常讲一句话：我活够了，死了就一了百了了。但是鲁迅却要问：人死了就能了结一切吗？他有一篇非常奇特的文章——鲁迅有很多奇文，我也向大家推荐过——收在《野草》里，叫《死后》。他做了这样的想象：我死了，这就意味着我的运动神经不起作用了；但是如果我的感觉神经还在，那又会有什么感觉呢？我们也不妨设想一下：我躺在地下，上面有独轮车走过，有汽车走过，轧着我的头，轧得我的牙龈都发酸了，但我不能动，不能做任何反应，只能强忍着。这时候又有一群人走过来，大概是相当于我们今天开追悼会吧。一个人说："他死了！"用的是惊叹号，表示惊喜。另一个人说："他死了？"用的是问号，表示惊讶。第三位说："他死了。"用了句号，态度很平淡，死了就死了。他们或惊喜，或惊讶，或无所谓，我却愤怒了：我死了，跟你们有什么关系？活着的人开追悼会，无非做戏给活人看，与死者没有关系，说难听点，就是对死者的消费和利用。

这还不算，还有一个小蝇，在我旁边绕来绕去，我不能动，就让它嗡嗡地叫着："哎呀，祝贺你死了，你该死呀"，等等等等，想赶走它也赶不走，我真的愤怒得昏厥了过去。鲁迅由此得出结论——死亡不是人生不幸的结束，而是新的更大的不幸的开始。这跟我们习惯性的思维太不一样了。所以有人让我在养老院里讲鲁迅，我说不能讲，讲这些问题，不是扫了许多老人的兴吗？但我要讲鲁迅就得讲这个。

鲁迅确实是一个不合时宜的人，他的思维太怪，太反常，太超出我们意料了。人们美化童年、过去，美化未来，美化死亡，无非是想找一个精神的避风港。这似乎也是人之常情。但鲁迅恰恰不允许我们——首先是他自己，有这样的避风港，他要我们正视现实，正视现实的令人不满之处，正视现实的种种不幸和曲折；他给我们指明的，就是一条出路：正视，反抗，而不逃避。这跟我们大部分人的选择是不一样的。

鲁迅存在的意义之一：
另一种声音，另一种可能性

我们可以做一个总结，鲁迅是谁？他是一个彻底的怀疑主义者，他对一切公理、公意、共识、定论都提出质疑和挑战。对于主流意识形态乃至整个中国文化而言，鲁迅都是一个异端、少数、边缘的人物。但同时，他也成为整个中国文化里的另一种存在，正因为是另一种存在，才有了另一种可能性。

　　然而我们中国是讲究道统、法统的，中国文化也是同化力极强的一种文化，不允许异端的存在，所有的异端都会被扼杀掉。中国的老百姓也习惯了在大一统的文化统治下生活，对既定的一切，从来不提出任何质疑，从来不考虑是否还有另外一种可能性存在。因此鲁迅这样一个怀疑主义者，一个处在体制边缘、甚至体制外的批判者，是十分难得而重要的。可以说，中国文化多亏有了鲁迅，还有其他一些异类，才形成某种张力。文化发展要有张力，只有一种是不行的，不管你自认为主流文化多么完美，只要把它唯一化，不允许另外一种存在，形成不了张力，这种文化就没有发展的余地。鲁迅所代表的，正是未经规范、收编的另一种文化，另一种可能性；这就是鲁迅总让我们感到怪怪的、难懂、更难接受的原因所在：我们太容易被收编、被规范化了。

　　现在我们可以回答：今天为什么需要鲁迅，鲁迅对我们的意义在哪里了。我曾经有这样一个概括：当你春风得意的时候，你对你所接受的教育、报纸上的宣传、老师所讲的内容，深信不疑，对自己现在的生活十分满意，在这种状态下，你是不会需要鲁迅的，即使读鲁迅作品，你也会本能地拒绝他，因为他讲的和你接受的、习惯的东西完全不一样。但是当你对自己听惯的话，习惯的常规、常态、定论产生了不满，有了怀疑，有了想要打破既定秩序、冲破既定命运的想法时，你就会从鲁迅那里得到启发。这就是接受鲁迅的最佳时刻。当你要突破自己，要寻找另一种思考和发展可能性，这个时候你就读鲁迅。鲁迅对我们来说是另一种声音、另一种存在、另一种思维，也是另一种可能性。这就是鲁迅对我们的意义。

鲁迅存在的意义之二：
他使我们成为独立思考的人

还有更重要的一个方面，我们说鲁迅是彻底的怀疑主义者，那么这个怀疑不只是他对我们、对别人、对既定一切的怀疑，更重要的是他对自己的怀疑。他的怀疑精神是指向自身的，这是鲁迅思想的彻底之处。所以读鲁迅作品的时候，或是真正进入鲁迅世界的时候，你会产生非常复杂的反应，一方面你发现鲁迅的很多论述都是对你曾经相信的一切的一种颠覆，开始本能地怀疑它，本能地拒绝它。但在你真正接受它的同时，你又免不了对他的说法提出质疑——对吗？真的是这样吗？也就是说，在鲁迅面前你必须思考，他并不给你指出一条路来，也不想把他的思考强加于你。

我曾经有一个研究，把鲁迅的演讲和胡适的演讲做了一个对比。鲁迅和胡适是当时最受北大学生欢迎的两位教授，根据当事人的回忆，人们对鲁迅和胡适演讲的反应是不一样的。胡适是一个非常自信的人，他自信掌握了真理，所以他的演讲非常明确、非常痛快，也非常简洁，告诉你路该怎么走。学生听了非常兴奋，现场反应极其热烈，大家目光闪闪地走出课堂，有胡先生在前面引路，我们跟着走就行了。这是胡适演讲的特色和效果。而鲁迅不一样，他的演讲本身就充满矛盾，他刚提出一个命题，马上又对这个命题提出质疑。他有一个很有意思的命题，当时有一个通行的说法，妇女解放之路，就是走娜拉"走出家庭"的路。鲁迅在演讲中也说，应该走出家庭，但紧接着他又提出疑问："娜拉走后怎样？"走出家庭能解决一切问题吗？鲁迅的回答很无情：娜拉走出家庭，如果没有获得经济独立，迟早还是要回到家庭。这就把前面的命题颠覆掉，至少是复杂化了。这时候作为听众，就要认真想一想：到底怎样才能获得妇女的真正解放？易卜生所说的、鲁迅所说的，到底对不对，应该寻求自己的答案。也就是说，鲁迅的演讲，也包括他的写作的目的仅在于逼着你思考，他不把现成结论告诉你，他自己也在不断地质疑，把他思考的过程、质疑的过程都告诉你，然后由你自己做出选择，自己去思考。所以听鲁迅演讲非常吃力，没有像胡适那么顺当，因为你要一边听，一边紧张地想，他给你提供很多信息，而且是互相矛盾的各种信息、各种观点，然后你要思考到底是怎么回事。听完以后，你也说不出个所以然来，但是有一点，跟你听之前有变化，你开始独立思考了，这就是鲁迅的意义。

我们说到了鲁迅的独立性、怀疑精神，说到他拒绝收编，也绝不收编我们。这一点非常之重要。这关系到鲁迅和他的读者——我们的关系。鲁迅和我们每一个读者一样，都是真理的探讨者，谁（包括鲁迅）也不是真理的垄断者、宣讲者。我们读鲁迅的作品，就是和鲁迅一起思考，探讨真理。这也就是我们今天需要鲁迅的第二个，也是最重要的理由——他使我们成为一个独立思考的人。

鲁迅对我们的启示之一：
如何看待中国的现实？中国的希望在哪里？

我们的讨论，如果将其绝对化，也会产生片面性。因此，还需要对我以上所讲进行一番质疑：鲁迅他只有怀疑，没有肯定吗？他对于我们的意义仅仅在于让我们怀疑一切？他对我们有没有期待？所以我还要讲一点：鲁迅不仅讲不应该怎么做——这是他主要的讲题，同时也对我们有所期待，有所引导，有许多建议，这些期待、引导和建议对我们是有正面的、建设性的意义的。我想讲三点，都是很切合当下现实的。

第一点，当今中国是一个分裂的社会，在"如何看待中国的现实"问题上更是一片混乱。有的人陷入盲目的乐观，更多的人则充满了焦虑、不安，在一些人中间，还弥漫着绝望的、虚无的情绪。于是就提出一个问题：如何看中国，中国的希望在哪里？鲁迅那个时代，也有过"中国人的自信力的有无"的争论。鲁迅也有他独特的思考。他写过一篇文章叫《中国人失掉自信力了吗》，中学课本里有，朋友们可能读过。鲁迅的主要观点是："要论中国人，必须不被搽在表面的自欺欺人的脂粉所诓骗，却看看他的筋骨和脊梁。自信力的有无，状元宰相的文章是不足为据的，要自己去看地底下。"这里提出的，正是"如何看中国"的问题。

　　这里，不妨谈谈我自己的经验。多年来我一直充满焦虑地紧张观察与思考中国的社会，看到很多官僚的作为和许多主流知识分子的表现，以及媒体的炒作，不仅绝望，而且不堪忍受。后来就遵循鲁迅的提示，自己去看"地底下"。根据我的条件，主要深入到两个群体。一个是第一线的中小学教师，另一个是青年志愿者组织。当然中国的教师也很复杂，也有让大家失望的。但是我发现，几乎在每一所学校里，都有为数不多但确实存在的"真正的教师"，他们凭着自己的教育良知和理想，在极其艰难的条件下，进行着一场"静悄悄的教育变革"。我还在一些青年志愿者中发现了"新一代的青年理想主义者"，他们冲破种种阻力和压力，集合起来，深入中国社会底层，改变自己的存在，努力为弱势群体服务。我感到自己找到了鲁迅说的中国的"筋骨和脊梁"，我也因此找到了自己的位置，即和他们站在一起，尽我的力量给他们以支持，更从他们那里汲取思想、智慧与力量，在相濡以沫中寻求生命的意义与快乐。我清醒地知道，这些"筋骨和脊梁"的努力，也包括我自己的努力，是不可能对中国的教育和社会的发展发挥应有的作用的，更不用说根本改变教育和社会的面貌，我们只能"帮一个、救一个孩子算一个"。因此，我在总体上依然充满焦虑，而且可以说是与日俱增。但我又确实从这些日常生活的努力里，看到了鲁迅在《记念刘和珍君》里说的"微茫的希望"。更重要的是，我没有因为总体的绝望而消极、颓废，正像我在一篇文章里所说，"我存在着，我努力着，我们又彼此搀扶着，这就够了"。我自觉地把这些努力，看作是对鲁迅上述思想的一个实践，也可以说，我是从鲁迅这里找到了自己在当下中国的生命存在方式。这也是我对"中国的希望在哪里"这一问题的理解和回答——"希望在我们自己手里，在真实地生活、努力在中国大地上的普通百姓和知识分子手里"。

鲁迅对我们的启示之二：
"幸福的度日，合理的做人"

第二点，也是我们在现实生活中遇到的一个很大的困难，特别是很多年轻朋友，觉得自己失去了生活的目标。人到底为什么活着？鲁迅的看法很值得我们参考。鲁迅说，我的历史使命就是"自己肩住黑暗的闸门，放年轻人到宽阔光明的地方去，此后幸福的度日，合理的做人"。鲁迅在这里提出一个理想，叫作"幸福的度日，合理的做人"，我觉得这也给我们提供了一个生活的目标。我在鲁迅这种说法的启发下，提出了一个"健康地、快乐地、有意义地活着"的命题。也不妨推荐给年轻朋友，看看这能不能成为你们生活的目标？

这里讲到"幸福"、"合理"、"健康"、"快乐"和"有意义"，背后其实包含着两个基本的人生观的问题："幸福""健康""快乐"是一个"理想观"的问题；"合理""有意义"则是一个"价值观"的问题。我们看鲁迅在这两个基本问题上有什么看法。

先谈"幸福"与"健康"。在鲁迅看来，这是一个物质和精神的关系问题。对此，鲁迅说了三句话：第一句是"钱是要紧的"，物质是基础，人对物质、金钱的追求是合理的；第二句是"自由不是钱所能买到的"，金钱并非万能，物质不能尽"人性之本"；第三句是自由"能够为钱所卖掉"，如果对金钱、物质崇尚过度，就会变成金钱、物质的奴隶，失去精神的自由。只注重外在的物质，抛弃内在的精神，就会被物欲所蔽，失去人的本性。鲁迅强调要"致人性于全"，人既是物质的动物，又是精神的动物，要在满足物质欲望和精神自由发展之间取得某种平衡。

再说"合理"和"有意义"。这是一个如何处理自我与他人、社会，个人与集体关系的问题。鲁迅也说了两句话：第一句是"人各有己，人之大觉近矣"，每个人都感觉到自我的存在与价值，人群就接近彻底的觉悟了，自我的觉醒是社会的觉醒的基础与前提；第二句是"无数的人们都和我有关"，"博大的诗人"能够"感得全人间世"的欢乐与痛苦，绝不是"咀嚼身边小小的悲欢，而且就看这小悲欢为全世界"。这也涉及人的本性，人既是个人性的动物，又是社会性的动物，要在个体发展和社会责任之间，个人和他人、集体关系中取得某种平衡。鲁迅据此提出了"自他两利"的新的道德观、价值观。

鲁迅所说的"幸福的度日，合理的做人"，关键是如何在物质与精神，个人与社会、集体关系中取得平衡，归根结底，是一个人性的健全发展的问题。它关系到我们每个人"为什么活着""怎样活着"的根本。

鲁迅对我们的启示之三：
韧性与智慧，我们应该以什么精神去做事情？

第三个问题，我们怎么办？应该以什么精神去做事情？鲁迅也有两个说法，要有韧性的精神，要有智慧。什么叫韧性精神？鲁迅有一个通俗的说法。他说如果你到天津去，下了火车，就会碰见天津的"青皮"，就是有点流氓气的人。你有行李，他给你运；你问他，到某个地方去，要几块钱？他说两块。你说两块太贵了，便宜点。不行，两块。我不要了。不行，还是两块。鲁迅说，"青皮"的流氓气固然不好，但这种"认准目标，不达目的绝不罢休"的精神却值得学习。目标不用特别宏大，认准了就做，而且要非做成不可，这就是韧性精神。鲁迅批评说，年轻人容易三分钟热度，一切都想要赶快成功，不成功就泄气、垮台。这不行。鲁迅说，有了目标之后，人有两种选择：一种是不吃不喝不睡拼命干，这持续不了多久；另一种则是一边干，一边照样交朋友、谈恋爱、泡图书馆，就可以持续很长时间，五年，十年，二三十年，四五十年。我把鲁迅的意思做了一个概括，叫"边打边玩"。"只打不玩"，精神可嘉，但每个人，包括我在内，都做不到；"只玩不打"，这也是一种人生选择，你不能说"只玩"就不对，鲁迅早就说过，青年有"睡着的""玩着的"，我的看法是只要他用诚实的劳动，取得合法的报酬，他怎么睡、怎么玩都可以。但鲁迅说，青年更有"要前进"的，这些人大概就不愿意"只玩不打"，还有所追求。合理的选择就是"边玩边打"。所谓"打"就是按照自己的追求做一些事情，该做什么做什么，但是该玩还得玩，这样才能有张有弛，奋斗而不息。我现在就这么生活，每年都写一两篇很厉害的文章"打"出去，有人欢喜，有人骂，还有人怕，我不闻不问，也不回应，自己读书、旅游去了。等"玩"完了休息好了回来，有机会就再"打"出一篇去。玩玩打打，打打玩玩，其乐无穷，而且有可操作性。

另外，还得讲智慧，"打"也得有智慧，看准目标打，不能乱打，不能盲动。智慧也有三条：第一条，要善于钻空子。体制是有很多空间的，并不是铁板一块，你怎样利用这个空间，利用各种可能性来寻找发展的机会，这需要智慧。第二条，要善于保护自己。不能莽撞盲打，有人"打"一次就牺牲掉了，那怎么行。还有一条，要慢而不息。中国的事不能急，慢慢做，但又要不停地做。田径比赛中拿冠军的固然值得钦佩，但最后一个跑到终点，能坚持到底的，更值得我们尊敬。我们大部分人都不是拿冠军的料，但我们可以慢慢走，不耻最后。

上述三个方面——如何看待现实，希望在哪里；如何认定自己的人生目标；应该怎么做——都是我们经常遇到的人生命题，鲁迅以他丰富的经验和特殊的智慧，给我们提供了许多建议（鲁迅作品里有很多这样的建议），在我们彷徨、苦闷的时候，确实能给我们以教益。当然不需要完全照搬，但至少可以得到一些启发。这也是我们今天需要鲁迅的一个方面吧。

作为文学家的鲁迅的意义

最后还要说一点，我们讲了很多鲁迅的意义，其实都偏于鲁迅的思想，还有很重要的一个方面没有讲，那就是鲁迅的语言文字——作为文学家的鲁迅对我们的意义。鲁迅的思想和鲁迅的文学是统一的。我曾经专门给中小学语文教师作过一个演讲，其中就强调，鲁迅作品是中小学生，也可以说是青年人学习中国现代汉语最好的范本。进入鲁迅的世界，首先要从文字进入。我在台湾讲鲁迅和在大陆讲鲁迅，发现两地学生进入鲁迅的方式有很大的不同。大陆学生的脑子里很早就有太多鲁迅是某某"家"的想法，从各种"家"的角度去看鲁迅就很难接近，而台湾学生对鲁迅没有先入主见，就是从语言文字开始去接近他。比如我引导台湾学生读鲁迅《父亲的病》，里面有一个细节，讲到父亲临终之前，我发现父亲太痛苦了，就产生了一个想法：父亲还不如早点死掉。这样一段描写，让一位台湾学生大受感动，他说其实鲁迅的这种想法自己在父亲临终前也曾有过，但是他不敢讲；而鲁迅却有勇气说出自己内心的感受，而且用这样美的语言来表达，他从这里懂得了鲁迅，接近了鲁迅。在我看来，把一切"前理解"全部抛弃，老老实实地读原著，品味鲁迅的语言文字之美，由此感受鲁迅思想之美、人性之美，这才能真正进入鲁迅的世界。

鲁迅语言的特点，简单说来就是：它把中国现代汉语表意、抒情的功能发挥到了极致。周作人曾经说过，汉语有三大特点，一个是绘画性，一个是音乐性，另一个是游戏性。而这"三性"在鲁迅的作品里得到了完美的体现。鲁迅的语言还有一个特点，大家读鲁迅的文章时常常会感觉到鲁迅的话"不通"。这是他打破常规的表达方法，有意破坏语法和修辞，因为鲁迅要表达一些语言难以表达的东西。鲁迅有一句话："当我沉默着的时候，我觉得充实；我将开口，同时感到空虚。"其实我们每个人都有这种体验：真正想讲的东西，完全属于内在体验的、感情的东西，是说不出来的，说出来就变样了。这是语言的局限，而鲁迅就是要挑战这个局限。他要用语言来表达一些语言难以表达的复杂的情感和心理，所以他常常破坏现有语言的规则、现有的修辞学，做"语言的冒险"，创造一种非常独特的修辞、一种新的语言。这可能是鲁迅的文字更具魅力的地方。

因此我曾经提出，要理解鲁迅的语言，不能完全靠默读，而是需要朗读。鲁迅语言的韵味，那浓烈而又千旋万转的情感，很多只可意会不可言传的东西，需要朗读才能体会。所以在我今天结束演讲的时候，我想向大家朗读一篇鲁迅的作品。我要朗读的是鲁迅《野草》里面的《雪》，没有太多准备，不一定能进入那种境界，大家姑且听之吧。

江南的雪，可是滋润美艳之至了；那是还在隐约着的青春的消息，是极壮健的处子的皮肤。雪野中有血红的宝珠山茶，白中隐青的单瓣梅花，深黄的磬口的蜡梅花；雪下面还有冷绿的杂草。胡蝶确乎没有；蜜蜂是否来采山茶花和梅花的蜜，我可记不真切了。但我的眼前仿佛看见冬花开在雪野中，有许多蜜蜂们忙碌地飞着，也听得他们嗡嗡地闹着。

孩子们呵着冻得通红，像紫芽姜一般的小手，七八个一齐来塑雪罗汉。因为不成功，谁的父亲也来帮忙了。罗汉就塑得比孩子们高得多，虽然不过是上小下大的一堆，终于分不清是壶卢还是罗汉；然而很洁白，很明艳，以自身的滋润相粘结，整个地闪闪地生光。

这是江南的雪，我们再看鲁迅写北方的雪 ——

但是，朔方的雪花在纷飞之后，却永远如粉，如沙，他们决不粘连，撒在屋上，地上，枯草上，就是这样。屋上的雪是早已就有消化了的，因为屋里居人的火的温热。别的，在晴天之下，旋风忽来，便蓬勃地奋飞，在日光中灿灿地生光，如包藏火焰的大雾，旋转而且升腾，弥漫太空，使太空旋转而且升腾地闪烁。

在无边的旷野上，在凛冽的天宇下，闪闪地旋转升腾着的是雨的精魂……

是的，那是孤独的雪，是死掉的雨，是雨的精魂。

我就讲到这里。

第二讲

鲁迅小说细读

以《在酒楼上》《孤独者》为例

从容美学

我今天讲的题目是老生常谈：鲁迅的小说。关于鲁迅小说的研究文章可以说有无数，好像没有什么可以再谈的了。但我觉得鲁迅是常读常新的，因此，我们能不断地从他的作品，包括那些我们很熟悉的作品当中，得到许多新的启示。鲁迅小说是不是还有新的开拓的可能性？比如说，鲁迅对自己小说的评价，还有周作人对鲁迅小说的评价，就很有意思；在我看来，好像这两个评价还没有引起学术界的足够注意。我今天就从这两个评价说起。

鲁迅在两个地方谈到自己的《狂人日记》。一个是我们经常引用的，他说《狂人日记》是受到俄国作家果戈理的影响，是"暴露家族制度和礼教的弊害"的，在当时产生很大影响。[1] 这是他自己从正面来肯定这部小说的。但是，他在给当时的《新潮》杂志的一篇通讯里，对《狂人日记》有这样一个评价："《狂人日记》很幼稚，而且太逼促，照艺术上说，是不应该的。"[2] 这里，

[1] 参看《〈中国新文学大系〉小说二集序》，《鲁迅全集》6卷，246页，247页，人民文学出版社，2005年。除特别说明外，下引《鲁迅全集》均据此版。

[2] 《对于〈新潮〉一部分的意见》，《鲁迅全集》7卷，236页。

他提出了一个对自己小说的批评性的评价 ——"太逼促"，这个说法和他私下跟学生的说法是一致的。他在绍兴有一个学生，后来成为一个著名编辑，叫孙伏园。据孙伏园回忆，鲁迅谈到他的《药》这一类小说时，曾经用了一句绍兴话，叫"气急呹隉"。这是什么意思呢？就是说不够从容。他说《药》不够从容和说《狂人日记》过于逼促，是一个意思。另外，孙伏园曾问鲁迅，在他的短篇小说中，最满意的是哪一篇。鲁迅回答说是《孔乙己》。为什么最满意？鲁迅说，因为《孔乙己》"从容不迫"。

鲁迅在这里的看法，和我们通常理解的不大一样。我们都认为鲁迅的代表作是《狂人日记》《药》这些战斗力非常强的作品。但鲁迅自己对它们并不满意，相反的，对《孔乙己》这样的作品有兴趣。实际上，他提出了一个很重要的小说观念，或者说审美观念，就是"从容"。这其实是一个很有意思的话题。鲁迅认为小说必须写得从容，这也是他的一个审美评价标准。以这种标准看他的小说，他就觉得《狂人日记》《药》这类小说"太逼促"，而《孔乙己》更"从容"。这个话题很值得研究。同学们可以拿这个题目做论文，即"从容"作为一种美学评价标准，怎么理解？我在这里向大家提供一些与此有关的资料。

鲁迅在一篇文章里讲过，他对书的印刷"有一种偏见，就是在书的开头和每个题目前后，总喜欢留些空白……翻开书来，满本是密密麻麻的黑字；加以油臭扑鼻，使人发生一种压迫和窘迫之感，不特很少'读书之乐'，且觉仿佛人生已没有'余裕'，'不留余地'了"。在鲁迅看来，留有余地，无论做文章，还是做人，实际上涉及一个人的精神发展。你的精神空间有多大？你是在一个自由开阔的空间呢，还是在一个逼促的精神空间里头？他还说了一句更重的话："人们到了失去余裕心，或不自觉地满抱了不留余地心时，这民族的将来恐怕就可虑。"[3]精神上是否从容，在他看来，不是一般的问题，而是涉及人的精神发展，以至于民族发展的前途。你们看，这是一个多大的问题！

而且，这还关系着鲁迅对文学的一个基本看法。在他看来，文学总是一种有余裕的产物。他在《革命时代的文学》里说："挑担的人必要把担子放下，才能做文章；拉车的人也必要把车子放下，才能做文章。……大家底生活有余裕了，这时候又产生文学。"[4]他不相信穷而有文，当然钱多了，忙于享受也没有文学。文学创作是一种精神劳动，必须有物质基础而又不能为物质所御。它需要余裕从容，才可能获得更开阔、更自由的精神空间，进行更自由的想象。而自由精神和自由想象，是文学创作的一个最基本的条件。

关于诗歌的美学，鲁迅还提出一个非常重要的观

3　《忽然想到·二》，《鲁迅全集》3卷，15页，16页。
4　《革命时代的文学》，《鲁迅全集》3卷，439页。

点："我以为感情正烈的时候，不宜于作诗，否则锋芒太露，能将'诗美'杀掉。"[5]所以鲁迅在评价"五四"时期诗人的时候，评价最高的不是"五四"最有影响力的郭沫若，而是冯至。这是很值得研究的。郭沫若的诗，往往写于"感情正烈"时。据郭沫若的回忆，他写《凤凰涅槃》时，激动得不得了，浑身发抖，一发抖就把诗写出来了。鲁迅是不大赞同这种创作方法的。但我们话说回来，你不能说郭沫若的诗就写得不好，他有他的价值。但鲁迅认为诗歌创作在太激动时，应该冷一冷，需要艺术上的冷处理、艺术的升华。前面提到的"从容""逼促"跟他这个观念是直接相联系的。

更有意思的是，鲁迅由"从容"的问题，引发出对中国语言文字的一个看法。他曾翻译过爱罗先珂的童话。他觉得爱罗先珂的文字很难翻译，为什么呢？他说："可惜中国文是急促的文，话也是急促的话，最不宜于译童话；我又没有才力，至少也减了原作的从容与美的一半了。"[6]这里实际上也涉及鲁迅对日本文学的一个看法。他觉得日本的语言文字是更能表现"从容与美"的，所以他特别欣赏日本作家夏目漱石，称他为"当世无与匹者"。他说，夏目漱石是主张"低徊趣味"，倡导"有余裕的文学"的。[7]相反，他觉得汉语在这方面可能有一些欠缺。

5　《两地书·三二》，《鲁迅全集》11卷，99页。

6　《〈池边〉译者附记》，《鲁迅全集》10卷，221页。

7　《现代日本小说集》附录"关于作者的说明"，《鲁迅全集》10卷，238页，239页。

鲁迅提出"从容"这样一个审美标准和小说评价标准，是从人类精神的发展，从文学创作本身的特点以及语言文字特点各方面来思考这个问题的。

　　在鲁迅的小说中，按"从容"的审美标准，哪些小说是符合的呢？当然首先是《孔乙己》。这是鲁迅自己点到的。学术界很多朋友，包括我自己在内，觉得还有一篇小说也是能够体现这种从容的美的，这就是《彷徨》里的《在酒楼上》。

鲁迅气氛

　　《在酒楼上》除了让人感觉到从容的美之外，周作人对它作了一个很有意思的评价。一九五六年，香港报人曹聚仁到北京访问周作人。他们在交谈时彼此问最喜欢的鲁迅小说是哪一篇，曹聚仁说他最喜欢《在酒楼上》。周作人欣然同意。他说他也认为鲁迅小说写得最好的是《在酒楼上》。然后曹聚仁问周作人为什么认为《在酒楼上》写得最好，周作人说："《在酒楼上》是一篇最富鲁迅气氛的小说。"[8]这里实际上提出了一个很重要的概念，就是"小说的气氛"。周作人对"气氛"还有一种类似的说法，叫"气味"，就是"味道"。周作人说，写文章要追求"物外之言，言中之物"。"物"指思想，"言"指文辞。评价一部作品，要看思想，要看文辞。但

8　曹聚仁：《与周启明先生》。

周作人认为除了思想、文辞之外，还有"气味"，[9]小说的气味，文章的气味。"气味"说起来好像很神秘，其实很简单。比如说，一个人身上，有大蒜气，有羊膻气，还有人有油滑气。人人是有味道的，文章也同样有味道，有"气"，或者叫"气氛"。我觉得非常有意思的是，"气味"在周作人这里也是一个审美标准。我理解"气味"，就是我们通常讲的"调子"。我觉得"气氛"啊，"调子"啊，"气味"啊，"味道"啊，都差不多一个意思，就是指作者的叙述语调、小说营造的整体气氛，这是作家内在气质的体现，是作家的内在气质外化为小说的一种调子或一种氛围。

魏晋情结

　　周作人说《在酒楼上》是最富鲁迅气氛的小说，那么"鲁迅气氛"是什么呢？要理解《在酒楼上》怎样体现鲁迅的气氛或鲁迅的味道、鲁迅的调子的话，我们需要把这个问题再往前推，推到鲁迅在写《呐喊》《彷徨》这些小说之前的精神状态，他的一种准备。我们知道鲁迅是一九一八年写的《狂人日记》。在此之前，他从一九〇八年在日本写了半篇文章——《破恶声论》，到一九一八年写《狂人日记》，有十年的沉默。这十年

9　周作人：《〈杂拌儿之二〉序》，《周作人自编集·苦雨斋序跋文》，120页，河北教育出版社，2005年。

沉默孕育了他后来的小说和一系列杂文。我们如果要把"五四"时期鲁迅的《呐喊》《彷徨》弄清楚，必须追溯到沉默的十年他在干什么，那十年里他的心境、情绪、情感，等等。所以接下来需要讨论一个沉默十年的鲁迅。怎样去接近沉默的十年他的内心世界？这是研究鲁迅"五四"时期创作的非常关键的一个问题。这方面很多学者做了很多有益的探讨。比如，日本著名的鲁迅研究专家竹内好先生对沉默十年的鲁迅，做了一些非常精彩的研究。

我们怎么去了解这沉默十年的鲁迅呢？我想同学们中学时读过《〈呐喊〉自序》。在《〈呐喊〉自序》里，有一段话讲到他在这十年的情况。他先说当年在日本开始准备从事文学运动时，登高一呼，却没有人响应，觉得非常寂寞，"这寂寞又一天一天的长大起来，如大毒蛇，缠住了我的灵魂了"。那十年的鲁迅，他的内心首先是被寂寞的大毒蛇所缠绕。然后他说："只是我自己的寂寞是不可不驱除的，因为这于我太痛苦。我于是用了种种法，来麻醉自己的灵魂，使我沉入于国民中，使我回到古代去。……我的麻醉法却也似乎已经奏了功，再没有青年时候的慷慨激昂的意思了。"我注意到这里有两个中心词，最能体现鲁迅这时候的心境：一个是前面说到的"寂寞"，另一个是"麻醉"。

"麻醉"是什么意思？他为什么要麻醉？还有，他说"我沉入于国民中""回到古代去"，又是什么意思？他那十年的主要工作是抄古书，在绍兴会馆的大槐树底下，整天抄古书。为什么抄古书呢？他说："此非求学，以代醇酒妇人者也。"[10]以抄书来代替喝酒和妇人。这是什么意思呢？中国古代文人在感到非常痛苦的时候，常常饮酒，或者到妓院寻求解脱。鲁迅以抄书来代替"醇酒妇人"，这是为什么？什么样的背景使鲁迅这么做呢？周作人在《鲁迅的故家》里回忆说，那正是鲁迅在北京教育部工作的时候，也正是袁世凯要称帝的时候。袁世凯为了称帝，派特务密布北京城，监视官员，就像当年的东厂特务一样。当时在北京做官的人都非常紧张。他们以各种方法来韬晦，以求得安全。鲁迅只能抄书，抄书是避文祸。这很自然地使我们联想起中国历史上的魏晋时代。鲁迅当时的心理、情感、处境非常接近魏晋文人。

我们再进一步追问：鲁迅抄什么古书呢？据研究发现，那段时间他抄的古书主要有两个特点：一、书的作者是魏晋时代的人物；二、他们都是绍兴人，都是鲁迅的故乡浙东人。当时的外在环境类似于魏晋时代，他要避文祸，就借抄书和魏晋时代的浙东人接触，有一种心灵的沟通。由此我们知道鲁迅所说的"回到古代"是什么意思，回到哪里去？回到魏晋时代去。"沉入于国民中"，沉入到哪里去？沉入到浙东地区——他的家乡的老百姓当中去。在那十年里，为避文祸，鲁迅和古代的

10　《致许寿裳》，《鲁迅全集》11卷，335页。

魏晋人，以及他家乡浙东的老百姓有一种心灵的交流。学术界因此有人认为鲁迅有一种魏晋情结和浙东情结。也就是说，鲁迅是带着魏晋情结和浙东情结开始他的创作的。或者说，他是带着魏晋情结和浙东情结加入到"五四"新文化运动中去的。

因此，我们可以说，《呐喊》《彷徨》的写作是鲁迅那十年郁结于心的民间记忆和魏晋情结的一次喷发。当"五四"时期他终于拿起笔来写作的时候，首先奔涌于笔端的人物，是《狂人日记》里"狼子村的佃户"、《药》里的"华大妈"、《故乡》里的"闰土"、《阿Q正传》里的阿Q，都是浙东的一些老百姓。故乡的民间记忆和内心的魏晋情结在他的笔端流淌。我们今天要着重讨论的《在酒楼上》和《孤独者》这两篇小说，最集中地体现了鲁迅在沉默的十年里的魏晋情结。下面，我们就这两篇小说来做比较具体的文本分析。

《在酒楼上》：漂泊或坚守

现在我们一起来读《在酒楼上》这篇小说。小说开头是这样写的："我从北地向东南旅行，绕道访了我的家乡，就到S城。……深冬雪后，风景凄清，懒散和怀旧的心绪联结起来，我竟暂寓在S城的洛思旅馆里了。"当他向旅馆的窗外看去，"上面是铅色的天，白皑皑的绝无精采，而且微雪又飞舞起来了……我于是立即锁了房门，出街向那酒楼去"。"我"走到酒楼，楼上"空空如也"，一个熟人也没有。只好在靠窗的桌子旁坐下来，"眺望楼下的废园"。"'客人，酒。……'堂倌懒懒的说着，放下杯，筷，酒壶和碗碟，酒到了。"然后"我"一个人孤独地斟酒，孤独地喝酒。"我""觉得北方固不是我的旧乡，但南来又只能算一个客子，无论那边的干雪怎样纷飞，这里的柔雪又怎样的依恋，于我都没有什么关系了"。

在《在酒楼上》开头这一段，我们看到了什么？我们看到了微雪，看到了废园、酒和文人。这微雪、废园、酒和文人，使我们回到魏晋时代。这是典型的魏晋时代的风景，你还感受到一种懒散、凄清的气氛，以及随之蔓延而来的驱不去的漂泊感，这恐怕正是魏晋时代的气氛，却也是现实鲁迅所感到的。这是一种刻骨铭心的漂泊感：北方不是我的旧乡，南来也只能算是客人，找不到自己的归宿。

在这样一个背景下，在微雪、废园和酒中，小说的主人公出现了。开始我们只听见声音："那脚步声比堂倌的要缓得多"，缓缓地、沉沉地走过来。"我"抬头一看，觉得非常吃惊，原来是一个当年的老同学，但"很不像当年那样敏捷精悍的吕纬甫"。小说主人公吕纬甫出现了。"但当他缓缓的四顾的时候，却对废园忽地闪出我在学校时代常常看见的射人的光来。"吕纬甫给我们的第一印象，是很沉静、很颓唐的，但突然又显示出一种闪亮的、射人的眼光，这种风采使我们想起魏晋风度。魏晋文人就是这样：既是颓唐、懒散的，同时又突然散发出一种射人的光彩。看见吕纬甫，我们很自然地会想起魏晋时代的嵇康和阮籍。首先注意到他的颓唐，很像魏晋时代的刘伶；但这样在颓唐中的突然闪光，更像嵇康和阮籍。

吕纬甫给"我"讲了两个故事。我们来看第一个故事。"我"问吕纬甫到这里来做什么，吕纬甫说："为了无聊的事。"什么事呢？他说："我曾经有一个小兄弟，是三岁上死掉的，就葬在这乡下。我连他的模样都记不清楚了。……今年春天，一个堂兄来了一封信，说他的坟边已经渐渐的浸了水，不久怕要陷入河里去了，须得赶紧去设法。母亲一知道就很着急，几乎几夜睡不着。"所以奉母亲之命来这里迁葬。接下来我们看看吕纬甫怎样叙述迁葬的故事："我当时忽而很高兴，愿意掘一回坟，愿意一见我那曾经和我很亲睦的小兄弟的骨殖：这些事我生平都没有经历过。到得坟地，果然，河水只是咬进来，离坟已不到二尺远。可怜的坟，两年没有培土，也平下去了。我站在雪中，决然的指着它对土工说，'掘开来!'我实在是一个庸人，我这时觉得我的声音有些希奇，这命令也是一个在我一生中最为伟大的命令。但土工们却毫不骇怪，就动手掘下去了。待到掘着矿穴，我便过去看，果然，棺木已经快要烂尽了，只剩下一堆木丝和小木片。我的心颤动着，自去拨开这些，很小心的，要看一看我的小兄弟。然而出乎意外！被褥，衣服，骨骼，什么也没有。我想，这些都消尽了，向来听说最难烂的是头发，也许还有罢。我便伏下去，在该是枕头所在的泥土里仔仔细细的看，也没有。踪影全无！"其实，这本已可以不必再迁，只要平了土，卖掉棺材，就此完事了的。……但我不这样，我仍然铺好被褥，用棉花裹了些他先前身体所在的地方的泥土，包起来，装在新棺材里，运到我父亲埋着的坟地上，在他坟旁埋掉了。……这样总算完结了一件事，足够去骗骗我的母亲，使她安心些。"

我们来仔细地分析这一段吕纬甫的叙述。我的直观感觉：这样的叙述还是很感人的。吕纬甫对他小兄弟的感情是很深的，墓里什么都没有了，还想仔细找头发。由此可以看出他对小兄弟和他的母亲，有一种浓浓的亲情。但另一方面，这样的叙述又让人觉得很惊诧，比如，为什么他说"掘开来"这句话是他一生中最伟大的命令呢？还有，一再强调坟掘开以后什么也没有："消尽""踪影全无"，这又是为什么呢？这就使人感觉到，在这样一个充满人情味的故事背后，好像又隐藏着什么。也就是说，这小兄弟的"坟"是一种隐喻。隐喻什么呢？隐喻着一种已经逝去的生命。对于吕纬甫来说，他这次不仅仅是给小兄弟掘坟，而且是对已经消失的生命的一种追踪。所以在他的感觉中，这是他一生中最伟大的命令。而追踪的结果是"无"。这个"无"就是典型的鲁迅的命题。但是，尽管明知"踪影全无"，还是要开掘；明知是"骗"，"我"还是要去迁葬。

其实这里让我感动的不仅仅是一种人情味，对亲兄弟、对母亲的亲情，更重要的是对已经逝去的生命的追踪和眷恋。鲁迅在《写在〈坟〉后面》中说了类似的话："这不过是我的生活中的一点陈迹"，"我的生命的一部分，就这样地用去了。……总之：逝去，逝去，一切一切，和光阴一同早逝去，在逝去，要逝去了"。这段话和上述描写是互相联系的，都是表现了对正在消失的、将要消失的、已经消失的生命的一种眷恋。鲁迅在《写在〈坟〉后面》最后引用了晋代大诗人陆机悼念曹操的诗句："嗟大恋之所存，故虽哲而不忘。"这里正表现了和魏晋文人的精神相通。魏晋那些人表面的放达，掩盖不住他们对生命的深情的眷恋。

因此，吕纬甫实际上是鲁迅生命的一部分。过去我们分析《在酒楼上》，吕纬甫是被当作一个被批判、被否定的对象。实际上这是不对的，他其实是鲁迅生命的一部分。在吕纬甫身上，集中了鲁迅对生命的眷恋之情。而这种浓浓的人情味、对生命的眷恋之情，在鲁迅的作品中一般不大看得到，鲁迅不大轻易表露他复杂的情感。但正因为这样，吕纬甫的形象就具有非常特殊的重要意义。

同时我们要注意到，"我"也是鲁迅的一部分。小说中的叙述者"我"和主人公吕纬甫，是鲁迅生命的两个侧面，都是鲁迅生命的外化。所以，"我"和吕纬甫的对话实际上是鲁迅生命的自我对话。这两个声音都是鲁迅自己的。

值得注意的是，吕纬甫是在"我"的注视之下叙述故事的。这就使我们想到鲁迅在谈到陀思妥耶夫斯基的小说时说过：作家既是伟大的犯人，同时也是伟大的审问者。[11]小说里这两个人物是鲁迅两个自我的外化，也正好扮演了"伟大的审问者"和"伟大的犯人"两个角色。吕纬甫一方面作为"伟大的犯人"，处在"我"的审视之下；但同时他也有意无意地揭开了他内心美好的东西。而作为"审问者"的"我"，一方面在逼审"犯人"，另一方面，在"犯人"的陈述面前也感到自身的一些问题，从而引起自身的反省和自我审问。两种声音在互相撞击。每个人都是审问者，每个人都是犯人。这个撞击过程，其实是鲁迅对和他类似的知识分子的灵魂的拷问。

我们进一步追问：这种自我审问和自我陈述，表明鲁迅这样的知识分子存在着哪些矛盾？这就需要对吕纬甫和"我"做进一步的分析，"我"在小说里体现了鲁迅哪方面的特点。

"我"是一个漂泊者，为什么从北方跑到南方？他还在追寻，还怀着年轻时候的梦想在追寻，四处奔波。所以"我"是一个漂泊者的形象。一方面，漂泊者的执着追寻表现出一种价值，但同时他又有一种困惑 —— 永远

11　《〈穷人〉小引》，《鲁迅全集》7卷，106页。

找不到自己的归宿。而吕纬甫呢？在现实的逼迫下，他已经不再做梦了，已经回到现实的日常生活中，成了大地的坚守者。他所关注的不再是理想的梦，他所能做的是一些有关家族伦理的琐碎的小事，如为小兄弟迁坟，是日常生活中必须做、非常琐碎、也没有多大意义的事情。还有像邻居死了，他去送礼。在现实生活中，必须有些妥协。所以，当年反抗孔孟之道的吕纬甫仍旧在教"子曰诗云"，教《女儿经》。他有他内心的苦闷。他回到那样的生活中，获得了浓浓的人情味，但是他不能摆脱当年的梦想的蛊惑。他感到一种深深的内疚，当年的梦破灭了，"飞了一个小圈子，便又回来停在原地点"。吕纬甫和"我"互相审视的时候，都有一种非常复杂的情感。从"我"的角度来看吕纬甫，"我"作为一个漂泊者，"我"感觉到生活没有归依，没有落脚点，因此"我"对吕纬甫叙述中表达出的普通老百姓的人情味感到很羡慕，但同时"我"也看到了他生活的平庸，因此引起"我"的警觉。而吕纬甫面对着"我"，虽然看到了漂泊者存在的问题，但是"我"还在追寻，还在追逐当年的梦想，所以他在"我"面前感到惭愧，感到一种压力。

这就是漂泊者和坚守者两种生命存在的形态。两种形态各有自己的价值，同时也有自己的困惑。鲁迅在这两种选择中犹豫。这两个人物都有鲁迅的影子。说得更准确点，这两个人物既有鲁迅，同时鲁迅又跳出来了，鲁迅既在其中，又在其外。鲁迅对两者都有所依恋，有所肯定，但同时都有所质疑。

这样的复杂叙事的小说并没有一个明确的价值判断。过去我们对这篇小说解释得过于简单："我"是代表"五四"精神的，吕纬甫是背叛"五四"精神的。鲁迅的态度是很复杂的。他到底是肯定"我"呢，还是肯定吕纬甫？他没有明确表态。这里表现出人类心理的根本性矛盾：漂泊还是坚守？

因此，面对这样没有明确价值判断的非常复杂的文本，我们读者就会做出不同的反应。这就决定于你自己是怎样的一种状况。假如你是一个漂泊者，你就可能对吕纬甫更同情。坦白地说，我自己就属于漂泊者，还在做梦，还在追寻，我就非常羡慕吕纬甫那种普通老百姓日常生活中所表现出的人情味，这是我的生活中所缺少的。但是如果你是一个坚守者，吕纬甫于你是一个记忆，当感到生活的无聊和乏味的时候，你就会对吕纬甫引起一种警觉，对"我"反而有一种羡慕之情。读鲁迅这样的小说，每个读者都可以把自己的生命体验加入其中，从而使得小说文本更加丰富。每个读者都不是被动的，而是以自己的生命体验加入对小说的再创造中去。所以，我们体会到鲁迅的小说作为"开放的文本"的特点：他自己的价值判断是非常复杂的、充满矛盾的，但提出的问题是带有根本性的。在我看来，漂泊和坚守，恐怕是所有人都会面临的一个很艰难的选择。鲁迅这种复杂的表达，使读者有创造的可能性。我想，这就是鲁迅小说的魅力之所在。

《孤独者》：两个自我的纠缠

我们接着欣赏第二篇——《孤独者》。据胡风的回忆，鲁迅曾经直言不讳地对他说："那是写我自己的。"[12]小说的叙述者"我"，名字叫申飞，正是鲁迅曾经用过的笔名。鲁迅很少公开说哪部小说是写他自己的。但对于《孤独者》，他说是写他自己的。鲁迅给小说主人公魏连殳画了一幅像："他是一个短小瘦削的人，长方脸，蓬松的头发和浓黑的须眉占了一脸的小半，只见两眼在黑气里发光。"这个形象非常像鲁迅的自画像。这使我想起许广平对鲁迅的一个回忆，当时许广平是鲁迅在女师大的学生，而鲁迅是名作家，学生们对他有很高的期待，想看看这名作家究竟是什么样子。"突然，一个黑影子投到教室里来了"，"大约两寸长的头发，粗而且硬，笔挺地竖立着，真像怒发冲冠的样子"。[13]一身全黑的鲁迅和魏连殳非常相像，可以说魏连殳是鲁迅的自画像。那么，我们来看看"孤独者"魏连殳到底揭示了鲁迅的哪一个侧面。

小说开头非常特别，是一段很有意味的话："我和

12　胡风：《鲁迅先生》，《胡风全集》7卷，65页，湖北人民出版社，1999年。

13　许广平：《鲁迅和青年们》，《鲁迅回忆录》"专著"上册，344页，北京出版社，1999年。

魏连殳相识一场，回想起来倒也别致，竟是以送殓始，以送殓终。"这是一个暗示——死亡的轮回阴影将笼罩着整篇小说。

小说开始就写魏连殳和祖母一起生活。这祖母不是亲生的，而是他父亲的继母。魏连殳的奔丧引起当地老百姓、他的同族很大的惊骇，因为他是著名的洋学堂里出来的异端人物。大家很紧张，这样的人回来，能不能按传统的规矩来办事呢？在魏连殳回来之前，他们就商量好，要提三大条件：第一，必须穿孝服；第二，必须跪拜；第三，必须请和尚道士。没想到魏连殳毫不犹豫，全部答应了。可以完全按旧规矩办事。而且他在装殓祖母的时候非常耐心。大家知道，按中国农村的习俗，装殓的时候别人是会挑剔的，看子孙孝不孝。魏连殳显得非常耐心，出人意料，大家很满意。但有一点不大对劲。大家在哭的时候，他却不哭，弄得大家都不舒服。但是，等大家都不哭的时候，魏连殳"还坐在草荐上沉思。忽然，他流下泪来了，接着就失声，立刻又变成长嚎，像一匹受伤的狼，当深夜在旷野中嗥叫，惨伤里夹杂着愤怒和悲哀"。

这样一个魏连殳，很自然地又使我们想起魏晋时代的一个人——阮籍。《晋书》上记载，阮籍母亲死的时候，他在跟别人下棋。有人来叫他，说你母亲死了，赶紧走吧。他说不，就开始饮酒，饮完酒之后，"举声一号，吐血数声"。这个细节和魏连殳哭祖母的细节非常接近。这使我想起鲁迅对阮籍的评价。鲁迅说，阮籍这个人表面是反礼教的，其实他是最守礼的。[14]魏连殳就是这样的人。为什么魏连殳那么爽快地答应穿孝服、磕头、请和尚道士？为什么他那么耐心地装殓？原来他是最孝顺的。他是真孝，真守礼，而不是假礼，不是表演。倒是那些拼命哭的人可能是一种表演。正如鲁迅所说，口头上大讲什么礼教的人，实际是违背礼教的；表面反对礼教的人，往往是最守礼的。阮籍和魏连殳就属于后者。而这恰好也是鲁迅的自我写照。你别看鲁迅反礼，鲁迅是真正守礼的，你看他对母亲的孝顺，就可以知道。在魏连殳的身上，有历史上的阮籍和现实中的鲁迅，他们三者合而为一。

于是我们又注意到，鲁迅在整部小说中突出两种感受：一是极端的异类感，一是极端的绝望感。而这种异类和绝望，既是魏晋时代的，也是鲁迅自己的。也就是说，鲁迅把魏晋时代和自身的绝望感、异类感在魏连殳这一人物身上淋漓尽致地表现出来。

在小说里，魏连殳正是一个异类。这个人非常奇怪，"对人总是爱理不理的，却喜欢管别人的闲事"，所以大家都把他当作外国人。他非常喜欢发议论，而且发的议论都很"奇警"。而爱发奇论、爱管别人闲事，是典型的魏晋风度，典型的鲁迅风度。这样一个异类，和社会是绝对不相容的。所以，到处流传着关于他的流言蜚

14　《魏晋风度及文章与药及酒之关系》，《鲁迅全集》3卷，535页。

语，后来校长把他解聘了，他没饭吃了。有一天，"我"在书摊上发现有魏连殳的书在出卖，"我"感到很吃惊，因为魏连殳是爱书如命的人，他把书拿出去卖，说明他的生活到了绝境。终于有一天，魏连殳来到"我"家里，想说什么又不说，临走时，说能不能帮他找一份工作，因为"我还得活几天"。魏连殳是一个何等骄傲的人啊，但最后居然上门请别人为他找工作。这说明他已被逼到走投无路的地步。小说情节的发展有很大的残酷性，整个社会是怎样对待异端，怎样一步一步地剥夺他的一切，最后，他连生存的可能性都失去了。这是社会、多数人对一个异端者的驱逐。

大家要注意，小说中"我"在叙述魏连殳的故事时，内心是同情魏连殳的，但叙述语调是尽可能客观的，他在控制自己的情感，或者收敛自己的情感。他把对魏连殳的同情隐藏在自己情感的最深处，偶尔露一点点。他是以一种自嘲的方式来控制自己的情感，掩饰自己的写作，掩饰自己的话语。这正是鲁迅的另一面。一方面，鲁迅想要很直白地倾诉自己的一切，要说真话；但同时他是有控制的，他要隐蔽自己，有意识地遮蔽自己。这里也体现出鲁迅言说方式的两个不同的侧面。

这样，小说就展开了魏连殳和"我"之间的对话。但不是一般的对话，而是辩论。从某种程度上说，"我"和魏连殳的辩论就是两个自我的辩论。小说整个故事进程中插入了"我"和魏连殳的三次辩论。这种辩论的方式也有点像魏晋时代的清谈。"我"和魏连殳两个自我在房间里三次清谈。而三次清谈所讨论的问题，不是一般的发牢骚，而是把他们感受到的问题、痛苦提高到形而上的层面。某种程度上说，这三次辩论，是三次玄学的讨论。这又和魏晋的清谈以及玄学有内在的联系。问题都是从具体的事情说起的，但讨论到后来就成为大问题，形而上的问题。

先从对孩子的看法谈起。魏连殳虽然脾气怪，但有一个特点，他对别人都很凶，爱理不理的，唯独一见到小孩就两眼发光，兴奋得不得了。小说中出现了两个人物，叫大良、小良。客观上看，大良、小良这两个小孩又脏又讨厌，他们的祖母也是典型的庸俗小市民。但是，魏连殳非常喜欢这两个孩子。"我"在旁边看不惯，于是"我"和魏连殳之间就有了一场争论。争论什么呢？当看到"我"对他过于喜欢孩子流露不耐烦时，魏连殳说："孩子总是好的。他们全是天真……""我"说："那也不尽然。""不。大人的坏脾气，在孩子们是没有的。后来的坏，如你平日所攻击的坏，那是环境教坏的。原来并不坏，天真……。我以为中国的可以希望，只在这一点。"这是魏连殳的观点。"我"接着说："不。如果孩子中没有坏根苗，大起来怎么会有坏花果？譬如一粒种子，正因为内中本含有枝叶花果的胚，长大时才能够发出这些东西来。何尝是无端……。"

这里表面上看是争论对孩子的看法问题：一个认为

孩子本性是好的，是环境把他变坏的；一个认为孩子本性就是不好的。看起来是对孩子问题的争论，其实是讨论人的生存希望是什么。魏连殳认为有希望，希望在孩子，因为人的本性是好的，只是后天的环境造成人的坏。既然是环境造成的，就有改造的可能性。而"我"却认为不是环境造成的，人的本性、人的根苗就是坏的，因此就没办法改造，也就没有希望。这实际上是从人性的根本问题上来讨论人的生存是有希望还是没希望的，认为人本性就是恶的就没有希望，人本性善就有希望。但大家要注意，这两个观点互相质疑，互相颠覆，这样的讨论是没有结论的。因为这就是鲁迅内心的矛盾，鲁迅自己都没能解决这个矛盾。它同样没有明确的价值判断。它揭示出这样一个根本性的矛盾，讨论人的本性如何，人的希望在哪里。

第二个问题是围绕着"孤独"展开的。魏连殳不是很孤独吗？有一天，"我"劝魏连殳，说孤独是他自己造成的："你实在亲手造了独头茧，将自己裹在里面了。你应该将世间看得光明些。"在"我"看来，境由心造，魏连殳的孤独是他自己造的，是一种自我孤独，因此可以用调整的方法来改变。魏连殳没有正面回答这个问题。但他讲了一个故事，他说虽然他跟祖母没有血缘关系，但祖母埋葬那天他为什么失声痛哭呢？因为想到祖母和他的命运。祖母当年是孤独的，"我虽然没有分得她的血液，却也许会继承她的运命"，继承她的孤独感。

在小说结尾，"我"来看魏连殳的时候，"我"也有这种感觉。魏连殳死了，"我"和魏连殳是朋友，没有什么血缘关系，但"我"也感到继承了他的什么。从祖母到魏连殳，再到"我"，这三人之间没有血缘关系，却构成一个孤独者的谱系。孤独并不是由人自己造成的，而是命运造成的，是注定如此的，会代代相传的。

孤独者这样的宿命实际上是对人的生存状态的追问。孤独的生存状态到底是可以改变的，还是无可改变的宿命？这是鲁迅的又一个矛盾。"我"认为孤独的生存状态是可以改变的，但魏连殳认为孤独的生存状态是无可改变的，是一种宿命。这同样反映了鲁迅对人的生存状态的一种困惑。

第三个问题就更加深刻了，是为什么活的问题。魏连殳那天到"我"家来，让"我"替他找工作，说："我还得活几天!"提了"活"这个字。魏连殳说完就走了，"我"来不及回应他。所以这场辩论没有正面展开。但是，"我"念念不忘这句话。那天"下了一天雪，到夜还没有止，屋外一切静极，静得要听出静的声音来。我在小小的灯光中，闭目枯坐"，就想起魏连殳，一双黑闪闪的眼睛在"我"面前闪动着，还听见他的声音："我还得活几天!"于是"我"从内心发出疑问："为什么呢？"

为什么还要活几天呢？正在想这个问题时，有人敲门，邮差送来一封信，是魏连殳的信。这是一种心灵的感应："我"在想他，他的信来了。这有点神秘。信里一开始就回答"我为什么活着"这个问题："先前，还有人愿意我活几天，我自己也还想活几天的时候，活不下去；现在，大可以无须了，然而要活下去……。"这里讨论的是"人为什么活下去"的问题。人活着的价值和意义到底在哪里？这恐怕是一个更带根本性的问题。

魏连殳的信里讲了三个层面的意思。或者说，魏连殳活着的目的有三次变化：第一个层面是"为自己活"，为自己的某种追求、理想或信仰而活着。魏连殳最初就是这样活着的。为什么大家都觉得他是异端呢？就是因为他是一个有信仰、有追求的人。但是，这样有理想有追求的人，在现实生活中很难活下去。魏连殳有一天发现：我不能为自己活着，因为无法实现自己的理想和追求。这时候怎么办？再活下去的动力是什么呢？魏连殳回答说："有人愿意我活几天"，母亲、朋友、儿子要他活着。这时他是为他人而活着。这是第二个层面的"活着"。可悲的是，等到连"爱我者"也不希望他活着的时候，活着不仅对自己没意义，对他人也没有意义了。这时候人还要不要活着？人的生存价值已经到了零度。魏连殳仍觉得还要活下去，为谁活着呢？"为不愿意我活下去的人们而活下去。"你们不是不愿意我活吗？那我就偏要活着，活给你看，就是要让你们觉得不舒服。这也是鲁迅的选择。他有些话说得很沉重，他说，我活着，我注意身体健康，锻炼身体，我不是为了我的老婆、我的孩子，而是"为了我的敌人"。我要让他们不那么满意，我要像"黑的恶鬼"似的站在他们面前。[15]鲁迅最重要的价值就在这里。当然这也是非常残酷的选择，它一步一步地演变：为自己活着，为他人活着，为敌人活着。

所以，魏连殳最后做了一个出乎所有人意料的选择：特地投奔了一个军阀——杜师长，做了军阀的幕僚，成了有权有势的人了。他就用以毒攻毒的方式来报仇：利用自己掌握的权力，给压迫者以压迫，给侮辱者以侮辱。当年那些反对他的人都来巴结他，面对"新的宾客，新的馈赠，新的颂扬"，他感到复仇的快意，但同时感到最大的悲哀，因为"我已经躬行我先前所憎恶，所反对的一切，拒斥我先前所崇仰，所主张的一切了。我已经真的失败"。以背叛自己和"爱我的人"为代价，取得对敌人的胜利。他的复仇不能不以自我精神的扭曲和毁灭作为代价，最后导致生命的死亡。最后"我"赶去看魏连殳，只能面对他的尸体，魏连殳"很不妥帖地躺着，脚边放一双黄皮鞋，腰边放一柄纸糊的指挥刀，骨瘦如柴的灰黑的脸旁，是一顶金边的军帽"。接着写到魏连殳给"我"最后的印象："他在不妥帖的衣冠中，安静地躺着，合了眼，闭着嘴，口角间仿佛含着冰冷的微笑，冷笑着这可笑的死尸。"

---

15 参看《〈坟〉题记》，《鲁迅全集》1卷，4页；《两地书·九三》，《鲁迅全集》11卷，245页。

这是死者的自我嘲笑，又何尝不是鲁迅的自我警诫。这里实际上也投入了鲁迅自我生命的体验。我认为，这恐怕是鲁迅曾经考虑过的选择。他说过这样的话："为了生存和报复起见，我便什么事都敢做。"[16]而且鲁迅真有一个杜师长那样的朋友，那就是他在留学日本时结识的，后来成为孙传芳的师长兼浙江省省长，最后被蒋介石杀掉的陈仪。鲁迅在失意时，曾经对许广平说："要实在不行，我投奔陈仪去。"所以，小说的这个情节是有根据的，是鲁迅曾经考虑过的一种选择，悲剧性的选择。

在小说里，"我"和魏连殳的三次对话，三次辩论，其实是内心深处的矛盾的展开。这里讨论了三个问题：一个是人的存在本身的问题；另一个是人的存在希望何在；最后一个是人的生存的价值和意义到底在哪里。我觉得，最让我们感到惊心动魄的，是最后一个问题。从为自己活着，为他人活着，到为敌人活着，即使到了底线，还要去追寻生命存在的意义。这使我想起了哈姆雷特的命题："活还是不活？"其实，这个问题是人类共同的精神命题。鲁迅在这里是以中国的方式来思考与回答的。而这样的精神命题今天仍然在追问着我们每一个人。鲁迅看到很深的根源，从历史看到现实，从魏连殳时代的文人看到自己的同辈人。这种鲁迅式的对人的存在本身的追问，充满着鲁迅式的紧张，也灌注着鲁迅式

16　《两地书·七三》，《鲁迅全集》11卷，204页。

的冷气。

小说写到这里，读者的神经快要崩溃，受不了了。于是就有一个爆发："我快步走着，仿佛要从一种沉重的东西中冲出，但是不能够。耳朵中有什么挣扎着，久之，久之，终于挣扎出来了，隐约像是长嗥，像一匹受伤的狼，当深夜在旷野中嗥叫，惨伤里夹杂着愤怒和悲哀。"这"受伤的狼"的形象，在小说中第二次出现。它把一开始就笼罩全篇的死亡的轮回和绝望挣扎的生命感受螺旋式地往上推进。这深夜在旷野里发出的长嗥，夹杂着愤怒和悲哀的长嗥，无疑是魏连殳的心声，是"我"的心声，也是鲁迅自己的心声，也可以说是千古文人共同命运的象征。

小说发展到这里就到极点了，任何人都写不下去了。但是鲁迅还想从中挣扎出来。这就是鲁迅之为鲁迅：当绝望和痛苦达到极端的时候，他对绝望和痛苦又进行质疑。所以小说还有一个非常重要的转折。一般人以为小说到这里就结束了，已经很精彩了，但鲁迅为从绝望中、从质疑中摆脱出来做最后的努力："我的心地就此轻松起来，坦然地在潮湿的石路上走，月光底下。"你看，小说的结尾恢复了平静。更准确地说，它把这种痛苦真正内化了，隐藏到生命的、心灵的深处。也就是说，作者把所有惊心动魄的追问变成了长久的回味和更深远的思索。这样才完成了鲁迅的小说，这样的小说结尾才真正是鲁迅式的。最后他把所有挣扎内敛到生命的深处，达到一种平静。读完这篇小说，我们对所谓"鲁迅气氛"就会有一种更深的体会。

对鲁迅精神气质、小说艺术的几点新认识

最后我们总结一下：通过以上两篇小说的分析，我们对鲁迅小说、鲁迅气氛、鲁迅气质、鲁迅精神，可以达到一种什么样的认识？

首先我们注意到，鲁迅小说的自我辩驳的性质。鲁迅最具代表性的小说都具有一种自我辩驳的性质。这种自我辩驳最能显示鲁迅多疑的思维的特点。我们都说鲁迅是多疑的，其实他的多疑主要是指向自己的。日本学者木山英雄先生说，鲁迅有一种内攻性冲动。鲁迅对自己全部的情感、观念、选择都有多疑的审问。我们一般认为鲁迅是漂泊者，但在《在酒楼上》里，他对漂泊者是质疑的；我们一般认为鲁迅是主张复仇的，但在《孤独者》里他对复仇也进行了质疑。他总是提出两个命题，又在两个命题之间来回质疑。譬如在《在酒楼上》中，他同时提出漂泊和坚守这两个对立的命题；在《孤独者》里，他又提出希望和绝望两个对立的命题。他来回质疑，在来回的旋进中，他的思维更加深入，更加复杂化。这显示了鲁迅作为永远的探索者的精神气质。鲁迅永远在探索，探索中也会有些结论，但他从不把这些结论凝固化、绝对化，同时加入质疑。

其次，我们发现鲁迅的情感和精神气质是非常复杂的，是多层次的。比如跟魏晋的关系，他既有刘伶式的颓唐、放达的一面，同时有阮籍、嵇康的愤激、冷峻的一面。我们一般认为鲁迅是异端者，但同时也看到他是最守礼的。他既是漂泊者，同时又是坚守者。

这种多疑的思维所形成的复杂性、辩驳性，以及他的精神气质的多层次性，就形成了我们学术界经常提到的鲁迅小说的复调性。他的作品总有多种声音在那里互相争吵着，消解着，颠覆着，补充着；有多种感情在那里互相纠缠着，激荡着，扭结着。我称之为一种"撕裂的文本"，在那里找不到和谐。"撕裂的文本"具有一种内在的紧张。这样内在紧张的作品，艺术表现上很容易陷入急促。但鲁迅又追求从容。这也是一个矛盾：他整个的情绪、思想、情感、心理是紧张的，但表达上又追求一种从容。应该说，不是所有的鲁迅作品在处理这个矛盾时都处理得很好。有些作品可能过于急促，过于紧张，不够从容。但是我们讨论的《在酒楼上》《孔乙己》，能把紧张的内容包容在一种舒缓的节奏中。即使是像《孤独者》这样具有极大的情感冲击力的作品，最后还是把它内敛成一种具有深刻内涵的平静。这就是鲁迅小说的魅力：很好地处理了内在的紧张和表达的舒缓、从容之间的关系。即使是冲突，最后也转化成一种平静，是心灵的平静，也是叙事的平静。

我们发现，鲁迅的小说具有多重蕴涵。他不仅仅关注人的历史的、现实的命运，更进行人存在本身的追问。读《孤独者》，读《在酒楼上》，你可以感受到鲁迅强烈的现实关怀，但没有停留在现实层面上，而是提高到形而上的层面。他把现实的关怀和形而上的关怀有机地统一起来。在我看来，大作家和一般作家的区别，就在这里。真正的伟大作家一定有现实关怀的，我不相信不食人间烟火的作品是伟大的。但是，仅仅停留在现实关怀上，缺乏形而上的关怀，缺乏一种对人性、对生命存在的追问的作品，价值同样是有限的。在我的理解中，大作家就能把现实的关怀和形而上的关怀统一起来。应该说，鲁迅自己也没有在所有作品中达到这个水平。但至少在我们所讨论的作品中做到了这点。

我想，通过对《孤独者》《在酒楼上》的讨论，我们可以对鲁迅的小说，他的精神气质、文学艺术达到这样一个新的认识。

第三讲

《故事新编》漫谈

《故事新编》：鲁迅的一个奇思异想

首先，对这个题目做一下解释。所谓《故事新编》，首先是"故事"。鲁迅说得很清楚，"故事"是中国古代的一些神话、传说以及古代典籍里的部分记载，这实际上表现了古代人对外部世界和自身的一种理解，一种想象。所谓"新编"，就是鲁迅在二十世纪二三十年代重新编写、改写，某种程度上这是鲁迅和古人的一次对话，一次相遇。既然是重写，是重新相遇，鲁迅在写《故事新编》时就要在古代神话、传说、典籍里注入自己所处时代的精神，注入个人生命体验——我们读《故事新编》，就是要了解他在里面注入了什么东西。

那么，这到底是部怎样的小说呢？又该怎样去理解它呢？我有一个简单的理解：它是鲁迅奇思怪想的产物。我想每一个作家写作时都有一定的灵感，会有所谓神来之笔，而《故事新编》恰是鲁迅的一个灵感，是他的奇特想象。小说里讲的故事的主人公，有古代神话里的英雄，比如射日的后羿、造人的女娲、治水的大禹；还有一些古代的圣人、贤人，比如孔子、老子、墨子、庄子，他们身上都有一些神圣的光圈。鲁迅突发异想：这样一些身上有着神圣光圈的英雄、圣贤，如果有一天走到百姓当中，成了普通人，这个时候他们会有什么奇怪的遭遇，奇怪的命运呢？他的整本《故事新编》就是围绕这个多少有些古怪的想象展开的。

《奔月》：先驱者的命运

最能体现鲁迅构思的是《奔月》。这篇小说写的是后羿的故事，但写得很特别。后羿的故事本来是说：天上有十个太阳，老百姓被晒得受不了了，这时后羿出来，把九个太阳射了下来，留着最后一个保证人们的生存发展。对于这样一个英雄，鲁迅并没有从正面描写他当年怎样射日，怎样创造丰功伟绩，而是描写英雄业绩完成以后，后羿有什么遭遇。——"以后"，这才是鲁迅所关注的。鲁迅对很多问题都喜欢追问"以后怎么样"。可以随便举个例子，在"五四"时期谈到女子解放，有一个共同的命题，是从易卜生《玩偶之家》那里拿来的，就是"娜拉走出家门"。这是"五四"很有名的一个命题。大家都这么说，鲁迅却要问："娜拉出走后会怎么样？"他回答说："要么堕落，要么回来。"他的思考就是这样彻底而特别，老是追问"以后"。现在，同样地，鲁迅也要追问：后羿完成其英雄业绩以后，会怎么样，有什么遭遇？

后羿射下九个太阳之后，也把天下的奇禽异兽都射死了，这就出现一个生存问题。尤其是他的夫人嫦娥，是天下第一美女，作为一个丈夫，拿什么来给这样一个美女夫人吃呢？天下的奇禽异兽都被射死了，找不到吃的东西了，所以每天只能请他的夫人吃"乌鸦炸酱面"。这样，夫人就大发脾气了。于是，这天一大早，嫦娥起来就蛾眉直竖，对后羿说：今天你给我什么吃？还是乌鸦炸酱面？那不行，我吃腻了，必须给我找到别的东西，否则不准回家。这就是所谓的"妻管严"，是普通老百姓生活里很常见的事。就像天下所有的丈夫一样，后羿也只得听夫人的话，骑马到了几百里之外。他远远看见一只肥鸡，非常高兴，心想：这回有鸡吃，回家就好交代了。他一箭射去，那鸡应声倒下。但就在他赶过去拿鸡的时候，被一个老太婆一把抓住。这是谁？鸡的主人。

"赔我鸡来！"

"这鸡我已经射死了。"

"那不管，你得赔。"

后羿没办法，就把身上所有值钱的东西都给了她。

"不行，还不够。"

后羿万般无奈只能亮了相，说："你知道我是谁吗？"

"我管你是谁！"

"我是后羿呀！"

"后羿是什么东西？"

人们已经把他给忘了。

他没办法，最后只得说"明天这个时候我准时来，拿更好的东西给你"。

就这样，后羿好不容易才脱了身。

刚走没多远，只见远处一支箭飞过来，后羿"啊"的一声倒地。这箭从哪儿来的？这是他当年的学生逢蒙射的。所以你看现在的后羿，人们都把他遗忘了，他的学生也背叛他了。逢蒙看到他倒下去，就赶来想杀害自己的老师。后羿却从地上翻身而起，说："你小子，幸亏我留了一手！"这一手又是什么呢？——原来，箭飞过来以后，"啊"一声倒地不是真的倒，而是用嘴把箭衔住了。这样逢蒙就很狼狈，逃走了。但后羿到家后，仆人过来报告说："不好了，先生，夫人跑了！"嫦娥奔月，到天上去了，连老婆都背弃了自己。后羿就发怒了，说"拿箭来"——他要重新射日，这次是射月亮。这里鲁迅先生有一段很精彩的描写：

他一手拈弓，一手捏着三枝箭，都搭上去，拉了一个满弓，正对着月亮。身子是岩石一般挺立着，眼光直射，闪闪如岩下电，须发开张飘动，像黑色火，这一瞬息，使人仿佛想见他当年射日的雄姿。

这一段描写是非常精彩的。后羿虽说已经落魄了，但雄姿仍在，可这仍然不能改变他的命运。因为当所有的奇禽异兽被射死以后，他就没有施展自己才能的对象了，面临着"英雄无用武之地"的尴尬。而且连基本生存都难以维持，整天纠缠在日常生活的琐事当中，这就导致了他自身精神的平庸化，使他无法摆脱内心的那种无聊和疲倦感。这里写的不仅是一个被遗忘、遭背叛、被遗弃的外在的悲剧，更是一种内心世界的变化所导致的内在生命弱化的悲剧。鲁迅在这里，实际上是讨论了一个非常重大的问题——先驱者的命运问题，不只是指后羿，实际上也渗透了鲁迅自己的生命体验，"五四"过去之后，先驱者都面临类似后羿的遭遇与命运。

《补天》《理水》《非攻》里的两种调子与情节反转

另外还有一篇叫《补天》，是写女娲造人的故事。这篇开头非常漂亮，用笔很华丽，在鲁迅的作品中很少见。我们看其中一段，大家要注意他用的色彩：

> 粉红的天空中，曲曲折折的漂着许多条石绿色的浮云，星便在那后面忽明忽灭的映眼，天边的血红的云彩里有一个光芒四射的太阳，如流动的金球包在荒古的熔岩中；那一边，却是一个生铁一般的冷而且白的月亮。

我们可以想象："粉红的天空""石绿色的浮云""金球般的太阳""冷而且白的月亮"是一幅色彩艳丽浓烈的壮

阔的场景——女娲就在这种场景下造人、补天。

而鲁迅最关心的，是女娲在造人过程中的心理变化。开始时，她精力充沛，兴趣盎然，拿泥捏成一团，扔出去，"哇"的一声，一个人就诞生了。她创造了人，有一种创造者的喜悦。但是不久，她发现，在她胯间出现了一个小人在嘀嘀咕咕告状，说别人的坏话。大概人都喜欢做这种事，尤其是中国人。女娲见到这样的人，心里就烦了，想：我怎么造出这样自私的、猥琐的人呢？顿时一种无聊感袭上心头，她不想造人了，觉得造人没意思。就不像以前那样用心捏了，而是用树枝蘸着泥水一甩，甩出人模人样的一些东西来。她前边用心捏的都是聪明伶俐的，后面的则一个个獐头鼠目。所以我们今天看到的眉清目秀的人，大概就是女娲用心捏的；那些贼头贼脑的，就是甩出来的。最后她疲倦了，以至累死了。

她刚死，那边就有一彪人马来了，打着一个旗号——女娲之嫡系，在她的肚皮上安营扎寨。为什么在肚皮上呢？因为那里脂肪最多，是最丰腴的地方。这有点滑稽，细细一想，又透出残酷：女娲是人类之母啊，她为创造人而献出了自己的生命；人却连她的死尸都要利用，还打着"嫡系"即所谓忠实的继承者的旗号。前面我们看到的那段壮阔的场景、绮丽的色彩，到这里就全都消解了。我们会感到荒诞，但荒诞背后有一种说不出的悲凉感，这就是《补天》。

还有一篇小说《理水》，写夏禹的故事。夏禹的故事大家很熟悉，我们先来看看鲁迅怎么写夏禹："面目黧黑，衣服破旧"，而且"不穿袜子"，一坐到椅子上就把两脚伸出来，大脚上长满栗子般的老茧。在鲁迅的笔下，夏禹是一个平民实干家的形象。不仅是他，他的助手也像"铁铸的"般坐着，"不动、不言、不笑"，构成一个黑色的家族。鲁迅作品里就有这么一个"黑色家族"，而且鲁迅自己就是"黑色家族"的成员。许广平回忆当年鲁迅先生给她们上课的情景。当时鲁迅已经是非常有名的作家，大家都怀着好奇心，期待着他的上课。铃声一响，滚过来一团黑，只见鲁迅穿着一身黑衣服，黑浓的头发又粗又硬地直竖着，可不就是"一团黑"。在鲁迅作品中也有这么"一团黑"：《理水》里的夏禹，《奔月》里的后羿，《铸剑》里的"黑色人"，还有《孤独者》里的魏连殳，《野草》里《过客》中的过客等，都是黑色的人，鲁迅也就把自己的形象，自己的生命感受都渗透到这些黑色的人的形象中了。

他写夏禹，也不着重写他怎样创造治水的英雄业绩，仍旧写功成名就"以后"。首先是称呼变了，不再叫"禹"，而是叫"禹爷"——成为"爷"了。大街小巷的老百姓都在传颂禹爷的故事，而且越说越神，越说越玄。说他夜间变成一只熊，用嘴和爪开通了九条河；说他把天兵天将请来，把兴风作怪的妖怪压在山脚下。这样，在老百姓的传说中，禹就被神化了。本来治水对于夏禹是一件利国利民的严肃的事业，现在却变成了老百姓聊天、谈笑的资料，只是觉着好玩。这样，大禹的一切努力、奋斗都变得没有什么意义与价值，变成一个故事了。于是就出现了万头攒动、争相看禹爷的场面，出现了鲁迅最为关注的"看客"现象。鲁迅有一篇小说《示众》就是专门写"看客"的。小说开头写北京的夏天，天气极热，大家都觉得无聊，没什么可干。这时在马路对面，突然有一个巡警牵着一个犯人出现了，这可是一件有刺激性的事，于是，大家就从四面八方拥过来看犯人。开始是大家看犯人，后来是犯人看大家，再后来是大家互相看。每个人既看别人又被别人看，就形成了"看"与"被看"的模式。这是鲁迅对中国人的生存方式和人与人之间关系的一种高度概括。大家不妨想想，你们和周围的人是不是这种关系。一方面看别人，一方面被别人看。比方说，今天我坐在这里，在众目睽睽之下被大家看，同时东张西望地看大家。这就是一个"看"与"被看"的关系。一切都成了表演，成了游戏，鲁迅说"中国是一个文字的游戏国"，"中国的群众都是戏剧的看客"，这是内含着一种沉重的，因为就在看戏的过程中，一切真实的不幸与痛苦，一切严肃、认真的努力与奋斗，都被消解了。所以"万头攒动看夏禹"的场面实际是包含着内在悲剧性的，表面是一个喜剧，热闹得不得了，但热闹的背后是一个悲剧，夏禹治水的意义，被遗忘了，价值也消解殆尽了，他成了全民观赏的对象。

还不止于此，当时的司法部长皋陶还下令全国向夏禹同志学习，否则就要被关进监狱。一强制学习，就变成专制了。夏禹实际上就成了统治阶级统治的工具了。而且最后还危及自身，他自身也异化了。既然成了"禹爷"，就要有符合"爷"的身份的一套行为方式，必须遵循应有的规矩。比方说，作为一介平民，夏禹平时穿衣服很随便，但现在是"禹爷"，上朝就必须穿漂亮的官服，这叫"入乡随俗"。结果呢？他就异化了，也就成了统治阶级里的一员。小说最后一句话鲁迅写得非常轻松："终于太平到连百兽都会跳舞，凤凰也飞来凑热闹了。"果真是"太平盛世"了，禹这样的为民请命的人，现在也不成为威胁了，皆大欢喜了。但就是这"太平"二字掩盖了天下多少不平事，"太平"背后又有多少血和泪！读到这里，人们不能不感到这轻松背后的沉重，从而引发出无限的感慨。

　　还有一篇《非攻》，是写墨子的故事。大家知道墨子的老乡公输般，他发明了一种攻城的机械，献给了楚王，楚王决定用他的发明去攻打宋国。墨子听到消息后从很远的地方赶来，当着楚王的面，和公输般斗智、斗法，一攻一守，最后还是墨子技高一筹，公输般认输，战争也就被制止了。这战争是怎么打的呢？不是双方士兵面对面地直接厮杀、打斗，而是双方主帅斗谋略、斗军事武器、技术。这就很有点现代战争的味道。《非攻》写的就是一场现代意味的战争，这是很有意思的。但更值得注意的是，墨子制止了这场战争"以后"，他来到了宋国，这个刚被他拯救的国家，他遭遇到了什么呢？他"一进宋国界，就被搜检了两回"，为什么？因为他穿得太寒酸，土头土脑的，所以，就被当地警察不放心地搜检了两回。然后"又遇见了募捐救国队"向他募捐，就连破包裹也捐掉了。"到得南关外，又遇着大雨"，想到亭子里避雨，因为他的衣服太破旧被两个警察拒绝了。一个为民请命的人，到最后连躲雨的地方都没有，只能"淋得一身湿，从此鼻子塞了十多天"。他战胜公输般令人非常敬仰，但现在又让人觉着非常可怜，一下子把前面的庄严感都消解掉了，留给读者的依然是透骨的悲凉感。

所以，我们读鲁迅的《故事新编》，无论是《奔月》《理水》，还是《非攻》，都会感觉到他是在讨论一个问题，就是先驱者的命运的问题，一切为民请命者的命运问题。我们可以发现，鲁迅的每一篇小说都有两种"调子"：崇高的与嘲讽、荒诞的，悲壮的与悲凉的。两种调子互相消长，形成内在的紧张关系，而且小说后半部分情节都忽然反转，把前面的情节颠覆，很像现在所说的先锋派小说和后现代小说。而这样复杂化的叙述与描写的背后，隐现着鲁迅怀疑的、审视的眼光：他要打破一切人、我制造的神话。

《铸剑》:"撕裂的文本"与怀疑精神

现在我要讲《铸剑》,它是《故事新编》里写得最好、表现最完美的一篇,因此我们要做一个文本细读。

小说的故事大家都很熟悉:有一天,楚王的王妃白天摸了一下铁柱子,晚上就生下了一块铁,这自然是块奇铁,楚王就把当时楚国最著名的铸匠莫邪找来,命令他用这块铁铸一把剑。莫邪铸了一把雄剑和一把雌剑,他知道大王善于猜忌又极其残忍,所以就献出雌剑留下了雄剑,交给夫人,嘱咐她将剑埋在地下,待儿子长大,到十六岁时再取出来,让儿子为他报仇。他的儿子果然长大了,叫作"眉间尺",就是说,双眉之间距离有一尺之宽——当然,古代的一尺没有今天这样宽,但总之是很宽的了,我们可以想见,浓眉大眼宽距离,是个英俊的小伙子,非常"酷"。小说一开始就是十六年后的子夜时分,母亲向眉间尺追述当年他父亲铸剑的情景,那真是惊心动魄——

当最末次开炉的那一日,是怎样地骇人的景象呵!哗拉拉地腾上一道白气的时候,地面也觉得动摇。那白气到天半便变成白云,罩住了这处所,渐渐现出绯红颜色,映得一切都如桃花。我家的漆黑的炉子里,是躺着通红的两把剑。你父亲用井华水慢慢地滴下去,那剑嘶嘶地吼着,慢慢转成青色了。这样地七日七夜，就看不见了剑，仔细看时，却还在炉底里，纯青的，透明的，正像两条冰。

……待到指尖一冷，有如触着冰雪的时候，那纯青透明的剑也出现了。……

窗外的星月和屋里的松明似乎都骤然失了光辉，惟有青光充塞宇内。那剑便溶在这青光中，看去好像一无所有。

我们看到的是鲁迅式的颜色：白的，红的，黑的，"通红"以后的"纯青"。还有鲁迅式的情感：从"极热"到冰一样的"极冷"。鲁迅正是这样外表"极冷"而内心"极热"，这把"纯青的，透明的，正像两条冰"的"剑"，正是鲁迅精神的外化。而在小说里，真正代表了这性格、这精神的，是"黑色人"。

这"黑色人"是如何出现的呢？

这天晚上楚王做了一个梦，梦见有人拿剑刺杀他，便下令全城搜捕眉间尺。正在最危急的时候出现了"黑色人"。

"前面的人圈子动摇了，挤进一个黑色的人来，黑须黑眼睛，瘦得如铁。他并不言语，只向眉间尺冷冷地一笑……"

"眉间尺浑身一颤，中了魔似的，立即跟着他走；后来是飞奔。……前面却仅有两点燐火一般的那黑色人的眼光。"

黑色人对他说，"我为你报仇"，"只要你给我两件东西：一是你的剑，二是你的头"。眉间尺毫不犹豫地割下头，"'呵呵！'他一手接剑，一手捏着头发，提起眉间尺的头来，对着那热的死掉的嘴唇，接吻两次，并且冷冷地尖厉地笑"。

黑色人确实像冰一样冷酷无情。但当眉间尺问他："你为什么要给我报仇呢？""黑色人"却这样回答：因为"我的魂灵上有这么多的，人我所加的伤，我已经憎恶了我自己！"这就告诉我们，"黑色人"有一个受了伤的灵魂。我们可以想见，"黑色人"原来也有火热的心灵、热烈的追求，但他受到一次又一次打击和侮辱，他的心变硬了，排除了一切情感与追求，只剩下一种感情——那就是憎恨；只有一个行为——那就是复仇。他把自己变成一个复仇之神。可见"黑色人"同样外表冰冷而内心火热，同样是"黑色家族"的一个成员，在某种程度上即是鲁迅的化身。在小说里，他的名字叫宴之敖，而这恰是鲁迅的笔名。"鲁迅——黑色人——剑"，三者是融为一体的。

我们再看"黑色人"如何复仇的。他把自己打扮成一个玩杂技的人，宣称有绝妙的杂技表演。而楚王此时正觉得无聊，想找刺激，就把他召进宫来。

"黑色人"要求将"一个煮牛的大金鼎摆在殿外，注满水，下面堆了兽炭，点起火来"。

那黑色人站在旁边，见炭火一红，便解下包袱，打开，两手捧出孩子的头来，高高举起。那头是秀眉长眼，皓齿红唇；脸带笑容；头发蓬松，正如青烟一阵。黑色人捧着向四面转了一圈，便伸手擎到鼎上，动着嘴唇说了几句不知什么话，随即将手一松，只听得扑通一声，坠入水中去了。水花同时溅起，足有五尺多高，此后是一切平静。……

　　……炭火也正旺，映着那黑色人变成红黑，如铁的烧到微红……他也已经伸起两手向天，眼光向着无物，舞蹈着，忽地发出尖利的声音唱起歌来：

　　哈哈爱兮爱乎爱乎！
　　爱兮血兮兮谁乎独无。
　　…………
　　血乎呜呼兮呜呼阿呼，
　　阿呼呜呼兮呜呼呜呼！

　　随着歌声，水就从鼎口涌起，上尖下广，像一座小山，但自水尖至鼎底，不住地回旋运动。那头即随水上上下下，转着圈子，一面又滴溜溜地自己翻筋斗，人们还可以看见他玩得高兴的笑容。过了些时，突然变了逆水的游泳，打旋子夹着穿梭，激得水花向四面飞溅，满庭洒下一阵热雨来。……

　　黑色人的歌声才停，那头也就在水中央停住，面向王殿，颜色转成端庄。这样的有十余瞬息之久，才慢慢地上下抖动；从抖动加速而为起伏的游泳，但不很快，态度很雍容。……

请注意，这里对眉间尺形象的描写："秀眉长眼，皓齿红唇"，"颜色端庄"，"态度雍容"，还有那"玩得高兴的笑容"，这样的年轻，如此的秀美，这是一个多么美好的生命！但不要忘了，这只是一个头，一个极欲复仇的头颅，其间的反差极大，造成一种奇异的感觉。这个头颅"忽然睁大眼睛，漆黑的眼珠显得格外精采"，就这么"开口唱起歌来"，依然是听不懂的古怪的歌：

> 王泽流兮浩洋洋；
> 克服怨敌，怨敌克服兮，赫兮强！
> …………
> 堂哉皇哉兮嗳嗳唷，
> 嗟来归来，嗟来陪来兮青其光！

唱着唱着头不见了，歌声也没有了。楚王看得正起劲儿，忙问这是怎么一回事，"黑色人"就叫楚王下来看，楚王也就果真情不自禁地走下宝座，刚走到鼎口，就看见那小孩对他嫣然一笑，这可把楚王吓了一跳，仿佛似曾相识，"刚在惊疑，黑色人已经擎出了背着的青色的剑，只一挥，闪电般从后项窝直劈下去，扑通一声，王的头就落在鼎里了"。"仇人相见，本来格外眼明，况且是相逢狭路。王头刚到水面，眉间尺的头便迎上来，狠命在他耳轮上咬了一口。鼎水即刻沸涌，澎湃有声；两头即在水中死战。约有二十回合，王头受了五个伤，眉间尺的头上却有七处。王又狡猾，总是设法绕到他的敌人的后面去。眉间尺偶一疏忽，终于被他咬住了后项窝，无法转身。这一回王的头可是咬定不放了，他只是连连蚕食进去；连鼎外面也仿佛听到孩子的失声叫痛的声音"。这时，"黑色人"也有些惊慌，但仍面不改色，从从容容地伸开那捏着看不见的青剑的臂膊，如一段枯枝；臂膊忽然一弯，青剑便蓦地从他后面劈下，剑到头落，坠入鼎中，"他的头一入水，即刻奔向王头，一口咬住了王的鼻子，几乎要咬下来。王忍不住叫一声'阿唷'，将嘴一张，眉间尺的头乘机挣脱了，一转脸倒将王的下巴下死劲咬住。他们不但都不放，还用全力上下一撕，撕得王头再也合不上嘴。于是他们就如饿鸡啄米一般，一顿乱咬，咬得王头眼歪鼻塌，满脸鳞伤。先前还会在鼎里面四处乱滚，后来只能躺着呻吟，到底是一声不响，只有出气，没有进气了"。

　　"黑色人和眉间尺的头也慢慢地住了嘴，离开王头，沿鼎壁游了一匝，看他可是装死还是真死。待到知道了王头确已断气，便四目相视，微微一笑，随即合上眼睛，仰面向天，沉到水底里去了。"这就结束了复仇的故事。

你看，在这一段文字里，鲁迅充分发挥了他的想象力，把这个复仇的故事写得如此惊心动魄，又如此美，可以说是把复仇充分地诗化了。

小说写到这里就好像到了一个高潮，应该结束了，如果是一般作家也就这样结束了。但是如果真到此结束，我们就可以说这不是鲁迅的小说。老实说，这样的想象力、这样的描写，尽管很不凡，但别一个出色的作家还是可以写得出的。鲁迅之为鲁迅，就在于他在写完复仇的故事以后，还有新的开掘。甚至可以说，鲁迅的本意，或者说他真正的兴趣所在，还不是描写复仇本身，他要追问的是，复仇"以后"会怎么样。也就是说，小说写到复仇事业的完成，还只是一个铺垫，小说的真正展开与完成，小说最精彩、最触目惊心之处，是在王头被啄死了以后的描写。

当王死后，侍从赶紧把鼎里的骨头捞出来，从中挑拣出王的头，但三个头已经纠缠在一起，分不清谁是谁的了。于是，就出现了一个"辨头"的场面——

当夜便开了一个王公大臣会议，想决定那一个是王的头，但结果还同白天一样。并且连须发也发生了问题。白的自然是王的，然而因为花白，所以黑的也很难处置。讨论了小半夜，只将几根红色的胡子选出；接着因为第九个王妃抗议，说她确曾看见王有几根通黄的胡子，现在怎么能知道决没有一根红的呢。于是也只好重行归并，作为疑案了。

到后半夜，还是毫无结果。大家却居然一面打呵欠，一面继续讨论，直到第二次鸡鸣，这才决定了一个最慎重妥善的办法，是：只能将三个头骨都和王的身体放在金棺里落葬。

我们很容易就注意到，鲁迅的叙事语调发生了变化，三头相搏的场面充满悲壮感，三头相辨就变成了鲁迅式的嘲讽。也就是说，由"复仇"的悲壮剧变成了"辨头"的闹剧，而且出现了"三头并葬"的复仇结局。

这又意味着什么呢？从国王的角度来说，国王是至尊者，"黑色人"和眉间尺却是大逆不道的叛贼，尊贵的王头怎么可以和逆贼头放在一起葬呢？对国王而言，这是荒诞不经的。从"黑色人"、眉间尺的角度说，他们是正义的复仇者，国王是罪恶的元凶，现在复仇者的头和被复仇者的头葬在一起，这本身也是滑稽可笑的。这双重的荒谬，使复仇者和被复仇者同时陷入了尴尬，也使复仇本身的价值变得可疑。先前的崇高感、悲壮感到这里都化成了一笑，却不知道到底该笑谁：国王？眉间尺？还是"黑色人"？就连我们读者也陷入了困惑。

而且这样的尴尬、困惑还要继续下去。小说的最后出现了一个全民"大出丧"的场面。老百姓从全国各地、四面八方跑来，天一亮，道路上就挤满了男男女女、老老少少，名义上是来"瞻仰"王头，其实是来看三头并葬，看热闹。"大出丧"变成了全民狂欢节。当三头并装在灵车里，在万头攒动中招摇过市时，复仇的悲剧就达到了顶点。眉间尺、"黑色人"不仅身首异处，而且仅余的头颅还和敌人的头颅并置公开展览，成为众人谈笑的资料，这是极端的残酷，也是极端的荒谬。在小说的结尾，鲁迅不动声色地写了这样一段文字——

> 此后是王后和许多王妃的车。百姓看她们，她们也看百姓，但哭着。此后是大臣，太监，侏儒等辈，都装着哀戚的颜色。只是百姓已经不看他们，连行列也挤得乱七八糟，不成样子了。

这段话写得很冷静，但我们仔细地体味，就不难发现看与被看的关系。百姓看她们，是把她们当成王后和王妃吗？不是，百姓是把她们当成女人，是在看女人，是男人看女人；她们看百姓，是女人看男人。就这样，男人看女人，女人看男人，全民族从上到下，都演起戏来了。这个时候，复仇者和被复仇者，连同复仇本身也就同时被遗忘和遗弃。这样，小说就到了头了，前面写的所有的复仇的神圣、崇高和诗意，都被消解为无，真正是"连血痕也被舔净"。只有"看客"仍然占据着画面：在中国，他们是唯一的、永远的胜利者。

我每次读到这里，都觉得心里堵得慌。我想鲁迅写到这里，内心也是不平静的。因为这个问题涉及鲁迅的信念，鲁迅是相信复仇、主张复仇的。他曾经说过："当人受到压迫，为什么不反抗？"鲁迅的可贵，就在于他对自己的"复仇"主张也产生了怀疑。虽然他主张复仇，但同时又很清楚在中国这样一个国家，复仇是无效的、无用的，甚至是可悲的。鲁迅从来不自欺欺人，他在情感上倾心于复仇，但同时又很清醒地看到这样的复仇是必然失败的。——这就表现了鲁迅的一种怀疑精神。而且这种怀疑精神是彻底的，因为他不仅怀疑外部世界，更怀疑自己，怀疑自己的一些信念，这样他就把怀疑精神贯彻到底了。

于是，我们也就明白，在《故事新编》里，鲁迅所要注入的是一种彻底的怀疑主义的现代精神，把他自己非常丰富的痛苦而悲凉的生命体验融化其中。这样一种怀疑精神表现在他的艺术上又是如此的复杂：悲壮的、崇高的和嘲讽的、荒诞的、悲凉的两种调子交织在一起，互相质疑，互相补充，又互相撕裂。很多作家的写作是追求和谐的，而鲁迅的作品里找不到和谐，那是"撕裂的文本"，有一种内在的紧张。就写作结构而言，小说各部分之间，尤其是结尾与前面的描写，常常形成一个颠覆，一个整体的消解。这些都可以看出鲁迅思想的深刻、艺术的丰富性和创造性。这样的小说是我们过去是没有看到过的，是全新的创造。

《采薇》《出关》《起死》：将圣贤置于荒诞情境中

鲁迅在《故事新编》中同样以严峻的、批判的态度，去重新审视中国历史上的一些圣人、贤人：孔子、墨子、老子和庄子。他让这些圣人、贤人和一些意想不到的人之间发生奇怪的相遇，使他们处在一种荒诞的情境之中。

《采薇》这一篇写的是伯夷、叔齐的故事。大家都知道他们是儒家里的道德典范，两人互相谦让，谁也不肯当皇帝，然后一起逃到首阳山，"不食周粟"。他们是孔孟之道的忠实信徒，开口闭口都是要遵循"先王之道"。鲁迅认为他们是真正的信徒，是真心真意相信，并且实实在在愿意实践儒家先王之道的。在鲁迅看来，其他更多的表面上宣布自己奉行先王之道的那些所谓儒家信徒都是假的。一个真信徒和一个假信徒相遇，这个真信徒就显得非常可笑。

于是，鲁迅就凭空设置了一个伯夷、叔齐去首阳山的路上碰到强盗的场景。这个强盗叫小穷奇，是鲁迅创造出来的一个人物。他处处宣布"我是信奉先王之道的，我是儒家最忠实的信徒"，这就出现了一个非常滑稽可笑的场面。强盗提着刀说："小的带了兄弟们在这里，要请您老赏一点买路钱。"很客气，可以说是彬彬有礼。"我们哪有钱呢？大王。我们是从养老堂里出来的。""阿呀！"强盗吃了一惊，立刻肃然起敬。"那么，您两位一定是'天下之大老'了。小人们也遵循先王遗教，非常敬老，所以要请您老留下一点纪念品……"伯夷、叔齐不知说什么。强盗将大刀一挥，提高了声音说道："如果您老还要谦让，那小人们只好恭行天搜，瞻仰一下您老的贵体了！"

你看，他明明是个强盗，却口口声声"遵先王遗教"，在"敬老"的大义之下，行拦路抢劫之实。还要宣称这是"恭行天搜"。"恭行天搜"是什么意思呢？就是我搜身也是根据天的旨意。小穷奇打着"天"的旗号来抢劫，其实与皇帝自称"天子"，以"天"的名义统治天下，没有实质的区别。这个情景看起来非常荒诞，实际上有很大的概括性，是一个隐喻。所有"主义"的信徒都有真有假，假信徒们常常打着"主义"的旗号，窃取美名，干抢劫的勾当，而这样的人却最吃香，最能风行于天下。伯夷、叔齐这样的真信徒在他们面前，确如鲁迅所说，就像一头"笨牛"，反而显得滑稽可笑。鲁迅对这种真信徒怀有非常复杂的感情，称之为"笨牛"，既有嘲讽、否定，又多少觉得他们也有可爱之处，他最痛恨的就是"小穷奇"这样的假信徒。在现实生活中，这样的假信徒比比皆是，而真正像伯夷、叔齐那样的老实人反而是行不通的。这里面包含着鲁迅对儒家学说及其命运非常深刻的理解及感悟。

《出关》讲的是老子，而老子主张无为而治。鲁迅在三十年代国难当头的背景下，当然要反对这种无为而治。所以他要对老子开一个玩笑，用游戏笔墨跟他开个玩笑。老子要出函谷关，关长说："老先生既要出关，我有个条件，请你来讲学。"就出现了老子被迫讲学的场面。听他讲学的是些什么人呢？"四个巡警，两个签子手，五个探子，一个书记，账房和厨房。"于是，老子这样一个大哲学家、大学者，就与这些巡警、侦探、账房、厨房有了一个奇怪的相遇。

老子像一段呆木头似的坐在中央，沉默了一会，这才咳嗽几声，白胡子里面的嘴唇在动起来了。大家即刻屏住呼吸，侧着耳朵听。只听得他慢慢的说道：

"道可道，非常道；名可名，非常名……故常无欲以观其妙，"老子接着说，"常有欲以观其窍，此两者，同出而异名。同，谓之玄，玄之又玄，众妙之门……"

大家显出苦脸来了，有些人还似乎手足无措。

请注意，这"手足无措"四个字写得非常传神。巡警、账房们开始打哈欠，连笔记本都掉下来了，哗啷一声，把大家吓了一跳。

这是典型的"对牛弹琴"的场景，"牛"固然可笑，可这个"弹琴者"也许更为可笑，而且他还被这些人议论，轻薄地议论。等他走了，那个账房说："哈哈哈！……我真只好打盹了。老实说，我是猜他要讲自己的恋爱故事，这才去听的。要是早知道他不过这么胡说八道，我就压根儿不去坐这么大半天受罪……"最后关长把老子留下的《道德经》扔在架子上，在堆满灰尘的架子上，有没收来的盐和土豆——跟这些东西放在一起，实在是不伦不类。

这是鲁迅跟老子开了个不大不小的玩笑。

再看庄子，就更可笑了。我们一起来读《起死》。这个题目就很有意思：所谓"起死"就是让彼时彼地的古人复活，与此时此地的现代人对话，这其实就是鲁迅写《故事新编》的本意，整本《故事新编》就是一篇"起死"。具体到这篇文本，是从《庄子·至乐》篇的寓言故事里演义出来的。故事中的那个骷髅，是五百年前的一个乡下人。当年是条汉子，夹着一个包裹，拿了雨伞去看亲戚，走在半路，被一棍子打死了，而且被剥光了衣服。现在，这个骷髅被庄子施法术，复了生，不过却是赤条条的，没衣服穿。他只看到旁边有一个老头，当然这老头就是庄子。于是他一把抓住庄子说：

"你把我弄得精赤条条的，活转来又有什么用？叫我怎么去探亲？"庄子说，这跟我没关系呀！不是我弄你的。

"我不相信你的胡说。这里只有你，我当然问你要！我扭你见保甲去！"这时，庄子就开始和他讲起自己的哲学来："慢慢的，慢慢的，我的衣服旧了，很脆，拉不得。你且听我几句话：你先不要专想衣服罢，衣服是可有可无的，也许是有衣服对，也许是没有衣服对。鸟有羽，兽有毛，然而王瓜茄子赤条条。此所谓'彼亦一是非，此亦一是非'。你固然不能说没有衣服对，然而你又怎么能说有衣服对呢？"

这是鲁迅的神来之笔。庄子大谈他的哲学，汉子大怒："放你妈的屁，不还我的东西，我先揍死你！"

哲学家的相对主义，遇到了乡下人的现实主义，就一筹莫展，陷入非常狼狈的境地。

汉子说，既然你说衣服可有可无，那你把衣服剥下来给我穿吧。庄子说，不行，不行，我要见楚王，怎能不穿衣服去呢？可见这样玄而又玄的相对主义哲学是连哲学家自己也不准备认真实行的。汉子死死揪住庄子不放，庄子没办法，只好吹警笛，请巡警帮他解围。

这也是鲁迅和庄子开的一个不大不小的玩笑。在古代文化中，对鲁迅影响最大的就是庄子了。鲁迅说过：孔孟之道对我没多大影响，真正对我有影响的一个是庄子，一个是韩非子。实际上，鲁迅对庄子怀有一种很复杂的情感。作为学者的鲁迅，对庄子的评价，和作为一个杂文家的鲁迅对庄子的评价是不一样的：在《汉文学史纲》中，鲁迅对庄子的文采给予了极高的评价；而作为杂文家的鲁迅关注的则是，庄子这种哲学在中国现实生活中发挥了什么作用。学者的鲁迅和杂文家的鲁迅，在面对不同对象、不同任务的时候，对庄子有不同的评价，这是我们在读鲁迅作品时应该注意的。

《故事新编》的启示：想象力与幽默感

刚才我们在不长的时间里把鲁迅的《故事新编》读完了，每一篇都做了简要的分析。我想最后再说几句：我们今天是一场文学之旅，大家一边读一边会感受到一种诧异感。鲁迅的很多描写都在我们的意料之外，和我们所见到的小说不大一样。这就是鲁迅作品经常给人的审美的感受，一种惊喜和惊奇感。这样的层出不穷、出乎意料的奇思异想，显示了鲁迅非凡的想象力，我们甚至感到这种想象力仿佛要溢出文学文本，并能引起我们新的想象和新的创造。在我们感受到鲁迅这样一种想象力和创造力的时候，不得不想到中国的现代文学乃至当代文学有个非常大的问题：缺乏想象力，特别是这种非凡的想象力。为什么鲁迅有如此的想象力，而我们一般的作家没有呢？这除了鲁迅个人的才情外，很重要的一个方面就是与鲁迅自觉地继承神话传统和子书传统有关。中国小说的渊源来自于神话、传说和史书，中国小说和这三种古代文献关系最密切。但小说在后来的发展过程中越来越受到史书影响，而神话、传说的影响越来越小，这就是造成小说发展中想象力不足的一个非常重要的原因。从更深层面来说，我们这个民族可能是想象力不足的。鲁迅曾做过解释，他说原因在于中国人的生存太困难了，所以中国最发达的哲学是生存哲学，是一种"活着"的哲学。因为现实苦难太多，"怎么活着"就成为中国人第一性的问题。这样身受的艰难就使得中国人对彼岸世界的想象有些不足，这可能就构成了我们这个民族的一个弱点。从这个角度我们再来看《故事新编》，看它的非凡的想象力，就显得特别可贵。

我们还注意到，《故事新编》八篇小说中，有五篇写于一九三五年到一九三六年这个时期，是鲁迅生命的最后一个阶段。在这个阶段中，鲁迅时时刻刻面临着死亡的威胁，处在一个内外交困、身心交瘁的境地，然而他的小说风格却如此从容、洒脱、幽默。幽默是一个大境界，不仅是文学的大境界，更是人生命的一个大境界。《故事新编》是鲁迅思想和艺术的一次超越，所以小说家的鲁迅以《呐喊》《彷徨》开始，以《故事新编》作为结束，这本身就是非常有意义的。当然《故事新编》也是一个没有达到十分完美境界的作品，因为他写得毕竟太匆忙，而且是在大病的情况下写的。在某种程度上说，《故事新编》是一部没有完成的杰作。

读鲁迅的作品，我们会时时刻刻为鲁迅的艺术才华所折服，同时也常常会感到千古文章未竟才的遗憾。因此，就像鲁迅说他自己是"中间物"一样，他的小说在整个中国现当代文学发展中仍然是一个中间物，它只是一个阶段，但这个阶段，却是十分的辉煌，而且让我们后人永远怀想。

第四讲

鲁迅杂文的言说环境、方式与命运

"作为杂文家的鲁迅"，这是一个很大的题目，我们只能大题小做——从一个特定的角度来谈。于是，就想起了鲁迅的一个感慨："前进的青年，似乎谁都没有注意到现在对于言论的迫压，也是很令人觉得诧异的。"在他看来，评论者如果不了解作者的言说环境，就不能批评他的写作，"即使批评了，也很难中肯"，由此而发出了他的忠告："我以为要论作家的作品，必须兼想到周围的情形。"[1] 我在看当下许多人对鲁迅杂文，特别是他的后期杂文的种种批评时，常常想起鲁迅的这一忠告。我想我们还是不要忙着做居高临下的、事后诸葛亮的批评，不妨先听听鲁迅的申说。他的言说环境，他的言说方式、策略，以及他的言说命运，等等。听完了，我们再来发表自己的评论也不迟。我所依据的材料，就是鲁迅为他最后十年所写的杂文集所写的序言、后记，以及有关文章。

1　《〈且介亭杂文二集〉后记》，《鲁迅全集》6卷，466页，479页，466—467页。

"我们活在这样的地方，我们活在这样的时代"[2]

鲁迅最后十年的开端——一九二七年至一九二九年，写了两本杂文集：《而已集》和《三闲集》。他在《〈三闲集〉序言》里，这样谈到他这一时期的言说与写作——

"我先编集一九二八年至一九二九年写的文字，篇数少得很"，"这两年正是我极少写稿，没处投稿的时期，我是二七年被血吓得目瞪口呆，离开广东的，那些吞吞吐吐，没有胆子直说的话，都载在《而已集》里。但我到了上海，却遇见文豪们笔尖的围剿了，创造社，太阳社，'正人君子'们的新月社中人，都说我不好"，"自己编著的《语丝》，实乃无权，不单是有所顾忌至于别处，则我的文章一向是被'挤'才有的，而目下正在'剿'，我投进去干什么呢。所以只写了很少的一点东西"。[3]——鲁迅又是"运交华盖"了。这才是开始。

到一九三〇年，"期刊是渐渐的少见，有些是不能按时出版了，大约是受了逐日加紧的压迫。《语丝》和《奔流》则常遭邮局的扣留，地方的禁止，到底也还是敷延不下去"，鲁迅所能投稿的，"就只剩下一个《萌芽》，而出到五期，也被禁止了"。这一年就只作了收在《二心集》内不到十篇的短评。

2　《〈且介亭杂文〉附记》，《鲁迅全集》6卷，221页。

3　《〈三闲集〉序言》，《鲁迅全集》4卷，4页。

重要的是，面对这样的"逐日加紧的压迫"，鲁迅内心的感受和反应。他的直感是：在中国，"连摆这'象牙之塔'的处所已经没有了"，此后自己这样的知识分子大概只能居住在"和现在江北穷人手搭的草棚相仿"的"蜗牛庐"里，"少出，少动，无衣，无食，无言"。"这样下去，中国的没有文艺，是一定的。"[4]一九三一年一月，年轻的共产党人柔石、殷夫、冯铿、李伟森、胡也频被国民党当局秘密杀害。他们都是左翼作家联盟的成员，是很有成就的诗人、小说家，其中柔石和殷夫，更是和鲁迅有着亲密接触的朋友。"忍看朋辈成新鬼，怒向刀丛觅小诗。吟罢低眉无写处，月光如水照缁衣"，在客栈避难的鲁迅，再一次感到，思想言论"禁锢得比罐头还严密"。他悲愤地写道，三十年中，"目睹许多青年的血，层层淤积起来，将我埋得不能呼吸，我只能用这样的笔墨，写几句文章，算是从泥土中挖一个小孔，自己延口残喘，这是怎样的世界呢"。[5]在为一九三二年至一九三三年间的杂文集《南腔北调集》所写的《题记》里，鲁迅又谈到自己写作的困境："《语丝》早经停刊，没有了任意说话的地方，打杂的笔墨，是也得给各个编辑者设身处地地想一想的，于是文章也就不能划一不二，可说之处说一点，不能说之处便罢休。"[6]这里谈

4　《〈二心集〉序言》，《鲁迅全集》4卷，193页。

5　《为了忘却的记念》，《鲁迅全集》4卷，501页，502页。

6　《〈南腔北调集〉题记》，《鲁迅全集》4卷，427页。

到的"给各个编辑者设身处地地想一想"，正是统治者的株连术的效应，有时当局不直接惩罚作者，而只追究编辑的责任，这反而逼得作者下笔时不得不多所顾虑，以免累及他人：这都是具有中国特色的控制法术。

从一九三三年一月开始，鲁迅为《申报》副刊《自由谈》写杂文。鲁迅说："我知道《自由谈》并非同人杂志，'自由'更当然不过是一句反话，我决不想在这上面去驰骋的"，之所以投稿，除了为了朋友的交情，"也还是由于自己的老脾气"，想"给寂寞者以呐喊"。最初平均每月八九篇，但到五月初，竟接连地不能发表了。鲁迅说："我想，这是因为其时讳言时事而我的文字却常不免涉及时事的缘故。"[7]

在《〈伪自由书〉后记》里，鲁迅进一步揭示了背后的黑幕种种。先是有人造谣，说鲁迅与茅盾"以《申报·自由谈》为地盘"，发动左翼文化运动，《自由谈》编者黎烈文已加入左联；继而左翼作家丁玲、潘梓年于五月十四日被捕，于是谣言蜂起，恐吓信满天飞，还有人打听鲁迅的住址。五月二十五日，《自由谈》编者终于刊出这样的启事："这年头，说话难，摇笔杆尤难"，"若必论长议短，妄谈大事，则塞之字簏既有所不忍，布之报端又有所不能，陷编者于两难之境"，因此"吁请海内文豪，从兹多谈风月，少发牢骚"。在这样的情况下，鲁迅的文章自然就发不出了。

7　《〈伪自由书〉前记》，《鲁迅全集》5卷，4页，5页。

事情并没有就此结束，六月十八日，中国民权保障同盟副会长杨杏佛遭国民党特务暗杀，作为民权保障同盟执行委员的鲁迅的生命也受到了威胁。接着就有人造谣，称内山书店的老板内山完造"是替日本政府做侦探"，和内山有密切来往的鲁迅自然就"变成日本的间接间谍"了。这背后的杀机是非常明显的。[8]

鲁迅说，在"受了压迫之后"，从一九三三年六月起，"另用各种笔名，障住了编辑先生和检查老爷的眼睛"，陆续在《自由谈》上发表了六十多篇杂文，因此得以编成《准风月谈》一书。但"不久就又蒙一些很有'灵感'的'文学家'吹嘘，有无法隐瞒之势"，"于是不及半年，就得着更厉害的压迫了，敷衍到十一月初，只好停笔，证明了我的笔墨，实在敌不过那些戴着假面，从指挥刀下挺身而出的英雄"。

这里所说的"更厉害的压迫"，是指一九三三年十一月十二日，早晨九时许，一群暴徒以"影界铲共同志会"的名义，将艺华影片公司捣毁；十一时许，又有一"怪客"突然来到良友图书公司，"手持铁锤击碎玻璃窗，扬长而去"。接着各书店、报馆就接到盖着"长条紫色的木印"的警告信，称"敝会激于爱护民族国家心切，并不忍文化界与思想界为共党所利用，因有警告赤色电影大本营——艺华公司之行动。现为贯彻此项任务计，拟对于

8　《〈伪自由书〉后记》，《鲁迅全集》5卷，168页，169页，170页，172页，177页，179页。

文化界来一清算，除对于良友图书公司给予一初步的警告外，于所有各书局各刊物均已有精密之调查"，"特严重警告"。"对于赤色作家所作文字"，"一律不得刊行，登载，发行。如有不遵，我们必以较对付艺华及良友公司更激烈更彻底的手段对付你们，决不宽假！"语气之严厉，显然大有来头，至少得到了官方的支持或默许。而鲁迅正列"赤色作家"之首，鲁迅说，我"还是莫害他人，放下笔，静静地看一回把戏罢"。[9]

如鲁迅所说，"一群流氓，几枝手枪"，是不能"治国平天下"的；[10]而且也吓不倒"真的知识阶级"，因为他们是"不顾利害"的。[11]鲁迅在稍事休息以后，就从一九三四年开始，继续用笔名给《自由谈》投稿，"一面又扩大了范围，给《中华日报》的副刊《动向》，小品文半月刊《太白》之类，也间或写几篇同样的文字"，到一九三四年底就积有文章九十七篇之多。

一九三五年底鲁迅将其编成两本杂文集，《花边文学》和《且介亭杂文》。在《花边文学》《序言》里又有了这样的总结："今年一年中，我所投稿的《自由谈》和《动向》，都停刊了；《太白》也不出了。我曾经想过：凡是我寄文稿的，只寄开初的一两期还不妨，

9　《〈准风月谈〉后记》，《鲁迅全集》5卷，402页，415页，417页，419页，420页。

10　《〈伪自由书〉后记》，《鲁迅全集》5卷，172页。

11　《关于知识阶级》，《鲁迅全集》8卷，226页。

假使接连不断，它就总归活不久。于是从今年起，我就不大做这样的短文"，希望刊物"尽可能的长生"。[12]

而在《且介亭杂文》的《附记》里，鲁迅又将他的文章发表时被删节、改动之处，一一列出，并说"这是'中央宣传部书报检查委员会'的政绩"。[13]（按，其准确名称应是："国民党中央宣传委员会图书杂志审查委员会"，于一九三四年六月在上海成立。）而在此之前，即一九三四年三月，就发生过国民党上海市党部"奉中央党部电令，派员至各新书店，查禁书籍至百四十九种之多，牵涉书店二十五家"的事件。鲁迅将报纸上透露的被禁书目抄录在他后来所写的《〈且介亭杂文二集〉后记》里，以"立此存照"。今天自然就成为极可贵的历史资料，可惜很少有人注意，有的人还采取视而不见的态度，仿佛在国民党"党国"治下，中国作家享有充分"自由"，这里所说报刊审查、查禁图书之事从未发生过。——不过，这已是后话，今天暂且不谈。还是回到一九三四年的历史情境中，于是，我们注意到，鲁迅最后十年所翻译的作品，如《毁灭》《艺术论》等，以及他所写的杂文集《而已集》《三闲集》《二心集》《伪自由书》等都在查禁之列，几乎无一幸免。被禁书的罪名是：宣传普罗文艺，介绍普罗文学理论，或新俄作品，挑拨阶级斗争，诋毁党国当局，含有不正确意

12　《〈花边文学〉序言》，《鲁迅全集》5卷，437页，439页。

13　《〈且介亭杂文〉附记》，《鲁迅全集》6卷，219页。

识。"[14]

而在报刊审查制度下，即使有幸允许发表或出版，也是"这么说不可以，那么说又不成功，而且删掉的地方，还不许留下空隙，要接起来，使作者自己来负吞吞吐吐，不知所云的责任"。这真是鲁迅说的"明诛暗杀"了。[15]

到一九三五年，查禁愈加严厉。这一年五月，发生了所谓"《闲话皇帝》事件"——这月出版的上海《新生》周刊第二卷第十五期发表易水（艾寒松）的《闲话皇帝》一文，泛论古今中外的君主制度，涉及日本天皇，当时日本驻上海总理事以"侮辱天皇，妨害邦交"为名提出抗议。因为"友邦人士"发了话，"党国"就紧张起来，鲁迅描述说："那雷厉风行的办法，比对于'反动文字'还要严——立刻该报禁售，该社封门，编辑者杜重远自认该稿未经审查，判处徒刑，不准上诉的了，却又革掉了七位审查官，一面又往书店里大搜涉及日本的旧书，墙壁上贴满了'敦睦邦交'的告示。"

这显然是"杀一儆百"。而在审查官被革、官家的书报检查处不知所往之后，出版商们反而如"失了依靠"而惶惶不可终日，自律更严。鲁迅因此说："现在的书报，倘不是先行接洽，特准激昂（按："特准激昂"是一

14　《〈且介亭杂文二集〉后记》，《鲁迅全集》6卷，467页，470页，471页，472页，474页。

15　《〈花边文学〉序言》，《鲁迅全集》5卷，438页。

个深刻的观察与概括，可以说明某些文化现象），就只好一味含胡，但求无过，除此之外，是依然会有先前一样的危险，挨到木棍，撕去照会的。"[16]鲁迅说，检查官不见了以后，唯一的"好处"是，"日报上被删之处"（这当然都是日报编辑和主编自行删除的），"也好像可以留着空白（术语谓之'开天窗'）了"。[17]——不过，这样的"开天窗"，毕竟有伤观瞻，而且留下检查的痕迹，是有点太老实了。此后就成熟了，照样删改（说不定变本加厉了），却不"开天窗"，也就仿佛没有删改，作者也享受了充分的"言论自由"了。

但鲁迅在一九三五年十二月三十一日，将他这一年所写的杂文编成《且介亭杂文二集》，写《序言》时，仍说出了真实："在今年，为了内心的冷静和外力的迫压，我几乎不谈国事了，偶尔触着的几篇，如《什么是讽刺》，如《从帮忙到扯淡》，也无一不被禁止。"他还不忘补充一句："别的作者的遭遇，大约也是如此的罢。"[18]在"一九三五年十二月三十一日夜半至一月一日晨，写讫"的《后记》里，他依然说明："凡在刊物上发表之作，上半年也都经过官厅的检查，大约总不免有些删削"，并且"我在这一年中，日报上并没有投稿。凡是发表的，自然是含胡的居多。这是戴着枷锁的跳舞，当

16　《〈且介亭杂文二集〉后记》，《鲁迅全集》6卷，478页。

17　《〈花边文学〉序言》，《鲁迅全集》5卷，438页。

18　《〈且介亭杂文二集〉序言》，《鲁迅全集》6卷，225页。

然只足发笑的。但在我自己，却是一个纪念"。[19]

《后记》里的这最后一句话多少有些悲怆的气息。这或许是一个不祥的预兆。这是鲁迅最后一本自己亲手编订的杂文集。此后的《且介亭杂文末编》和《附集》编入了他1936年所写的杂文，是鲁迅去世后由夫人许广平在朋友们的协助下编成的。我们再也听不到鲁迅关于他这大半年写作的任何叙说了。但我们仍然注意到，在收入《且介亭杂文末编》的《我要骗人》（题目就很触目惊心）里的话：现在"还不是披沥真实的心的时光"，我们依然无法"用了笔，舌"，"彼此看见和了解真实的心"。他因此说："这是可以悲哀的。一面写着漫无条理的文章，一面又觉得对不起热心的读者了。"[20]这生命最后阶段由于言说的困境造成的对读者的内疚之感，是具有一种震撼力的。

"我们活在这样的地方，我们活在这样的时代。"

武力征伐与文力征伐

以上所说，都是鲁迅说的统治者的"文艺上的暗杀政策"，[21]或推行书报检查制度，或封杀刊物，或实行书禁，或直接迫害作者（从判刑、枪杀到暗杀），或雇用

---

19 《〈且介亭杂文二集〉后记》，《鲁迅全集》6卷，463页，479页。

20 《我要骗人》，《鲁迅全集》6卷，506—507页。

21 《〈且介亭杂文〉附记》，《鲁迅全集》6卷，220页。

流氓捣毁书店、报馆，造谣，恐吓，这样的专制国家体制的权力压迫，是一种"武力征伐"，是典型的因言说、写作而治罪的"文字狱"。鲁迅晚年一再谈到清王朝的"文字狱"，统治者的文艺政策、文化统制，提倡写中国的"文祸史"，[22]绝不是偶然的。他自己的杂文写作，特别是最后十年的杂文写作，就是"文祸史"的最新记录；他说之所以要将杂文编辑成集，就是为了"（保）存这个文祸史上极有价值的故实"。[23]

鲁迅说："经验使我知道，我在受着武力征伐的时候，是同时一定要得到文力征伐的。"[24]

这是一个重要的提示：统治者的文化统制，是一定要有"文人"即所谓"知识分子"充当"帮闲""帮忙"与"帮凶"，才得以产生效果，"文祸史"从来是"武力"与"文力"合力的结果。也就是说，鲁迅这样的批判的知识分子——鲁迅多次说过，杂文这种文体的基本功能就是进行"社会批评"和"文明批评"，"对于有害的事物，立刻给以反响或抗争"，而且"战斗一定有倾向"，[25]所以他的杂文写作是基于"批判的知识分子"的立场的；而他所面对的，不仅是统治者的高压、政治权力的迫害，更是作

22　参看《买〈小学大全〉记》《病后杂谈》《病后杂谈之余》（均收《且介亭杂文》）。

23　《〈准风月谈〉前记》，《鲁迅全集》5卷，200页。

24　《〈准风月谈〉后记》，《鲁迅全集》5卷，420页。

25　《〈且介亭杂文〉序言》，《鲁迅全集》6卷，3页。

为自己同类的"文人"（"知识分子"）的围剿。我们甚至可以这样说，尽管批判知识分子和统治者的矛盾是主要的、基本的，但或许只有在和其他知识分子的矛盾、冲突处于被围剿状态中，才能真正揭示批判知识分子的真实处境及其言说的困境。

我们前面已经提及，鲁迅说他一到上海，就陷入"文豪们的笔尖的围剿"中。而他首先提出的"文豪"，就是"新月派"的"正人君子"。我们这里不可能全面讨论鲁迅与"新月派"的论战，只能在我们今天的讲题范围内谈一点。"新月派"文人主要是学院里拥有话语权力，并自命"社会精英"、具有自由主义倾向的知识分子。他们在文艺上主张"为艺术而艺术"，追求高雅、平正的贵族化的艺术趣味；因此，在他们看来，以社会批判为己任，并具有强烈的草根气息的杂文，是非文学，不入流的。同时他们又主张维护秩序，强调建设性，因而对"不满意现状"的鲁迅式的杂文家，是特别"不满意"的。鲁迅的老对手梁实秋就公开指责说："有一种人（显然指鲁迅，又不点名。这样的'君子'风度，正是鲁迅最为反感的），只是一味地'不满于现状'，今天说这里有毛病，明天说那里有毛病，有数不清的毛病，于是也有无穷尽的杂感。"[26]可以说，梁实秋这样的"新月派"文人，和永远站在平民这一边、永远不满足于现状，因而是永

26　梁实秋：《"不满意于现状"，便怎样呢？》，载1929年10月《新月》第2卷8号。

远的批判者的鲁迅这样的知识分子之间，是存在着根本的分歧的。问题是，梁实秋们以"高尚的文学楼台"的把门人和既成秩序（从文学秩序到社会秩序）的维护者自居，禁止"不满意于现状"的杂文的"侵入"，这样的话语霸权和居高临下的贵族式的精英姿态，就使得鲁迅产生一种被压迫感，他之所以作出格外激烈的反应，原因即在于此。对鲁迅来说，这首先是一个争取话语权、生存权的问题。

更值得注意的是，当有人指责鲁迅加入左翼作家联盟，成为左翼知识分子（在我看来，"左翼知识分子"与前述"批判知识分子"是同义的）为"投降"，并称其为"贰臣"，鲁迅作出了异乎寻常的反应，除了将自己的杂文集干脆命名为《二心集》外，还说了下面这段话：

> 去年偶然看见了几篇梅林格（Franz Mehring）（按：此人为德国马克思主义的历史学家和文艺批评家）的论文，大意说，在坏了下去的旧社会里，倘有人怀一点不同的意见，有一点携贰的心思，是一定要大吃其苦的。而攻击陷害得最凶的，则是这人的同阶级的人物。他们以为这是最可恶的叛逆，比异阶级的奴隶造反还可恶，所以一定要除掉他。我才知道中外古今，无不如此……[27]

---

27 《〈二心集〉序言》，《鲁迅全集》4卷，195页。

从这一角度看，鲁迅就其出身、教养而言，他和"新月派"的教授，是属于同一阶级的，他原来也是学院里的知识分子，在整个中国社会结构里，也属于精英阶层。鲁迅早就说他是"从旧垒中来"，但又"反戈一击"，是"不三不四的作者"。也就是说，他对自己的"中间物"的历史角色所处的多少有些尴尬的历史地位，是有着清醒认识的。[28]他来自"旧垒"，自然不能为新社会、新营垒所接受；但他又"反戈一击"，旧社会、旧营垒当然更不相容。

从"新月派"的文人的立场上看，鲁迅身为学者、教授，却不肯摆学者、教授架子，还要"跳到半空中骂人"（这是"新月派"文人中另一员大将陈源骂鲁迅的话），是"斯文扫地"，"不成体统"，有了这样的异类，他们在校园、学界里的一统天下，就被打破了，秩序也被破坏了。更重要的是，鲁迅这样的"叛徒"，居然得到学生、读者的欢迎，这就构成了一个威胁。鲁迅的独立姿态与巨大影响，也让他们感到尴尬，至少再要摆学者、教授架子就不那么容易了。这都是鲁迅的"可恶罪"，"所以一定要除掉他"。

几乎是命中注定，围剿鲁迅的，还有一彪"文豪"，这就是鲁迅在《〈三闲集〉序言》里和"新月派"文人同时提到的太阳社、创造社的英雄们。他们是以"新兴无产阶级"的代表自居的，在他们的逻辑里，鲁迅既"从旧

28　《写在〈坟〉后面》，《鲁迅全集》1卷，302页。

垒中来"，就必然是"封建余孽"或"没落者"。而鲁迅学者、文人的生活方式，"它所矜持着的是闲暇，闲暇，第三个闲暇"，而"有闲即是有钱"，自然属于统治阶级集团，他的一切批判，反叛，都必然是一种欺骗，因此也就特别危险，特别可恶，于是，给鲁迅加上可怕的罪名，"后来竟被判为主张杀青年的棒喝主义者（即法西斯）了"。鲁迅一眼看穿："无产阶级是不会有这样的锻炼周纳法的"，他们的"代表"身份是可疑的，"新"的外衣下仍是"旧"的躯壳。[29]鲁迅后来著文揭露他们不过是"非革命的急进革命论者"。[30]他也照样干脆把自己的杂文集命名为《三闲集》：我就是"闲暇，闲暇，第三个闲暇"，又怎么样呢？

鲁迅曾经形象地描绘说，在中国文坛里，"向南摆两把虎皮交椅"，"一个右执'新月'，一个左执'太阳'"。[31]他们的面前，都闪动着"鲁迅"这个"黑色魔鬼"似的阴影；鲁迅自己也只得两面作战了。

但鲁迅没有想到，他还会遭遇到另一种"文人"，即所谓"小报文人"。那是一个泥潭，陷入其间，是非常可怕的。而且这是和他的言说方式的选择直接相关的。我曾经说过，杂文是一种报刊写作，鲁迅"正是通过报刊与他所生活的时代，中国以及世界的社会、思想、文化

29　《〈三闲集〉序言》，《鲁迅全集》4卷，4页，6页。

30　《非革命的急进革命论者》，《鲁迅全集》4卷，231页。

31　《"硬译"与"文学的阶级性"》，《鲁迅全集》4卷，212页。

现实发生有机联系：他通过报刊最迅速地接纳瞬息万变的时代信息，并迅速作出政治的、社会历史的、伦理道德的、审美的评价与判断；用杂文的形式作出自己的反应，借助于传媒的影响伸入现代生活的各个领域；并最及时地得到生活的回响与社会的反馈。报刊写作，不仅使鲁迅最终找到了最适合于他自己的写作方式，创造了属于他的文体——杂文，而且在一定意义上，甚至成为他的生命存在方式"。[32]现在，需要补充的是，这是一把双刃剑——当鲁迅选择报刊这样的现代媒体作为他的言说阵地时，他也必然深受其伤害。

在因著名电影演员阮玲玉自杀而写的《论"人言可畏"》一文里，鲁迅对三十年代的中国报刊有过这样的描述和分析：

> 现在的报章之不能像个报章，是真的；评论的不能逞心而谈，失了威力，也是真的，明眼人决不会过分的责备新闻记者。但是，新闻的威力其实是并未全盘坠地的，它对甲无损，对乙却会有伤；对强者它是弱者，但对更弱者它却还是强者，所以有时虽然吞声忍气，有时仍可以耀武扬威。

32　钱理群：《"其中有时代的眉目"——读〈伪自由书〉〈准风月谈〉〈花边文学〉里的杂文》，《鲁迅作品十五讲》，238页，北京大学出版社，2003年。

鲁迅的深刻之处，在于他把新闻媒体置于中国社会的等级结构中，发现了它的双重性：对在它之上的"强者"（从最高统治者到各级官僚、各级检查官），它是"弱者"，只能"吞声忍气"，显出"奴性"；但对在其下的"弱者"（没有任何话语权的"下等华人"、妇女、儿童，等等），它又是"强者"，可以"耀武扬威"，显出"主子性"，这就是"往来主奴之界"。

鲁迅还要追问：中国新闻媒体最喜欢或最擅长向怎样的"弱者"发威？其背后的社会根源与动因是什么？于是就有了一段精彩的剖析：

于是阮玲玉之流，就成了发扬余威的好材料了，因为她颇有名，却无力。小市民总爱听人们的丑闻，尤其是有些熟识的人的丑闻……阮玲玉正在现身银幕，是一个大家认识的人，因此她更是给报章凑热闹的好材料，至少也可以增加一点销场。

为了满足读者的小市民趣味，记者不惜用"轻薄"文字，"故意张扬，特别渲染"，而且"摇笔即来，不假思索"，"不会想到这也是玩弄着女性"，会"使她受伤"。而"无拳无勇如阮玲玉，可就做了吃苦的材料了"，"设身处地的想一想罢，那么，大概就会知道阮玲玉的以为'人言可畏'，是真的，或人的以为她的自杀，和新闻记事有关，也是真的"。[33]

"颇有名，却无力"的"公众人物"，就这样成了中国媒体祭坛上的牺牲品。这是鲁迅的一大发现。最值得注意的有两点。一是这样的精神迫害是以市民阶层作为自己的社会基础的。这些现代都市的阿Q们需要借此满足自己的精神"优胜"的需求，或寻求刺激，缓解心灵的空虚与无聊。因此，这是媒体和公众的合谋，这就是"人言可畏"的意思。它是另一种形式的群体"杀人"。同时，这也是出于"增加一点销场"的需求，如鲁迅所说，借名人大加炒作，"使刊物暂时化为战场，热闹一通"，[34]商运也就自然亨通。可以说，正是商业的动机，使媒体不惜以阮玲玉这样的弱者的血来牟利，这里所遵循的，正是赤裸裸的资本法则。在中国的新闻媒体里，鲁迅又看到了"吃人肉的筵席"的延续！

不幸的是，鲁迅自己也成了这样的媒体筵席上的牺牲品。鲁迅在阮玲玉身上，显然看到了自己。而且鲁迅这样的公众人物，作为一个批判的知识分子，他和体制、统治者之间的紧张关系，就使他具有阮玲玉这样的银幕明星不可能有的政治效应；但他的反叛姿态也会给市民读者以某种刺激（想想小市民对揭露官场黑幕的作品的强烈兴趣吧），在媒体看来，这也是一种商业效应。这正是媒体的任务：它要把鲁迅这样的批判的知

33　《论"人言可畏"》，《鲁迅全集》6卷，343—344页，345页。

34　《〈伪自由书〉后记》，《鲁迅全集》5卷，190页。

识分子打造成政治明星，成为"看客"们（在中国，是从来不缺少这样的"看客"的）"看"的对象。这正是鲁迅最为恐惧的。他早就说过，"群众——尤其是中国的——永远是戏剧的看客"，[35]看客的可怕在于，它把一切正义的反抗、严肃的工作，全都在"哈哈一笑"中变成戏剧表演。中国媒体所制造的"看客效应"，正是将公众人物的"政治效应"与"商业效应"高度整合，使其达于极致。而这对鲁迅这样的批判的知识分子，恰恰是最致命的。因为它不但将批判的意义消解，更是触及了批判知识分子和群众的关系这一最敏感也最要害的问题。鲁迅多次谈到先驱者"要救群众，而反被群众所迫害"的悲剧，[36]这几乎成了他许多作品的母题，也是他的一个心理情结，现在，竟成了他的现实处境，所引起的愤激、无奈与痛苦，是可以想见的。

我们前面所说的"小报文人"就在这样的环境、背景之下应运而生。鲁迅有一篇文章，说三十年代中国，特别在上海，最重要的一个文化现象就是"沉滓的泛起"。"用棍子搅了一下停滞多年的池塘，各种古的沉滓，新的沉滓，就都翻着筋斗漂上来，在水面上转一个身，来趋势显示自己的存在了。"[37]他还说："这些原是上海滩上久已沉沉浮浮的流尸，本来散见于各处的，但经风浪

35　《娜拉走后怎样》，《鲁迅全集》1卷，170页。

36　《两地书·四》，《鲁迅全集》11卷，20页。

37　《沉滓的泛起》，《鲁迅全集》4卷，331页。

一吹，就漂集一处，形成一个堆积，又因为各个本身的腐烂，就发出较浓厚的恶臭来了。"这就是所谓"流尸文学"吧，鲁迅说："流尸文学仍将与流氓政治同在。"[38]

这又是一个非常深刻的概括。这是"古的沉滓"，它带有中国传统的恶臭；又是"新的沉滓"，散发着现代商业社会的腐烂气息；同时还是"上海滩"文化的产物。鲁迅后来专门作了一个演讲，题目就是"上海文艺之一瞥"，其中心意思，就是说这类上海滩上的流尸、沉滓，是中国传统文化和西方文化中最恶俗部分的恶性嫁接，其最基本的特点，就是"才子加流氓"，而他们正是和"流氓政治"合谋的。现在，他们嗅到新闻媒体是一个可以谋取政治与商业利益的新的"人肉筵席"，于是如苍蝇般堆积于上海各个报刊：这就是所谓"小报文人"。他们本是来吮血的，自然要视在报刊上坚持战斗的鲁迅为异类、天敌；而鲁迅身上巨大的政治、商业效应，更激发了他们的嗜血欲望，于是纷纷向鲁迅扑去。

因此，我们就可以理解，鲁迅几乎在他的每一部杂文集的序言和后记里，都要以很大的篇幅，谈到他和这些上海滩的"小报文人"的纠缠。应该说，他因此受到的伤害，是空前的，超乎寻常的，极端琐细，而又没完没了。陷于其间，鲁迅只能"横战"，随时都要应对不知从哪里射来的冷箭（鲁迅说"冷箭是上海'作家'的特

38　《"民族主义文学"的任务和运命》，《鲁迅全集》4卷，320页。

产"[39]），真是苦极了。鲁迅在《〈准风月谈〉后记》里，这样写道："文坛上的事件还多得很，献检查之秘计，施离析之奇策，起谣诼兮中权，藏真实兮心曲，立降幡于往年，温故交于今日。……还是真的带住罢，写到我的背脊已经觉得有些痛楚的时候！"[40]可以感到，鲁迅为对付这些和"武力征伐"相配合的"文力征伐"，心理的，以及体力的支付实在是超负荷的，他的生命就是这样一点一点地耗尽了。

不准通，不敢通，不愿通，不肯通与力争通

问题是，面对这样严峻的言说环境，知识分子该作出怎样的选择。

我们先一起来读鲁迅的一篇杂文：《不通两种》。

鲁迅在一九三二年十月三十一日的《大晚报》上读到一篇关于农村社会风潮的报道，题目是《乡民二度兴风作浪》，读着读着就糊涂起来，一直到第二年的二月三日还没有想明白，只得写成篇杂文，捎带发表一点感想。引起疑惑的是这段文字：

（乡民）陈友亮见官方军警中，有携手枪之刘金发，竟欲夺刘之手枪，当被子弹出膛，饮弹而

39　《致时代》，《鲁迅全集》14卷，104页。

40　《〈准风月谈〉后记》，《鲁迅全集》5卷，431页。

毙，警察队亦开空枪一排，乡民始后退。

鲁迅感到"最古怪的是子弹竟被写得好像活物，会自己飞出膛来似的。但因此而累得下文的'亦'字也不通了。必须将上文改作'当被击毙'，才妥。倘要保存上文，则将末两句改为'警察队空枪亦一齐发声，乡民始后退'，这才铢两悉称，和军警都毫无关系。——虽然文理总未免有点希奇"。

显然，这里的文句的"不通"，不是"作者本来就没有通"，而是鲁迅所说的，"本可以通，而因了种种关系，不敢通，或不愿通的"。

为什么"不敢通"或"不愿通"？鲁迅没有说破，但读者心里明白：明明是"官方军警"开枪打死了乡民，却要掩盖这一血腥的事实，甚至归罪于乡民，于是就出现了这"不通"的句子。

鲁迅注意到，"现在，这样的希奇文章，常常在刊物上出现"。这就反映了中国言论的一个根本问题：作者连如实地反映事实、通顺地表达自己的权利都没有，常陷入"不准通"，因而就"不敢通"的尴尬。这其实就是我们在前面所讲的言说困境。

而鲁迅还要追问：中国的作者，知识分子，面对这样的思想禁锢、言论不自由的状况，采取什么态度？

鲁迅说："头等聪明人不谈这些，就成了'为艺术而艺术'家；次等聪明人竭力用种种法，来粉饰这不通，就成了'民族主义文学'者，但两者都是属于自己'不愿通'，即'不肯通'这一类里的。"[41]

这是典型的鲁迅思维与笔法。他抓住一个"不通"，就使各种人的立场毕现，并照出其灵魂：

"不准通"——这是"官"的立场。

"不敢通"——这是"奴隶"。

"不愿通""不肯通"——这是"奴才"的态度。他们都是"聪明人"。

也还有另外的选择：

"力争通"——这就是鲁迅在《无声的中国》里所说的："说些较真的话，发些较真的声音。"[42]这大概就是"傻子"了。

这是在不自由中争自由、努力走出奴隶时代的"人"的挣扎。

南腔北调、奴隶文章、地摊图书

我们很容易就注意到：鲁迅"人"的立场是坚定的；但他对自己的言说的预期却是低调的。也就是说，他坚持独立的自由言说，但他又不断质疑自己的言说。他对

41　《不通两种》，《鲁迅全集》5卷，22页，23页。

42　《无声的中国》，《鲁迅全集》4卷，15页。

在不自由的体制下，反抗者的自由言说的限度与缺憾，有着极为清醒和冷静的估计，同时他也深知自己的言说的真正意义所在，自有一种自尊与自重。

他因此对自己的杂文有三个命名，可惜至今无人注意——我们实在太粗心了。

鲁迅有一本杂文集，书名就叫《南腔北调集》。在《题记》里，他谈到曾有人（大概也是"小报文人"）写《作家素描》，说鲁迅"极喜欢演说，但讲话的时候是口吃的，至于用语，则是南腔北调"。鲁迅对此评论说："前两点我很惊奇，后一点可是十分佩服了。真的，我不会说绵软的苏白，不会打响亮的京腔，不入调，不入流，实在是南腔北调。"[43]

"不入调，不入流"，这其实正是抓住了鲁迅杂文的一个基本特征：从它根底上就是非主流的、边缘的、异类的、反体制的。批判的知识分子的言说是必然如此的。这是鲁迅的自觉选择。在经过和"现代评论派"论战以后，他早已宣布要和"学院派"的知识分子分道扬镳："也有人劝我不要做这样的短评。那好意，我是很感激的。而且也并非不知道创作之可贵。然而要做这样的东西的时候，恐怕也还要做这样的东西，我以为如果艺术之宫里有这么麻烦的禁令，倒不如不进去；还是站在沙漠上，看看飞沙走石，乐则大笑，悲则大叫，愤则大骂，即使被沙砾打得遍身粗糙，头破血流，而时时抚摩

---

43 《〈南腔北调集〉题记》，《鲁迅全集》4卷，427页。

自己的凝血，觉得若有花纹，也未必不及跟着中国的文士们去陪莎士比亚吃黄油面包之有趣。"[44]可以说，鲁迅在二十世纪二十年代末，离开大学校园，来到上海，选择报刊独立撰稿人的身份，并且以杂文作为他的主要写作文体，就是自觉地远离主流，将自己的写作与言说边缘化的。

　　而且他是把这样的选择坚持到底的。一九三五年底，国内新闻界纷纷致电国民党政府，要求"保障正当舆论"。要求保障舆论自由，鲁迅当然不会反对。早在一九三二年他就在答杂志社问时明确提出："第一步要努力争取言论的自由。"[45]但"正当舆论"的提法，却引起了他的警觉。这实际上是试图把舆论自由限制在体制允许的范围内，是"跪着的造反"。这自然是自觉站在体制外的鲁迅所不能接受的。他在《且介亭杂文二集》的《序言》里，针锋相对地表示："我的不正当的舆论，却如国土一样，仍在日即于沦亡，但是我不想求保护，因为这代价，实在是太大了。"[46]自命"不正当"，且"不想求保护"，这正是一个拒绝收编的真正独立的立场。

　　其实鲁迅杂文的边缘性、反体制性，不只是一种言说立场与姿态，是同时表现在他的杂文思维与杂文语言上的。我在《适合自己的文体 —— 鲁迅杂文论》里，就

44　《〈华盖集〉题记》，《鲁迅全集》3卷，4页。

45　《答中学生杂志社问》，《鲁迅全集》4卷，372页。

46　《〈且介亭杂文二集〉序言》，《鲁迅全集》6卷，225—226页。

分析了鲁迅杂文思维的"非规范化","常在常规思维路线之外，另辟蹊径"，以及其杂文语言的"反规范"，"仿佛故意破坏语法规则，违反常规用法，制造一种不和谐的拗体，以打破语言对思想的束缚，同时取得荒诞、奇峻的美学效果"。[47]——这也是"不入调，不入流"的。

鲁迅对他的杂文，还有两个看似矛盾，却很值得琢磨的说法。他在《〈三闲集〉序言》的一开头，就下了一个定义："但短短的批评，纵意而谈，就是所谓'杂感'者，却确乎很少见。"这确实说得很精当，堪称经典，其中"纵意而谈"自然是关键。但他紧接着又说自己的杂文里多有"吞吞吐吐，没有胆子直说的话"。[48]这里显然存在着一个追求和追求的实现的限度之间的矛盾。实际上，杂文正是一种在不自由的环境下，争取自由言说，而终于不自由的文体。

这里，大有深意，琢磨透了，有利于理解中国国情下的文学、思想与文化。

这首先就是要正视"不自由"。这也非同小可：这是区分"奴隶"和"奴才"的关键。鲁迅有言：

> 然而自己明知道是奴隶，打熬着，并且不平着，挣扎着，一面"意图"挣脱以至实行挣脱的，即

---

47 钱理群：《适合自己的文体——鲁迅杂文论》，《走进当代的鲁迅》，北京大学出版社，1999年。

48 《〈三闲集〉序言》，《鲁迅全集》4卷，3页，4页。

使暂时失败，还是套上了镣铐罢，他却不过是单单的奴隶。如果从奴隶生活中寻出"美"来，赞叹，抚摩，陶醉，那可简直是万劫不复的奴才了。

鲁迅说："就因为奴群中有这一点差别，所以使社会有平安和不安的差别，而在文学上，就分明的显现了麻醉的和战斗的的不同。"[49]

可惜的是，从过去到现在，都有人不断地"从奴隶生活中寻出'美'来"，只要主子稍稍放松手里的缰索，他们就宣布自己已经获得了自由。

因此，在我们中国，承认"不自由"，也需要勇气。

鲁迅又有了沉痛之言："在这种明诛暗杀之下，能够苟延残喘，和读者相见的，那么，非奴隶文章是什么呢？我曾经和几个朋友闲谈。一个朋友说：现在的文章，是不会有骨气的了，譬如向一种日报上的副刊去投稿罢，副刊编辑先抽去几根骨头，总编辑又抽去几根骨头，检查官又抽去几根骨头，剩下来还有什么呢？我说：我是自己先抽去了几根骨头的，否则，连'剩下来'的也不剩。所以，那时发表出来的文字，有被抽四次的可能。"

"因此除了官准的有骨气的文章之外，读者也只能看看没有骨气的文章。"[50] 这是一个必须面对的现实：

49　《漫与》，《鲁迅全集》4卷，604页。

50　《〈花边文学〉序言》，《鲁迅全集》5卷，438页。

我们"实行挣脱"了，但"还是套上了镣铐"，而且我们只能继续"戴着镣铐跳舞"。于是，就有了这样的自我命名："奴隶文章""伪自由书"。这是一个时代之重。这更是一种清醒，难得的清醒。

有了这难得的清醒，就有了写作策略的选择："可说之处说一点，不能说之处便罢休。"鲁迅说："我也毫不强横。"[51] 这看起来是消极的，也确实有几分被动与无奈。但消极中有积极，被动中也有主动。在鲁迅这里，界限是很清楚的——正视现实，并不等于"随顺"现实，不做反抗和挣扎。[52] 但同时需要讲求战法和策略。

鲁迅说，"对于社会的战斗，我是并不挺身而出的"，他主张打"壕堑战"。[53]

首先要懂得并善于保护自己。这背后有两个理念：一是"战士的生命是宝贵的"，不肯"虚掷生命"，是为了长期的战斗；二是要深知自己的对手，"中国多暗箭"，赤膊上阵是要吃亏的。[54] 还要懂得必要的妥协，走迂回的路，有勇有谋。有这样一件事：一批山西的年轻的木刻家成立了"榴花社"，鲁迅给他们提供的意见是，"新文艺之在太原，还在开垦时代，作品似以浅显为宜，也不要激烈，这是必须查看环境和时候的。别处不明情

51　《〈南腔北调集〉题记》，《鲁迅全集》4卷，427页。

52　《两地书·六》，《鲁迅全集》11卷，26页。

53　《两地书·二》，《鲁迅全集》11卷，16页。

54　《空地》，《鲁迅全集》3卷，298页。

形，或者要评为灰色也难说，但可以置之不理，万勿贪一种虚名，而反致不能出版。战斗当首先守住营垒，若专一冲锋，而反遭覆灭，乃无谋之勇，非真勇也"。[55]

当然，妥协也是有限度的。因此，鲁迅又说："恐怕也有时会逼到非短兵相接不可的，这时候，没有法子，就短兵相接。"[56]这里，还有一个故事。鲁迅在发表了我们在前面引述过的《不通两种》以后，一位勇士就打上门来，指责鲁迅的文章"装腔做势，吞吞吐吐，打这么许多弯儿"。鲁迅在回应中一语中的："说话弯曲不得，（这）也是十足的官话。植物被压在石头底下，只好弯曲的生长，这时俨然自傲的是石头。"这恐怕还暗含阴谋，引你直言，激你说过头话，正好提供封杀的口实。鲁迅说，"我也毫不强横"，他是绝不会上当的。

鲁迅还说了一句："现在只有我的'装腔作势，吞吞吐吐'的文章，倒正是这社会的产物。"[57] 由此形成的是鲁迅杂文（甚至是鲁迅全部作品）的特殊风格及对读者的特殊要求。我在《与鲁迅相遇》一书中曾将其概括为"在显、隐，露、蔽之间"表达自己，并有这样的分析："鲁迅作品中有显露出来的，也有遮蔽起来的，他真实的思想就实现在显隐露蔽之间。一个会看他的作品的读者，就能够从浮在水平线上面的部分看到隐藏在下面的

55　《致榴花社》，《鲁迅全集》12卷，409页。

56　《两地书·二》，《鲁迅全集》11卷，16页。

57　《不通两种》"附录"，《鲁迅全集》5卷，23页，26页。

部分，而下面的部分很可能是更重要的部分"，他的言说"有说与不说，明说与暗说，正说与反说，详说与略说，言里与言外，言与意之分，区分是非常复杂的。某种程度上这是一个语言的迷宫，要真实地贴近他很困难，但是我们正是要在这样的困难中去努力贴近他，在显隐露蔽之间去体会他的真意"。[58]而这本身，就是很有魅力的。

因此，作为批判的知识分子、左翼知识分子的鲁迅，他的作品并没有许多左翼作家（特别是中国的左翼作家）通常有的英雄气。他早就说过："我决不是一个振臂一呼应者云集的英雄"，[59]他也不是冲锋陷阵的革命勇士。他更是以平常心来看待和对待他的杂文写作的。他说，杂文作者（当然首先是他自己）写杂文，和"农夫耕田，泥匠打墙"是一样的：

> 我知道中国的这几年的杂文作者，他的作文，却没有一个想到"文学概论"的规定，或者希图文学史上的位置的，他以为非这样写不可，他就这样写，因为他只知道这样的写起来，于大家有益。农夫耕田，泥匠打墙，他只为了米麦可吃，房屋可住，自己也因此有益之事，得一点不亏心的觑口之

---

58 钱理群：《与鲁迅相遇》，127页，生活·读书·新知三联书店，2003年。

59 《〈呐喊〉自序》，《鲁迅全集》1卷，439页。

资，历史上有没有"乡下人列传"或"泥水匠列传"，他向来就并没有想到。[60]

他也把自己的杂文看成是"地摊"上的"瓦碟"：

当然不敢说是诗史，其中有着时代的眉目，也决不是英雄们的八宝箱，一朝打开，便见光辉灿烂。我只在深夜的街头摆着一个地摊，所有的无非几个小钉，几个瓦碟，但也希望，并且相信有些人会从中寻出合乎他的用处的东西。[61]

他还说：

我愿意我的东西躺在小摊上，被愿看的买去，却不愿意受正人君子赏识。世上爱牡丹的或者是最多，但也有喜欢曼陀罗花或无名小草的。[62]

我说过，这可能有鲁迅当年在北京的厂甸和宣武门外西小市书摊上淘书的记忆，[63]我们也仿佛真的看见：

60　《徐懋庸作〈打杂集〉序》，《鲁迅全集》6卷，300页。

61　《〈且介亭杂文〉序言》，《鲁迅全集》6卷，4页。

62　《厦门通信》，《鲁迅全集》3卷，388页。

63　参看钱理群：《鲁迅和北京、上海的故事（上篇）》，载《鲁迅研究月刊》2006年5期。

在摩肩接踵的小市，穿着灰色旧棉袍的鲁迅，在地摊上静静等候"愿看"的普通读者将他的书买去的情景。那是非常动人的。

因此，鲁迅是把他的杂文集的读者预设为别有眼光的"拾荒的人们"的，希望他们"还能从中检出东西来"，"我因此相信这书的暂时的生存，并且作为集印的缘故"。[64]

而且又有了这样的感慨，"而现在又很少有肯低下他仰视莎士比亚，托尔斯泰的尊脸来，看看暗中，写它几句的作者。因此更使我要保存我的杂感，而且它也因此能够生存"，"呜呼，'世无英雄，遂使竖子成名'，这是为我自己和中国的文坛，都应该悲愤的"。[65]

鲁迅的真正知音，是那些在地下，在暗中，默默拓荒、拾荒的人们。鲁迅的杂文，是为他们而写的，也因他们而获得了自己的真正价值和无尽的生命活力。

批判的知识分子和社会底层有着天然的联系，他们从大地汲取营养，他们的精神产物也要回归大地。这都十分自然，也十分平常。

64　《〈准风月谈〉前记》，《鲁迅全集》5卷，200页。
65　《〈准风月谈〉后记》，《鲁迅全集》5卷，431页。

"钻文网"种种

但真要求生存，还得学会"钻文网"。[66]这是鲁迅向中国的杂文作者提出的历史任务。他自己就是一个先行实验者。

这里，有一个故事。前面我们已经提到，在"武力征伐"和"文力征伐"下，"《自由谈》的编者刊出了'吁请海内文豪，从兹多谈风月'的启事以来"。据鲁迅说，这"很使老牌风月文豪摇头晃脑的高兴了一大阵，讲冷话的也有，说俏皮话的也有，连只会做'文探'的叭儿们也翘起了它尊贵的尾巴"。但鲁迅却提醒说："谈风云的人，风月也谈得，谈风月就谈风月罢，虽然仍旧不能正如尊意。"他指出："想从一个题目限制了作家，其实是不能够的"，"'月白风清，如此良夜何？'好的，风雅之至，举手赞成，但同是涉及风月的'月黑杀人夜，风高放火天'呢，这不明明是一联古诗么？"[67]

于是，就有了鲁迅的杂文集《准风月谈》：在"不准谈风云"的政治压力下，明说风花雪月而暗谈政治风云，这其实也就是"钻文网"。对于一个有着自由心灵并具有创造力的作者，限制、封闭只能相对有效，总能找到统治的缝隙，发出某种异样的声音。这也是现代报刊

66　《两地书·一〇》有这样的话："政府似乎已在张起压制言论的网来，那么，又须准备'钻网'的法子。"《鲁迅全集》11卷，41页。

67　《〈准风月谈〉前记》，《鲁迅全集》5卷，199页。

"丛林"里的"游击战"。[68]

我们且看鲁迅如何灵活作战吧。

首先是化用各种笔名,以"障住编辑先生和检查老爷的眼睛"。关于鲁迅在他后期杂文中所使用的笔名,许广平写有《略谈鲁迅先生的笔名》,有详尽的考察。这里抄录几段:《伪自由书》里"用得最多的是'何家干'三个字。取这名时,无非是因为姓何的最普通,家字排也甚多见,如家栋、家驹,若何作谁解,就是'谁家做'的,就更有意思了"。此外,在《花边文学》里用的"赵令仪""黄凯音""张沛"等,也都和"何家干"一样,"盖取其通俗,以掩耳目"。还有一类,如《准风月谈》里的"丰之余",是针对前面说到的太阳社、创造社的英雄们"说他是'封建余孽'而起的名字";"隋洛文",是"堕落文人"演化而来,"不用说是为了一九三〇年国民党浙江省党部呈请通缉'堕落文人鲁迅'而起的了"。鲁迅显然是希图借这样别有深意的笔名,将那段文化围剿的历史留下一个印记;但因已经经过变形,也容易"蒙混过关"。还有像《夜颂》《秋夜纪游》《谈蝙蝠》诸篇用"游光"这样的笔名,显然是要与文题和文章内容中的"夜"取得一种和谐,显示某种"诗意",也易造成"远离政治"的假象,又暗含着自己的现实感受。可以看出,鲁迅的笔名,都是用心良苦。既要隐蔽,以掩耳目,又要曲折地

---

68 这是借用汪晖在《死火重温》里的说法,他说的是"现代都市丛林"里的"游击战"。《死火重温》,427页,人民文学出版社,2000年。

透露（或暗示）某些方面的真实。

我们前面已经说过，鲁迅许多杂文在报刊上公开发表时都有删节，这是无法逃避的文字之灾。但当时的国民党当局对发行量与影响力都不如报刊的书籍的检查，相对要疏松一些。

鲁迅就利用这样的缝隙，在将杂文汇集成书时，有意"将刊登时被删改的文字大概补上去了，而且旁加黑点，以清眉目"。[69]于是，当时以及今天的读者，就有幸从鲁迅编的杂文集里读到遭枪毙而又被抢救出来的文字，这里不妨抄一两段：

> 如果大家来相帮，那就有"反帝"的嫌疑了，"反帝"原未为中国所禁止的，然而要预防"反动分子乘机捣乱"，所以结果还是免不了"踢"和"推"。[70]

> 倘使对于黑暗的主力，不置一辞，不发一矢，而但向"弱者"唠叨不已，则纵使他如何义形于色，我也不能不说——我真也忍不住了——他其实乃是杀人者的帮凶而已。[71]

鲁迅未加一字，读者已经明白。在三十年代的中

69　《〈准风月谈〉前记》，《鲁迅全集》5卷，200页。

70　《踢》，《鲁迅全集》5卷，261页。

71　《论秦理斋夫人事》，《鲁迅全集》5卷，509页。

国，是既不准谈"反帝"，也不准说"帮凶"的。

读鲁迅后期杂文集，很容易就注意到一个现象：除"序言"（或称"题记""前记"）外，常有"后记"，有的长达万言以上，被称为一条大"尾巴"。当时就有人评论说，鲁迅印行杂文集的本意，"完全是为了一条尾巴"。这可能不确切，鲁迅自己也不承认；但刻意为之，却是真的。鲁迅自己就说："我的杂文，所写的常是一鼻，一嘴，一毛，但合起来，已几乎是或一形象的全体，不加什么原也过得去的了。但画上一条尾巴，却见得更加完全。"[72]可见，鲁迅追求的是全书的整体性，及所造成的整体效应。在一篇一篇的写作中，鲁迅东画"一鼻"，西画"一嘴"，其实玩的是"遮眼法"，不让审查者（无论是编辑，还是检查官）完全摸清他的意图；而现在成了书，他就要通过这样的整体安排，特别是"前记"和"后记"，引导读者在文与文的关系中去领悟隐蔽其后的东西。而"后记"又特别大量抄录、补叙了每篇杂文引发的纠纷的有关文章，有的论争文章则直接置于文后，如鲁迅自己说，这是为了"照见时事"，也就是引导读者进入历史情境，由一个一个小环境观照整体的时代大环境，由对一个一个具体问题的反省引向时代大问题的整体性的批判性审视。

而最后，鲁迅还要给他的杂文集取一个独特而传神的书名，以"画龙点睛"。因此，我们几乎可以根据他

72　《〈准风月谈〉后记》，《鲁迅全集》5卷，402—403页。

的书名而勾画出一幅二十世纪三十年代杂文家鲁迅的生存图景：他是在"且介亭"（半租界）里，怀着对同阶级的"二心"，背着革命文学家赐予的"三闲"罪名，以不入调、不入流的"南腔北调"，写着"伪自由书"，因禁论国事风云而作"准风月谈"，却被同一营垒的青年战友讥为"花边文学"。鲁迅杂文写作的言说环境、言说方式和命运，尽在其中，这正是我们今天的讲题内容的高度浓缩。

聊存一时之风尚

我在读鲁迅作为独立撰稿人，在报刊上发表的杂文，以及他为杂文集所写的前言、后记时，一直想着一个问题：鲁迅是怎样看待他的报刊写作的？他有着怎样的自我身份、角色的预设？

我之所以提出这样的问题，是因为不同的人对报刊写作有着不同的期待，其背后又有对自我角色的期待的不同。比如说，许多人都认为，报刊是公共舆论，有着巨大的社会影响力，既可以教育、引导民众，又可以监督政府，影响决策。这大概是一种公论与共识，大学新闻系的学生学习的新闻理论教科书里也是这么说的。我想，与鲁迅同时代的胡适这样的知识分子，也是这么想、这么做的。他们以学问家、舆论家的身份创办《独立评论》，并且有明确的角色预设。要当民众的"导师"、政府的"诤友"，而最终的指向，是充当"国师"。

但，鲁迅却没有这样的雄心壮志。他从来不相信教科书上的高论，他死死抓住的是中国国情，而且死死认准两条——一是中国"当局"的治国理念与实践里，舆论只是被操纵、利用的统治工具，所谓"公共舆论"是不存在，也不允许存在的，"奴隶只能奉行，不许言议；评论固然不可，妄自颂扬也不可，这就是'思不出其位'。譬如说，主子，您这袍角有些儿破了，拖下去怕更要破烂，还是补一补好。进言者自以为在尽忠，而其实是犯了罪，因为另有准其讲这样的话的人在，不是谁都可以说的。一乱说，便是'越俎代谋'，当然'罪有应得'。倘自以为是'忠而获咎'，那不过是自己的胡涂"；[73] 二是，中国的国民也是从来不受影响的，"是弹琴人么，别人的心上也须有弦索，才会出声；是发声器么，别人也必须是发声器，才会共鸣。中国人都有些不很像，所以不会相干"。[74]

　　因此，在鲁迅看来，"导师""国师"云云，都近乎痴人说梦，并有自欺欺人之嫌。他在报刊上写杂文，不过是"捣乱"。用学术的语言说，是要"在不自由的时代，展现永不屈服的自由意志，和不可遏止的自由生命的存在"。用画家陈丹青的说法，是摆出一副"非常不买帐，又非常无所谓"的样子："还有我呢"，"我就这样，你能怎么样？！"用鲁迅自己的话来说，就是："天下不舒服

73　《隔膜》，《鲁迅全集》6卷，45页。

74　《随感录·五十九"圣武"》，《鲁迅全集》1卷，371页。

的人们多着，而有些人却一心一意在造专给自己舒服的世界。这是不能如此便宜的，也给他们放一点可恶的东西在眼前，使他有时小不舒服，知道原来自己的世界也不容易十分美满"，[75]"你要那样，我偏要这样是有的；偏不遵命，偏不磕头是有的；偏要在庄严高尚的假面上拨它一拨也是有的，此外却毫无什么大举。名副其实，'杂感'而已"。[76]

这就是鲁迅报刊杂文写作的自我身份与角色认定：做既定秩序（政治、社会、思想、文化、学术、文学、语言的既定秩序）的捣乱者，做"绝望的反抗"。

因此，他对自己写作的效应是不抱希望的。他和传统的、现代的中国文人都不同，从不将写作神圣化，"毫无什么大举"，他确实这么看。

但他又是十分认真地对待他的报刊杂文写作。

于是，我们注意到了在他的杂文集的《序言》和《后记》里，处处充满着一种历史感。他这样看自己的杂文的意义："聊以存一时之风尚耳"，[77]"借此存留一点遗闻逸事，以中国之大，世变之亟，恐怕也未必就算太多了罢"。[78]

有意思的是，鲁迅特别强调，必须把他的杂文和论

75　《〈坟〉题记》，《鲁迅全集》1卷，3—4页。

76　《〈华盖集续编〉小引》，《鲁迅全集》3卷，195页。

77　《〈且介亭杂文〉附记》，《鲁迅全集》6卷，219页。

78　《〈南腔北调集〉题记》，《鲁迅全集》4卷，428页。

战对手的文章对照起来看，才能显示其意义。因此，他的杂文集里总是尽可能地同时附录对手的文字。他所看重的仍然是历史的保存价值。他提醒读者注意：对手的文字，除了"峨冠博带的礼堂上的阳面的大文"，更有"阴面的战法的五花八门"，而且"这些方法一时恐怕不会失传"，[79]对后来者就有了警诫的意义。于是，就有这样的预言："战斗正未有穷期，老谱将不断的袭用，对于别人的攻击，想来也还要用这一类的方法，但自然要改变了所攻击的人名。将来的战斗的青年，倘在类似的境遇中，能偶然看见这记录，我想是必能开颜一笑，更明白所谓敌人者是怎样的东西的。"[80]

看见了在鲁迅杂文里保存的当年的"记录"以后，或许我们真能如鲁迅期待的那样"开颜一笑"。"所谓敌人者"竟是几十年毫无长进；但这历史的循环，却使我们感到某种残酷和荒诞，而且我们还要和鲁迅当年那样，继续做绝望的挣扎与抗争。

但却因此更理解了鲁迅，想起了他晚年的一段自白：

自问数十年来，于自己保存之外，也时时想到

79　《〈三闲集〉序言》，《鲁迅全集》4卷，4—5页。

80　《〈伪自由书〉后记》，《鲁迅全集》5卷，191页。

中国，想到将来，愿为大家出一点微力。[81]

这也是对他的杂文（那是他的生命的结晶）最好的注解。

81　《致杨霁云》，《鲁迅全集》13卷，113页。

第五讲

鲁迅和北京、上海的故事

上篇：先讲一个心灵的故事

"空间"与"时间"：进入鲁迅世界的方法

在讲鲁迅与北京、上海的"故事"之前，先讲一点宏观的背景，讲一个进入鲁迅世界的方法。

我们都感觉到，鲁迅是说不完的。他的作品常读常新，他的世界可以从不同视角进入。我们讲鲁迅与北京、上海的故事，实际就是将其人、其作品置于特定的"空间"与"时间"来考察与阅读。

鲁迅一生中有几次重要的空间转移。自从一八九八年，十八岁的鲁迅离开绍兴到南京矿路学堂学习，他就辗转于"南京—东京—杭州—北京—厦门—上海"几座城市之间；而每一次转移都对他的人生之路、文学之路产生重大影响，留下鲜明的印记。其中日本东京这个东方大都市，为他打开了通向世界的窗口，是他独立的人生之路与文学之路的起点，意义自是十分重大；而居住时间最长、体验最深的，是一个乡镇——他的故乡绍兴，与两个城市——北京与上海。他的创作激情正是源于从这三大空间所获取的乡村记忆与都市体验，而他由此而创造的"鲁镇（绍兴）世界"、"北京世界"与"上海世界"构成了鲁迅文学世界的主体。

人们很容易地就注意到"绍兴—北京—上海"这三大空间在传统中国与现代中国及其转型中的特殊地位。首先要提起讨论的是鲁迅的故乡绍兴。绍兴不仅有着古越文化与浙东文化的汉民族文化深厚传统，而且其所在的浙江正是近代中国对外开放的门户之一，较早地接受了西方文化的影响。正因为鲁迅在家乡奠定了深厚的文化根基，又具有了开放的眼光，使他在有机会接触到中国传统文化的典型代表北京文化和最具开放性与现代性的上海文化时，既能最大限度地吸取，又保持了自己的独立性。孕育、产生于这样的生存环境与文化空间中，他最终成为转型中的中国社会最伟大的观察者、描述者与最深刻的批判者。值得关注的，还有鲁迅进入这三大空间的"时间"。当中国传统社会与文化发展到了梁启超在《清代学术概论》里所说的"衰落期"，孕育着新的变革时，鲁迅正好在传统与民间文化资源都极其丰厚的绍兴水乡度过自己的童年，接受了最初的教育，既感受到了传统社会与文化的没落与腐朽，又最后一次直接领悟着以后缺乏系统的传统教育的几代人无法感受的传统文化的内在魅力，同时受到了民间文化的熏陶，打下了精神的底子，成为他生命中永恒的记忆。

而在社会开始发生动荡，故家日显败落，意味着社会变革临近的19世纪末，鲁迅既被现实所迫，又适时地离开家乡，"走异路，逃异地，去寻求别样的人们"，在"南京—东京"找到了西方"新学"的新天地，并开始了自已新的独立创造——这是第一次决定性的空间转移。

在一九〇九年归国以后，鲁迅的生命中曾有过"沉默的十年"：先后流徙于杭州、绍兴诸地之后，在辛亥革命以后的历史落潮期，再次离开家乡，先到南京，又于一九一二年转移到北京，而当时的北京，表面的沉寂下正孕育着历史的大变动，这又是一次关键性的位移。当"五四"新文化运动大潮兴起，身处政治文化中心的北京，鲁迅成为"五四"新文学的开创者、奠基人，正是天时地利所致。

在经历了"五四"的落潮以后，鲁迅又离开北京，南下厦门、广州，目睹了革命高潮中的混乱与失败后的幻灭，于一九二七年末起，作为一个自由撰稿人定居上海。这是又一个适时的空间转移，中国文化、文学的重心，正由北京为中心的大学学园转向以上海为中心的文化、文学市场；而二十世纪三十年代中国社会的都市化、现代化发展也是以上海为中心的。正是身处这样的旋涡中心，对现代都市文明的深切体验，成就了杂文家的鲁迅。

我们更可以扩大了说，正是前述空间与时间的交汇，铸造了鲁迅。

我们把关注的焦点集中在鲁迅于辛亥革命后的低潮期来到北京，"五四"新文化运动退潮后离开北京，又于革命失败后定居上海，这样的特定历史时空中所发生的故事。

我们更感兴趣的，是鲁迅在这样的时间的流动、空间的转徙中的心理反应和心态。也就是说，我们所要讲的故事，主要是一个"心灵的故事"——这可能更是文学化的观照。

但能够提供做这方面的考察的材料很少，我们现在只能利用书信与日记里的一些线索。

"北京风物何如？"：鲁迅如何逃离家乡，来到北京

一九一〇年八月十五日，鲁迅致书当时在北京工作的好友许寿裳，谈到当年在浙江两级师范学堂的"故人分散尽矣，仆无所之"，只得暂在绍兴府中学堂任教，表示有去乡之意："他处有可容足者不？仆不愿居越中也，留以年杪为度"，并问"北京风物何如？"[1]——这是他第一次透露了对北京的兴趣与关切。

在以后的书信里，鲁迅又不断提及自己彷徨无地之苦境，及对"北方"的关注。一九一〇年十一月十五日致书许寿裳："中国今日冀以学术干世，难也。颇拟决去府校（指绍兴府中学堂），而尚无可之之地也。仆荒落殆尽，手不触书，惟搜采植物，不殊曩日，又翻类书，荟集古逸书数种，此非求学，以代醇酒妇人者也。"[2]这里所提出的"以学术干世"的理想，和对这一理想的质疑，以及对自己"手不触书"，不能真正"求学"的不满与

1　《书信·致许寿裳》，《鲁迅全集》11卷，333页。

2　《书信·致许寿裳》，《鲁迅全集》11卷，335页。

苦闷，都非常重要，这或许正是他关注北京，并终于北上的内在动因。一九一〇年十二月二十一日致书许寿裳，仍注目于北方风景："闻北方多风沙，诸惟珍重。"[3]

一九一一年一月二日致许寿裳书，一开头就说："闻北方土地多溷淖（潮湿泥泞），而越中亦迷阳（有刺的草）遍地，不可以行。"又言："近读史数册，见会稽往往出奇士，今何不然？甚可悼叹！上自士大夫，下至台隶，居心卑险，不可施救，神赫斯怒，湮以洪水可也"，对今之乡人的失望、不满已到了不能相容的地步。在感慨"吾乡书肆，几于绝无古书，中国文章，其将陨落"以后，又突然发问："闻北京琉璃厂颇有典籍，想当如是，曾一览否？"[4]他依然念着北京，而此刻他心目中的北京，或许是一个能够读书求学的地方。

一个月以后，三月七日他又致书许寿裳，谈到家境的窘迫："卖田之举去年已实行，资亦早罄，迩方析分公田"，明确表示去越北上的意愿："越中棘地不可居，倘得北行，意当较善乎？"[5]

又过一个月，在四月十二日给许寿裳的信中，他谈到和一群朋友拟成立越社，"集资刊越先正著述"，尽管失望，仍不忘为家乡文化的承传尽力，并比之为"蚊子负山之业"，"此蚊不自量力之勇，亦尚可嘉"。而信的

3　《书信·致许寿裳》，《鲁迅全集》11卷，337页。

4　《书信·致许寿裳》，《鲁迅全集》11卷，341页。

5　《书信·致许寿裳》，《鲁迅全集》11卷，344—345页。

结尾，仍不忘问："北京琉璃厂肆有异书不？"可谓不胜向往之至。[6]

七月三十一日鲁迅致书许寿裳，谈到自己两个月前为催促周作人回国（因家庭经济困难，无以支持其在国外读书）去了一趟东京，深感自己"闭居越中，与新颖气久不相接，未二载遽成村人，不足自悲悼耶"。又谈及自己的困境："越中学事，惟从（纵）横家乃大得法，不才如仆，例当沙汰"；而"家食既难，它处又无可设法"；欲北上又多有顾虑，恐"京华人才多于鲫鱼，自不可入"；最后只能"欲在它处得一地位，虽远无害，有机会时，尚希代为图之"：[7]鲁迅真的无地存身了，其实这样的命运与感觉是追逐了他一生的。而此时的鲁迅，已是迫不及待，不管去哪里，只要能逃离家乡就好。

这年夏天，鲁迅毅然辞去了绍兴府中学堂的一切职务，却"没有地方可去"。他后来在《自叙传略》里回忆说，"想在一个书店去做编译员，到底被拒绝了"，[8]平静的叙述背后，是一种被困的无奈。

但正在走投无路之时，辛亥革命爆发了。绝望中的鲁迅仿佛看到了新的希望，他立刻投身其中，回到了学校，之后又被革命政府任命为浙江山会初级师范学校监督，被推为《越铎日报》名誉总编辑。但很快鲁迅就发

6　《书信·致许寿裳》，《鲁迅全集》11卷，346页。

7　《书信·致许寿裳》，《鲁迅全集》11卷，348—349页。

8　《俄文译本〈阿Q正传〉著者叙略》，《鲁迅全集》7卷，85—86页。

现，尽管满眼白旗，仿佛革命已经胜利，"内骨子是依旧的"，革命党人也被投机者所"包围"，成了新的官僚。

正在他陷入了更深刻的绝望时，接到了许寿裳的来信，时任南京临时政府教育总长的蔡元培邀他去部任职，好友范爱农也这样劝他："这里又是那样，住不得。你快去罢。"鲁迅说："我懂得他无声的话"，于是决计离乡而去。[9]他先到了南京，后来又随教育部北迁去了北京。可以说这是鲁迅第二次逃离家乡：时已32岁的鲁迅，和18岁时的他一样，再一次"走异路，逃异地，去寻求别样的人们"。[10]

初到北京：琉璃厂，厂甸书摊，西小市，广和居

这是鲁迅一九一二年五月五日的日记："上午十一时舟抵天津。下午三时半车发，途中弥望黄土，间有草木，无可观览。约七时抵北京。"这里，北方风景"黄土"第一次出现在鲁迅的视野里，但似乎并没有引起他的兴趣。他或许还沉浸在绍兴水乡的记忆里吧。

在一切安顿下来以后，鲁迅第一件事就是寻访琉璃厂。在五月十二日（即到京后的第七天）的日记里，就有和许寿裳等同乡好友"至琉璃厂，历观古书肆"，购书一部七本的记载。这月二十五日、二十六日、三十日

9　《范爱农》，《鲁迅全集》2卷，324页，325页，326页。

10　《〈呐喊〉自序》，《鲁迅全集》1卷，437页。

又连续三次去琉璃厂，像三十日这天，白天刚"得津帖六十元"，晚上就赶去琉璃厂，"购《史略》一部两册，八角；《李龙眠白描九歌图》一帖十二枚，六角四分；《罗两峰鬼趣图》一部两册，两元五角六分"。[11] 那个年代，在文人心目中，琉璃厂简直就是北京的象征：这是很有意思的。

从此，鲁迅与琉璃厂就结下了不解之缘，如学者所描写的，"十五年中，浏览古书，访求碑帖，收集信笺，时时徜徉于海王村畔、厂肆街前"，鲁迅真的是乐于其中了。他于一九三二年十一月最后一次回北京，住了十六天，又去了三次琉璃厂，二十七日那天日记中写道："午后往师范大学演讲，往信远斋买蜜饯五种，共钱十一元五角。"于是，就有了这样的描写与想象：

在东琉璃厂进口不远路南，那小小的两间门面的信远斋，嵌着玻璃的绿油漆的老式窗棂，红油漆的小拉门，前檐悬着一块黑漆金字匾额，写的是馆阁体的"信远斋"三个字，在初冬的下午的阳光斜照中，鲁迅先生提着几包桃脯、杏脯之类的蜜饯，在店主萧掌柜拉门送客，"您慢点儿走，回见"声中走出来，坐上车，回到城里西四宫门口家中。这普普通通的一点情景，谁能想到这竟是鲁迅先生最后一次告别自己多年来不知徜徉过多少趟的琉璃厂呢？

11　《日记》，《鲁迅全集》15卷，1—3页。

真是"逝者如斯夫"，此情此景，应该早已和琉璃厂的气氛融合在一起了吧。[12]

写这段颇为动情的文字的是著名学者邓云乡先生，他写有《鲁迅与北京风土》一书，根据鲁迅日记的记载，重现鲁迅在北京生活时的风土情况，以及鲁迅的独特观察与感受，这样，我们读者也可以借此从日常生活这一层面进入鲁迅世界，想象他当年的音容笑貌，把握他与北京关系中更为微妙的方面。同学们不妨找来一读。

这里只介绍书中一些我以为特别有意味的细节。一是鲁迅除经常出入于琉璃厂的书肆、碑帖店、古钱铺、南纸店、古玩铺外，还特别爱逛附近厂甸的书摊。"北京是几百年的文化古城，学者多、教授多、教员多、学生多，所以书摊边上簇拥的人也绝不比珠宝摊、古玩摊的人少，同样是拥来拥去。鲁迅先生甲寅（一九一四年）一月三十一日记道：'午后同朱吉轩游厂甸，遇朱逖先、钱中季、沈君默。'二月八日记道：'观旧书，价贵不可买，遇相识者甚多。'从这些日记中，很可以窥见当时厂甸书摊上，是学人们常常见面的地方了。""过去常说王渔洋当年，人们不大容易找到他，只有在慈仁寺书摊上才能一瞻老诗人的风采"，"这故事传作艺林佳话，风气绵绵未绝，直到鲁迅先生他们在厂甸逛书摊

12 邓云乡：《鲁迅与北京风土》，6页，文史资料出版社，1982年。

时，也还是如此，也可见其悠久了"。

书摊中有一类货色零散、残缺的，当时习惯叫作"冷摊"，鲁迅却常关注。一九二三年旧历正月初六日记道："又在小摊上得《明憧合欠录》（按，欠，此为一衍字）一本，价一角"，正是从这种冷摊上买到的，鲁迅特别记明"小摊"二字，多少表现了意外收获的喜悦，这类"淘旧书"的乐趣，是可遇不可求的。

鲁迅日记中提到"小市"的地方特别多。一九一二年十二月八日记云："午后与数同事游小市"，这正是他到北京半年之后。以后"不但年年去，有几年简直是月月去。最多的时候，如丙辰（一九一六年）正月，据日记记录，就游了十四次小市"。据邓云乡先生考证，鲁迅经常去的是"西小市"，清末忧患生著《京华百二竹枝词》注云："西小市在宣武门外，摆摊售卖故物，色色俱备，真赝杂陈，入其中者，极宜留心察视。黎明交易，早九点收市。市俗或呼'鬼市'。"顺便说一句：这样的"小（晓）市""鬼市"，直到今天的北京还是保留着的。著名的潘家园就是这样的专供人们"淘旧书、旧货"的地方。康熙时柴桑《燕京杂记》说小市的货物，"官则不屑，商则不宜，隶则不敢，惟上不官，下不隶，而久留京邸者，则甘之矣"。这大概正适合鲁迅，所以，就有了这样动人的记录：一九一六年正月二十五日："午后往小市，买嵩岳石人顶上'马'字拓本三枚，共五铜元。分赠师曾一枚。"而且还有这样的解说：

有人辛辛苦苦，千里之遥跑到河南中岳嵩山，登山攀石，在石人的顶上铺纸捶墨，连拓三张"马"字，辗转流落，到了北京西小市的地摊上，只卖五个铜元。而先生又当宝贝似的买了来，又拿一张珍重地当礼品送给陈师曾先生。拓碑者的辛苦，摆地摊的凄惶，五个铜元的廉价，三九天的寒冷，先生的兴趣，分赠朋友时的珍重，如果把这些联系在一起，老一辈的这种风流韵事，真不易为今天的人们所理解了。[13]

小市的地摊，大概给鲁迅留下了极深的印象。于是，他多次把自己的著作比作地摊上的"瓦碟"：

我愿意我的东西躺在小摊上，被愿看的买去，却不愿意受正人君子的赏识。世上爱牡丹的或者是最多，但也有喜欢曼陀罗花或无名小草的。[14]

我只在深夜的街头摆着一个地摊，所有的无非几个小钉，几个瓦碟，但也希望，并且相信有些人会从中寻出合乎他的用处的东西。[15]

鲁迅写这两段话时，或是在厦门那间大而空的楼房

13　邓云乡：《鲁迅与北京风土》，205页，206页，207页，210页。

14　《厦门通信》，《鲁迅全集》3卷，388页。

15　《〈且介亭杂文〉序言》，《鲁迅全集》6卷，4页。

里，或是在上海亭子间，都远离北京；他在提笔时眼前闪现的大概是自己当年在厂甸书摊与宣武门外西小市徜徉的情景。

邓云乡的书中还谈到鲁迅在北京期间的饮宴应酬，也是很有意思的。据邓先生统计，在鲁迅日记中记录的酒楼、饭馆、饭店的名称、字号竟有六十五家之多，而且体例俱备，各种类型的代表都有几家。"在我国历史文献中，关于这方面的资料历来很少"，"如果能在一本书中找出五六十家酒楼饭店的字号名称，在近代诸各家的著作中，虽不能说绝无仅有，恐怕也真是稀如凤毛麟角了"，因此鲁迅日记的有关记载，不仅是有关饭馆的民俗资料，而且是"有关一个历史时期生活、市容、经济、商情等方面"的可贵资料。这大概是我们未曾料到的。[16]

鲁迅去的次数最多的是广和居。他一九一二年五月五日到北京，五月七日日记就有这样的记载："夜饮于广和居"，我们可以想见这样一位"初到北京的异乡口音的官吏，在古老的酒肆中，自斟自饮，享用他到北京的第一次小酌"的情景。以后鲁迅就成了广和居的常客。这年五、六、七三个月，他每月连去四次；客人来了要添菜，也是叫他家的菜。广和居是一所百年老店。近人杨寿楠《觉花寮杂记》云："燕市广和居酒肆，在宣武门外北半截胡同，肴馔皆南味，烹饪精洁，朝市喜之，

16　邓云乡：《鲁迅与北京风土》，61—64页。

名流常宴集于此。辛亥后，朝市变迁，肉谱酒经，亦翻新样，惟此地稍远尘嚣，热客罕至，未改旧风。"这大概正是鲁迅经常光顾的原因之一吧。一九三二年十一月鲁迅最后一次回北京，没有住几天，二十八日就匆匆离去，二十七日他的学生章川岛请吃晚饭，仍在广和居，鲁迅旧地重游，在问候寒暄中，举杯小饮。从第一次独饮于此，到此时的饯别，"为时已二十年又六个月矣"。[17]

"客子"的无乡之感

不过，现在还是回到一九一二年五月鲁迅初到北京的情境中去吧。

查阅鲁迅这个月的日记时，我们注意到两个细节，一是他刚来北京第五天即"微觉发热，似冒寒也"；二是第六天第一次到教育部上班，即"枯坐终日，极其无聊"。[18]这或许是一个不祥的预兆。他似乎不能适应北京这座城市，它的气候与气氛。事实上，鲁迅此后一直在肉体的折磨与精神的苦闷中挣扎。因为此时的北京，正处于辛亥革命后的低潮时期，鲁迅在这里经历了一九一三年的"二次革命"、一九一六年的袁世凯称帝、一九一七年的张勋复辟，"看来看去，就看得怀疑起

17 邓云乡：《鲁迅与北京风土》，79页，81页，108—109页。
18 《日记》，《鲁迅全集》15卷，1页。

来，于是失望，颓唐得很了"。[19]

就在孤独地困居在北京绍兴会馆时，鲁迅又把目光转向他刚刚逃离的家乡。这样的由于距离产生的吸引，是颇耐人寻味的。鲁迅后来回忆说，他一面"回到古代去"，利用北京的图书条件，潜心"求学"，辑录《古小说钩沉》，为他以后的中国小说史研究做准备，整理《会稽郡故书杂集》等越中典籍，回到浙东文化、魏晋文化中去；一面"沉入于国民中"[20]，沉入故乡民间记忆，咀嚼生活于其间的普通民众的悲欢。身居京城而与故乡精神相遇，这是极其难得的生命体验，却为"五四"新文化运动做了独特的准备，这大概也是鲁迅所未曾料及的吧。

于是鲁迅终于成了以北京为中心的新文化运动的弄潮儿。就鲁迅与北京的关系而言，这标志着北京接纳了鲁迅，鲁迅成了北京文化城的主人。他最后也决定举家北迁，定居于北京。在一九一九年一月十六日写给许寿裳的信中，鲁迅在谈到自己"年来仍事嬉游，一无善状，但思想似稍变迁"以后，又报告说："明年，在绍之屋为族人所迫，必须卖去，便拟挈眷居于北京，不复有越人安越之想。而近来与绍兴之感情亦日恶，殊不自至（知）其何故也。"[21]

19　《〈自选集〉自序》，《鲁迅全集》4卷，468页。

20　《〈呐喊〉自序》，《鲁迅全集》1卷，440页。

21　《书信·致许寿裳》，《鲁迅全集》11卷，370页。

虽"不复有越人安越之想"，但鲁迅似乎也并不能因此而"安京"。于是，我们又注意到一九二〇年五月四日，即"五四"爱国学生运动一周年这一天，鲁迅在给他在浙江师范学堂任教时的学生宋崇义的信中，对一年来由学生运动引发的社会"纷扰"作了这样的评价："全国学生，或被称为祸萌，或被誉为志士；然由仆观之，则于中国实无何种影响，仅是一时之现象而已；谓之志士固过誉，谓之乱萌，亦甚冤也。"这使我们又想起前面提到的鲁迅对辛亥革命的失望。鲁迅对"五四"运动的低调评价，说明他的清醒。而正是这份清醒，使他无法安于现状。在信中他又谈到"世之论客，好言南北之别"，以为作为新文化运动中心的北京，远比仍在军阀统治下的南方先进，而在鲁迅看来，"其实同是中国人，脾气无甚大异也"，这里透露的正是对北京的失望。信的最后又这样写道："仆以为一无根柢学问，爱国之类，俱是空谈；现在要图，实只在熬苦求学，惜此又非今之学者所乐闻也。"[22]鲁迅这里所坚持的，依然是他的"以学术干世"的"求学"理想。如前面所分析，他当年为在家乡找不到同道而苦闷，现在身居京城学界中心，却依然感到寂寞：北京也不是真正"熬苦求学"之地。

鲁迅写于一九二四年二月十八日的小说《幸福的家庭》里，有一段描写，很值得注意。小说主人公是一位

22　《书信·致宋崇义》，《鲁迅全集》11卷，382页，383页。

作家，他想写一篇题为《幸福的家庭》的小说，却为如何"安排那安置这'幸福的家庭'的地方"而颇费周折：

> 北京？不行，死气沉沉，连空气也是死的。假如在这家庭的周围筑一道高墙，难道空气也就隔断了么？简直不行！江苏浙江天天防要开仗；福建更无须说。四川，广东？都正在打。山东河南之类？——阿阿，要绑票的，倘使绑去一个，那就成为不幸的家庭了。上海天津的租界上房租贵；……假如在外国，笑话。云南贵州不知道怎样，但交通也太不便……。那么，在那里好呢？——湖南也打仗；大连仍然房租贵；察哈尔，吉林，黑龙江罢，——听说有马贼，也不行！[23]

这里所描述的"无处可安身"的境遇，当然首先是现实层面的：当时军阀混战下的中国，确实已无一片老百姓安居之地；但其中也隐喻着一种"无乡之感"：这是鲁迅强烈地感受到的更带根本性的人的存在危机。其实写于两天之前即一九二四年二月十六日的小说《在酒楼上》里，就有过这样的内心独白：

> 北方固不是我的旧乡，但南来又只能算一个客子，无论那边的干雪怎样纷飞，这里的柔雪又怎样

23　《幸福的家庭》，《鲁迅全集》2卷，35—36页。

的依恋，于我都没有什么关系了。[24]

我们也终于懂得，鲁迅是一个永远的漂泊者：无论客居地北京，还是生养他的绍兴，都不是他的"精神之乡"。这"无乡之感"将追逐他一生。

漂流在南方

现实却更加残酷，连暂居北京也不允许。一九二六年，鲁迅因支持北京的爱国学生运动，而被列入通缉名单，[25]只得南下厦门与广州，开始了他所说的"漂流"生活。

他初到厦门时，对这座城市与人都还颇有好感："此地背山面海，风景佳绝"，[26]"大约看惯了北京的听差唯唯从命的，即容易觉得南方人的倔强，其实是南方的等级观念，没有北方之深，所以便是听差，也常有平等言动，现在我和他们的感情好起来了"。[27]他甚至有就此安居，"在孤岛中度寂寞生活，咀嚼着寂寞，即足以自慰自赎"的想法。[28]但他很快就对自己的这些乐观的估

24　《在酒楼上》，《鲁迅全集》2卷，25页。

25　参看《大衍发微》，《鲁迅全集》3卷，601—603页。

26　《两地书·三六》，《鲁迅全集》11卷，107页。

27　《两地书·四一》，《鲁迅全集》11卷，118页。

28　《两地书·八八》，《鲁迅全集》11卷，237页。

价产生了怀疑，在随后写给朋友的信中，就谈到"这学校孤立海滨，和社会隔离，一点刺激也没有"，"我竟什么也做不出"，"此地初见虽然像是有趣，而其实却很单调，永是这样的山，这样的海。便是天气，也永是这样暖和；树和花草，也永是这样开着，绿着"。[29]在公开发表的文章里，就说得更加尖锐："我本来不大喜欢下地狱，因为不但是满眼只有刀山剑树，看得太单调，苦痛也怕很难当。现在可又有些怕上天堂了。四时皆春，一年到头请你看桃花，你想够多么乏味？"[30]鲁迅所反感的自然不只是风景的单调而已。于是鲁迅又开始怀念起北京的风景："（听）说北京已经结冰了"，[31]由此想起的大概是那"在无边的旷野上，在凛冽的天宇下"纷飞的"朔方的雪花"吧。[32]更重要的是，鲁迅无法与这里的绅士相处，终于决定："这些好地方，还是请他们绅士们去占有罢，咱们还是漂流几时的好。"[33]

于是鲁迅漂流到了广州。尽管那里的风物曾使鲁迅赏心悦目——"书桌上的一盆'水横枝'，是我先前没有见过的：就是一段树，只要浸在水中，枝叶便青葱得可

29　《书信·致韦丛芜、韦素园、李霁野》，《鲁迅全集》11卷，562页。

30　《厦门通信（二）》，《鲁迅全集》3卷，392页。

31　《厦门通信（二）》，《鲁迅全集》3卷，392页。

32　《雪》，《鲁迅全集》2卷，186页。

33　《两地书·一二一》，《鲁迅全集》11卷，299页。

爱"，³⁴广东人的"蛮气"也给鲁迅以好感，³⁵但鲁迅却目睹了血的屠戮，只得再次逃离。

何处可容身？

但是，逃到哪里去，何处可容身？一九二七年下半年的鲁迅，又一次面临着生存空间的选择。读这一时期的鲁迅书信，可以强烈地感受到他的困惑。

家乡是不能回的："夫浙江之不能容纳人才，由来久矣，现今在外面混混的人，那一个不是曾被本省赶出？……终于止留下旧日的地头蛇"，而尤其不能接受的是新官僚的统治："我常叹新官僚不比旧官僚好，旧者如破落户，新者如暴发户，倘若我们去当听差，一定是破落户子弟容易伺候，若遇暴发户子弟，则贱相未脱而遽大摆其架子，其蠢臭何可向迩哉。"³⁶"其实浙江是只能如此的，不能有更好之事，我从钱武肃王的时代起，就灰心了。"³⁷"中国士大夫之好行小巧，真应'大发感慨'，明即以此亡。而江浙尤为此种小巧渊薮。"³⁸"江浙是不能容人才的，三国时孙氏即如此，我们只要将吴

34　《〈朝花夕拾〉小引》，《鲁迅全集》2卷，235页。

35　《书信·致章廷谦》，《鲁迅全集》12卷，62页。

36　《书信·致章廷谦》，《鲁迅全集》12卷，55页。

37　《书信·致章廷谦》，《鲁迅全集》12卷，50页。

38　《书信·致江绍原》，《鲁迅全集》12卷，59页。

魏人才一比，即可知（曹操也杀人，但那是因为和他开玩笑，孙氏却不这样的也杀，全由嫉妒）。"[39]

那么，回到北京如何？其实在决定离开厦门到广州时，鲁迅就并不准备久留，有过"此后或当漂流，或回北京"的想法。[40]现在再回北京，应是自然的选择："已经一年多了，我漂流了两省，幻梦醒了不少，现在是胡胡涂涂。想起北京来，觉得也并不坏，而且去年想捉我的'正人君子'们，现已大抵南下革命了，大约回去也不妨。"但鲁迅仍多有顾虑：一是"有几个学生，因为是我的学生，所以学校还未进妥（近来有些这样的情形，连和我熟识的学生，也会有人疑心他脾气和我相似，喜欢揭穿假面具，所以看得讨厌）。我想陪着他们暂时漂流，到他们有书读了，我再静下来"。[41]如将他们也带到北京，"这是我力所不及的，别人容易误会为我专是呼朋引类"。[42]鲁迅更为"迟疑"的是，当时的北京正被张作霖所控制，担心"我往北京，也不免有请进'优待室'之虑"。[43]

39　《书信·致章廷谦》，《鲁迅全集》12卷，62页。

40　《书信·致翟永坤》，《鲁迅全集》12卷，13页。

41　《书信·致翟永坤》，《鲁迅全集》12卷，68页。

42　《书信·致章廷谦》，《鲁迅全集》12卷，70页。

43　《书信·致章廷谦》，〈鲁迅全集》12卷，56页。

上海：生命存在方式的新选择

在这"迟疑"的背后，或许还隐含着更为深层的"下一步该做什么"也即生命存在方式选择的迟疑。从"到他们有了书读，我再静下来"的打算看，鲁迅似乎仍不想放弃他在学院里潜心求学，读书、写作、教书的追求，北京就自然是最佳选择。但他又说："我眼前所见的依然黑暗，有些疲倦，有些颓唐，此后能否创作，尚在不可知之数"，[44]"我也许此后不能教书了"，"此后，真该玩玩了，一面寻饭碗"。[45] 这就意味着要另寻一种学院外的生存方式。而鲁迅最后选择了上海，正是出于这样一种另外的选择："我先到上海，无非想寻一点饭，但政、教两界，我想不涉足，因为实在外行，莫名其妙。也许翻译一点东西卖卖罢。"[46] 这是一个重要的信息。本来鲁迅在北京时期主要涉足"政、教两界"，现在发现自己"实在外行，莫名其妙"，其实就是对其彻底失望；于是决定"翻译一点东西卖卖"，也就意味着选择"商界"，以"卖文"（先卖"翻译"，因为"能否创作，尚在不可知之数"）为生。鲁迅就这样最终从学院走向了文学市场，从北京转移到了上海。以后的历史发展已经证明，鲁迅的这一次空间转移，无论对他个人，还是对

44　《书信·致台静农》，《鲁迅全集》12卷，74页。

45　《书信·致章廷谦》，《鲁迅全集》12卷，70页。

46　《书信·致翟永坤》，《鲁迅全集》12卷，67页。

中国思想文化文学的发展，都是意义重大的。

无法融入

这是鲁迅一九二七年十月三日的日记："晴。午后抵上海，寓共和旅馆。"[47]十多天以后，鲁迅写信给他的广东学生，说："这里的情形，我觉得比广东有趣一点，因为各式的人物较多，刊物也有各种，不像广州那么单调"，看来上海给他的第一印象是不错的。但他也谈到了自己的某些不适应："熟人太多，一直静不下，几乎日日喝酒，看电影。倘若这样下去，是不好的，书也不看，文章也不做。"还有一点也让鲁迅感到不安："我初到时，报上便造谣言，说我要开书店了，因为上海人惯于用商人眼光看人。"但鲁迅仍希望能最终"静下来，专做译著的事"。"我仍想读书和作文章"。[48]

但希望很快就破灭了，敏感的鲁迅发现，这一切其实都是上海的常态，是这座城市所固有的："上海的情形，比北京复杂得多，攻击法也不同，须一一对付，真是糟极了"；[49]"上海的出版界糟极了，许多人大嚷革命文学，而无一好作，大家仍大印吊膀子小说骗钱，这

47　《日记十六（一九二七年）》，《鲁迅全集》16卷，39页。

48　《书信·致廖立峨》，《鲁迅全集》12卷，81—82页。

49　《书信·致台静农》，《鲁迅全集》12卷，104页。

样下去，文艺只有堕落"；[50]"上海到处都是商人气（北新也大为商业化了），住得真不舒服"；[51]"终日伏案写字，晚上是打牌声，往往睡不着，所以又很想变换变换了，不过也无处可走，大约总还是在上海"；[52]"一点也静不下，时常使我想躲到乡下去。所以我或者要离开上海也难说"。[53]鲁迅终于明白：上海其实并不适合他，他无法融入这座城市，至多只是一个客居者。

回不去的家乡

或许鲁迅内心深处还是怀念家乡与北京的。于是在写给朋友的信中，有了这样的话："杭州芦花，闻极可观，心向往之，然而又懒于行，或者且待看梅花欤。"[54]

而且一九二八年七月鲁迅与许广平夫妇，还应友人与学生之邀，到杭州畅游了四天。意犹未尽，在八月给友人的信还说："桂花将开，西湖当又有一番景况，也很想一游"，并有"拟细想一想，究竟什么花最为好看，然后再赴西湖罢"这样的戏言。[55]但由于鲁迅在其主持的

---

50 《书信·致李霁野》，《鲁迅全集》12卷，161—162页。

51 《书信·致李芥野》，《鲁迅全集》12卷，202页。

52 《书信·致韦素园》，《鲁迅全集》12卷，157页。

53 《书信·致李芥野》，《鲁迅全集》12卷，84页。

54 《书信·致章廷谦》，《鲁迅全集》12卷，85页。

55 《书信·致章廷谦》，《鲁迅全集》12卷，130页。

《语丝》上发表了一篇揭发复旦大学内幕的文稿，触怒了在国民党浙江省党部任指导委员的许绍棣，浙江省党部竟然呈请密令通缉"堕落文人"鲁迅。鲁迅也从此被自己家乡放逐，再也回不去了。

"深夜独坐"："我们到那里去呢？"

一九二九年五月十五日，在一九二六年八月二十六日离开北京将近三年后，因探望母亲，鲁迅又回到了北京。五月二十七日夜，在给许广平的信中鲁迅这样写道：

> 计我回北平以来，已两星期，除应酬之外，读书作文，一点也不做，且也做不出来。那间灰棚，一切如旧，而略增其萧瑟，深夜独坐，时觉过于森森然。幸而来此已两星期，距回沪之期渐近了。[56]

这"深夜独坐"的情境，这"一切如旧"的感觉，这"萧瑟"以至"森森然"，都非常感人，写尽了鲁迅重回北京以后的复杂心态。我们也只能从他同时期写给许广平及友人的信中略知一二。

在"一切如旧"的感觉中，鲁迅大概是回想起了许多旧事，因而有如归故里之感。在给许广平的信中这样写

56　《两地书·一二八》，《鲁迅全集》11卷，311页。

道："北平并不萧条，倒好，因为我也视它如故乡的，有时感情比真的故乡还要好，还要留恋，因为那里有许多使我记念的经历存留着。"也许是由此想起许广平所在的上海，又补了一句："上海也还好，不过太喧噪了"。[57]

但鲁迅仍能感到北京的沉寂与惰性。这也是北京之"旧"的一个方面，对此鲁迅是始终怀有警觉的："为安闲计，住北平是不坏的，但因为和南方太不同了，所以几乎有'世外桃源'之感。我来此虽已十天，却毫不感到什么刺戟，略不小心，确有'落伍'之惧的。上海虽烦扰，但也别有生气。"[58]有意思的是，鲁迅总是把北京与上海两个城市对照起来看，这其实是反映了鲁迅内心的矛盾，他早就说过："我喜欢寂寞，又憎恶寂寞"，[59]他既欣赏北京的"安闲"，又不满于"毫不感到什么刺戟"；既喜欢上海的"生气"，又讨厌它的"烦扰"。

而现实的北京，却使他失望。这是他的"如旧"感的另一面："中央公园昨天是开放的，但到下午为止，游人不多，风景大略如旧，芍药已开过，将谢了，此外则'公理战胜'的牌坊上，添了许多蓝地白字的标语。"[60]这几乎近于我们前面说过的辛亥革命后的绍兴给他的感

---

57   《两地书·一三一》，《鲁迅全集》11卷，315页。

58   《两地书·一二二》，《鲁迅全集》11卷，302页。

59   《书信·致李秉中》，《鲁迅全集》11卷，452页。

60   《两地书·一二五》，《鲁迅全集》11卷，306页。

觉——牌子虽新，骨子依旧。问题或许还要更严重，鲁迅在给许广平的信中这样谈到他对"北平学界现状"的观察："南北统一后，'正人君子'们树倒猢狲散，离开北平，而他们的衣钵却没有带走，被先前和他们战斗的有些人拾去了。"[61]做出这样的判断时，鲁迅的内心是痛苦的，他从与昔日在北京共同"战斗"的朋友的分裂中，更感到了深深的寂寞。

而且他还受到了深深的伤害："我自从到此以后，总计各种感受，知道弥漫于这里的，依然是'敬而远之'和倾陷，甚至于比'正人君子'时代还要分明——但有些学生和朋友自然除外"，[62]"我本也想明年回平，躲起来用用功，做点东西。但这回回家后，知道颇有几个人暗中抵制，他们大约以为我要来做教员。荐一个人，也各处被挤。我看北平学界，似乎已经和现代评论派联合一气了。所以我想不再回去，何苦无端被祸。我出京之前，就是被挤得没饭吃了之故，其实是'落荒而走'了，流来流去，没有送命，那是偶然侥幸"。[63]

所有这一切，都使鲁迅感到了"彷徨无地"的无助、无奈与悲哀。那无边的"萧瑟"与"森森然"感都源于此。

于是就有了这样的痛苦的倾诉：

61　《两地书·一三五》，《鲁迅全集》11卷，321页。

62　《两地书·一三五》，《鲁迅全集》11卷，322页。

63　《书信·致李霁野》，《鲁迅全集》12卷，198页。

我想，应该一声不响，来编《中国字体变迁史》或《中国文学史》了。然而那里去呢？在上海，创造社中人一面宣传我怎样有钱，喝酒，一面又用《东京通信》诬栽我有杀戮青年的主张，这简直是要谋害我的生命，住不得了。北京本来还可住，图书馆里的旧书也还多，但因历史关系，有些人必有奉送饭碗之举，而在别一些人即怀来抢饭碗之疑，在瓜田中，可以不纳履，而要使人信为永不纳履是难的，除非你赶紧走远。D.H.，你看，我们到那里去呢？我们还是隐姓埋名，到什么小村里去，一声也不响，大家玩玩罢。[64]

同时被乡土中国和现代中国所放逐，他发出"无词的言语"

北京，上海，"住不得了"；绍兴，杭州，厦门，广州，所有的中国城乡，都"住不得了"，"我们到那里去呢？"鲁迅用他那充满疑惑的眼睛逼视着自己的真实存在：这是一个根本性的生存困境。他与绍兴、北京、上海，以及它们所代表的"乡土中国"与"现代中国"的关系，真是复杂。他既"在"其中，因此，存在着极其缠绕的关系，不能割断情感的联系，摆脱不了"眷恋""爱抚""养育""祝福"之情；但他又"不在"其中，作为一个异

---

64 《两地书·一三五》，《鲁迅全集》11卷，323页。

端，一个永远的清醒者、批判者，他必然被遗弃，也必然要和整个社会，从体制到精神（思想文化）全面"决绝"，并充满"复仇""歼除""咒诅"的欲求。他就像他笔下的那位被亲人放逐的老女人，"赤身露体地，石像似的站在荒野的中央"，"举两手尽量向天，口唇间漏出人与兽的，非人间所有，所以无词的言语"。[65]

下篇：有词的言语里的都市观察与体验

进入鲁迅的北京文学世界

先读《〈呐喊〉自序》。它讲述了一个鲁迅离开故乡绍兴老屋以后的故事：他怎样在南京的新式学堂里第一次"知道世上还有所谓格致，算学，地理，历史，绘图和体操"；他如何怀着"医学救国"的梦想，来到东京，又最后走上了文学之路，却因毫无反应而"置身毫无边际的荒原"。但在北京宣武门外南半截胡同的绍兴会馆里，又因为与老朋友金心异（钱玄同）的一番交谈而卷入"五四"新文学的大潮：这次北京胡同里的谈话，因此成为现代文学史上的一个历史事件。鲁迅在回忆中对北京胡同里的大院的描述，格外引人注目：

　　S会馆里有三间屋，相传是往昔曾在院子里的

65　《颓败线的颤动》，《鲁迅全集》2卷，210—211页。

槐树上缢死过一个女人的，现在槐树已经高不可攀了，而这屋还没有人住；许多年，我便寓在这屋里抄古碑。……而我的生命却居然暗暗的消去了，……夏夜，蚊子多了，便摇着蒲扇坐在槐树下，从密叶缝里看那一点一点的青天，晚出的槐蚕又每每冰冷的落在头颈上。[66]

这里的凄清、神秘、闲适与孤寂，都是典型的老北京气氛。我们就这样不知不觉地走进了鲁迅的北京世界。

以北京为背景的都市小说

我们又读到了这样的文字：

首善之区的西城的一条马路上，这时候什么扰攘也没有。火焰焰的太阳虽然还未直照，但路上的沙土仿佛已是闪烁地生光；酷热满和在空气里面，到处发挥着盛夏的威力。许多狗都拖出舌头来，连树上的乌老鸦也张着嘴喘气，……远处隐隐有两个铜盏相击的声音，使人忆起酸梅汤，依稀感到凉意，可是那懒懒的单调的金属音的间作，却使那寂静更其深远了。

只有脚步声，车夫默默地前奔，似乎想赶紧逃

---

66 《〈呐喊〉自序》，《鲁迅全集》1卷，440页。

出头上的烈日。

"热的包子咧！刚出屉的……"

十一二岁的胖孩子，细着眼睛，歪了嘴在路旁的店门前叫喊。声音已经嘶嗄了，还带些睡意，如给夏天的长日催眠。他旁边的破旧桌子上，就有二三十个馒头包子，毫无热气，冷冷地坐着。

"荷阿，馒头包子咧，热的……"[67]

这是一幅典型的北京街景。不仅这仿佛"闪烁地生光"的"沙土"，那叫卖酸梅汤的铜盏相击声，是老北京人所难忘的；而且这里的懒散、倦怠、寂静，也是老北京特有的空气。而这幅北京风俗画正是收入《彷徨》的小说《示众》提供的。我们也因此注意到鲁迅以北京为背景的都市小说，这就是《呐喊》里的《端午节》，《彷徨》里的《示众》《伤逝》《幸福的家庭》诸篇。

人们注目于鲁迅以绍兴为背景的乡土小说是自然的，但忽略这些北京背景的都市小说，却会影响对鲁迅小说丰富性的体认。即使是《伤逝》这样的名篇，如果注意它的北京背景，也会有新的感受：

会馆里的被遗忘在偏僻里的破屋是这样地寂静和空虚。……依然是这样的破窗，这样的窗外的半枯的槐树和老紫藤，这样的窗前的方桌，这样的败

---

67 《示众》，《鲁迅全集》2卷，70页。

壁，这样的靠壁的板床。……在一年之前，这寂静和空虚是并不这样的，常常含着期待；期待子君的到来。在久待的焦躁中，一听到皮鞋的高底尖触着砖路的清响，是怎样地使我骤然生动起来呵！于是就看见带着笑涡的苍白的圆脸，苍白的瘦的臂膊，布的有条纹的衫子，玄色的裙。她又带了窗外的半枯的槐树的新叶来，使我看见，还有挂在铁似的老干上的一房一房的紫白的藤花。[68]

　　这会馆风景让我们又回到了二十世纪二十年代的北京，而处于风景中心的却是"五四"新女性。衣着、外貌、神态，全是那个时代的。

　　敏锐的作者又将这样的新女性置于北京市民的视野中，就有了这样同样具有时代特色的场景："送她出门，照例是相离十多步远；照例是那鲇鱼须的老东西的脸又紧贴在脏的窗玻璃上了，连鼻尖都挤成一个小平面；到外院，照例又是明晃晃的玻璃里的那个小东西的脸，加厚的雪花膏。她目不斜视地骄傲地走了，没有看见；我骄傲地回来。"[69]这场景是具有隐喻性的：离开了包围时代新青年、新女性的"老东西""小东西"们的北京市民社会，是很难理解小说主人公子君与涓生的悲剧的。

68　《伤逝》，《鲁迅全集》2卷，113页。

69　《伤逝》，《鲁迅全集》2卷，115页。

这透露了一个重要消息：鲁迅是以"五四"新文化的新眼光来观察北京的，这就有了许多独特的发现与思考。

北京风景，北京心象

这里有一组文章，展现了鲁迅印象中的北京风景。

在《看司徒乔君的画》一文中，鲁迅对画家笔下的北京（北方）风景做过这样的描述："在黄埃漫天的人间，一切都成土色，……深红和绀碧的栋宇，白石的栏干，金的佛像，肥厚的棉袄，紫糖色脸，深而多的脸上的皱纹。"[70]前面的讲述中，我们曾经提到，鲁迅在第一眼看到北方的"黄土"风景时并没有什么感觉；但现在，在他深入到北方人的生活中以后，他就为其内在的坚韧的生命力量所震撼了。

而他自己注目的，却是漫天的沙土——就连朔方的雪，在鲁迅的观察里，也是"永远如粉，如沙"的。[71]

请读鲁迅的《求乞者》：

> 微风起来，四面都是灰土。另外有几个人各自走路。
>
> 灰土，灰土，……

70　《看司徒乔君的画》，《鲁迅全集》4卷，73页。

71　《雪》，《鲁迅全集》2卷，186页。

灰土……[72]

　　"灰土，灰土"的不断重复，给人以单调感与压抑感：连人的心都麻木了。是的，这无所不在的灰土是会渗透到人的心里去的。于是，北京风景变成了北京心象："沙漠在这里。""没有花，没有诗，没有光，没有热。没有艺术，而且没有趣味，而且至于没有好奇心。沉重的沙……"[73]而且有了这样的呼喊："寂寞呀，寂寞呀，在沙漠上似的寂寞呀。"[74]这里，外在的沙土（灰土）变成了内在的沙漠感：不仅是寂寞，更是失去了一切兴趣、欲望，没有任何生气与活力的生命的窒息与沉重。这正是鲁迅的北京感受：他所感受到的北京的生存环境所造成的人（特别是一个渴求自由创造的知识分子）的生存困境。这才是鲁迅关注的重心所在。

　　这里也同样显示了鲁迅的北京观照的特点：他如炬的目光，要透过外观景象追问背后的隐喻意义，从外在现象探察被遮蔽的内质。

"北京的魅力"的背后

　　于是，在几成定论的北京文化观中，就有了鲁迅式的非同寻常的观察与多少有些扫兴的论断。

72　《求乞者》，《鲁迅全集》2卷，172页。

73　《为"俄国歌剧团"》，《鲁迅全集》1卷，403页。

74　《鸭的喜剧》，《鲁迅全集》1卷，583页。

例如，北京的饮食文化，以及所谓北京文化中的"生活美"，一直是北京人的骄傲，是中国文人最喜欢大做文章的，也为一些外国人所称赏，"说是怎样可口，怎样卫生，世界上第一，宇宙间第n"，还有一位日本人，在一本《北京的魅力》的书里，大谈中国的"生活美"对外来民族的"征服力"。有些中国人因此而飘飘然，却引起鲁迅的警惕。他提出了自己的质疑："我实在不知道怎样的是中国菜"，他提醒人们注意中国平民的饮食："有几处是嚼葱蒜和杂合面饼"，这大概指的是北京市民；"有几处是用醋，辣椒，腌菜下饭；还有许多人是只能舐黑盐，还有许多人是连黑盐也没得舐"，这大概指的是山西、云贵川，以及他的故乡浙东地区的平民百姓。他由此而得出结论："中外人士以为可口，卫生，第一而第n的，当然不是这些；应该是阔人，上等人所吃的肴馔。"[75]阔人与窄人、富人与穷人、上等人与下等人之间饮食上的差异，正是中国（北京）饮食文化的赞颂者所要竭力遮蔽的。

而在鲁迅看来，谈中国文化（包括北京文化）就不能回避这样客观存在的等级关系。他的任务就是要揭示这饮食背后的不平等和血腥："我们在目前，还可以亲见各式各样的筵宴，有烧烤，有翅席，有便饭，有西餐。但茅檐下也有淡饭，路傍也有残羹，野上也有饿莩；有吃烧烤的身价不资的阔人，也有饿得垂死的每斤

75　《马上支日记》，《鲁迅全集》3卷，348页。

八文的孩子。"

他由此提出对中国文明的一个整体性的判断："所谓中国的文明者，其实不过是安排给阔人享用的人肉的筵宴。所谓中国者，其实不过是安排这人肉的筵宴的厨房。不知道而赞颂者是可恕的，否则，此辈当得永远的诅咒。"[76]如此严峻的论断，初一看，似乎很难接受，因为它是在向我们习惯性的思维与已定结论挑战；但仔细想想，却不能不承认确实抓住了要害，有着内在的深刻性，而这正是鲁迅思想的魅力所在。

北京的街头小景

下面一组文章是鲁迅由北京的街头小景引发的联想，这是颇能显示文学家的鲁迅对日常生活细节的敏感，与作为思想家的鲁迅的思想穿透力的。而他的杂文就是这二者的有机结合。

请看这胡同一景："我现在住在一条小胡同里，这里有所谓土车者，每月收几吊钱，将煤灰之类搬出去。搬出去怎么办呢？就堆在街道上，这街就每日增高。有几所老房子，只有一半露出在街上的，就正在豫告着别的房屋的将来。"

现在北京的某些地方，也还有这样的几乎将房屋湮没的高堆的垃圾，人们也都司空见惯了。但鲁迅却想起

---

76 《灯下漫步》，《鲁迅全集》1卷，228页。

了明遗民的"活埋庵"，并引发了这样的感慨："谁料现在的北京的人家，都在建造'活埋庵'""满车的'祖传'，'老例'，'国粹'等等，都想来堆在道路上，将所有的人家完全活埋下去"。[77]

这里显然有一个由具象向抽象的提升，胡同小景也就成了一种隐喻，这也是鲁迅杂文的通常写法。我们感兴趣的自然是鲁迅对北京文化的一种观察：如果一味遵循"祖传""老例"，不思变革，生活在现在的北京人就有可能为传统所"活埋"。

值得注意的还有鲁迅在《长城》（那也是北京的一处古迹）里的一个隐喻："我总觉得周围有长城围绕。这长城的构成材料，是旧有的古砖和补添的新砖。两种东西联为一气造成了城壁，将人们包围。"[78]这又是一个十分深刻的观察。

这里要向大家特别介绍《马上日记》里一段对北京街景、世相的绝妙描写。在鲁迅杂文里，经常有这类"速写"，是小说家的笔法对杂文的渗透，很值得品味：

> 上午出门，主意是在买药，看见满街挂着五色国旗；军警林立。走到丰盛胡同中段，被军警驱入一条小胡同中。少顷，看见大路上黄尘滚滚，一辆摩托车驰过；少顷，又是一辆；少顷，又是一辆；

77　《通信》，《鲁迅全集》3卷，22页。

78　《长城》，《鲁迅全集》3卷，61页。

又是一辆；又是一辆……。车中人看不分明，但见金边帽。车边上挂着兵，有的背着扎红绸的板刀；小胡同中人都肃然有敬畏之意。又少顷，摩托车没有了，我们渐渐溜出，军警也不作声。

溜到西单牌楼大街，也是满街挂着五色国旗，军警林立。一群破衣孩子，各各拿着一把小纸片，叫道：欢迎吴玉帅（指北洋直系军阀吴佩孚，字子玉，故称"玉帅"）另外呀！一个来叫我买，我没有买。

……走进宣武门城洞下，又是一个破衣孩子拿着一把小纸片，但却默默地将一张塞给我，接来一看，是石印的李国恒先生的传单，内中大意，是说他的多年痔疮，已蒙一个国手叫作什么先生的医好了。

到了目的地的药房时，外面正有一群人围着看两个人的口角；一柄浅蓝色的旧洋伞正挡住药房门。我推那洋伞时，斤量很不轻；终于伞底下回过一个头来，问我"干什么？"我答说进去买药。他不作声，又回头去看口角去了，洋伞的位置依旧。我只好下了十二分的决心，猛力冲锋；一冲，可就冲进去了。

药店里只有帐桌上坐着一个外国人，其余的店伙都是年青的同胞，服饰干净漂亮。不知怎地，我忽而觉得十年以后，他们便都要变为高等华人，而自己却现在就有下等人之感。[79]

---

79 《马上日记》，《鲁迅全集》3卷，331—332页。

这里关于"满街挂着五色国旗"的描写，使人们很容易就想起鲁迅在《头发的故事》里的那段关于"北京双十节"的经典性描述："早晨，警察到门，吩咐道'挂旗！''是，挂旗！'各家大半懒洋洋地踱出一个国民来，撅起一块斑驳陆离的洋布。"[80]京城的百姓已经看惯了"城头变换大王旗"的历史闹剧，也已经习惯于以"看戏"的心态，用自己特有的懒散而顺从的态度去应付这样的变换。于是"一群人围着看两个人的口角"，就成了北京永远不变的街景。

　　值得注意的，倒是北京药店里出现的洋老板：这大概是北京的新市景。鲁迅却由此敏锐地发现了在传统的等级制度之外，又有了由中国（北京）社会半殖民地化造成的"外国人—高等华人—下等人"的新的分层、新的等级结构。"古砖"与"新砖"的叠加，就使得"活埋庵"更加坚实，难以逃出。鲁迅发现与揭示了这一点，心情是沉重的。

街头小景之二

　　"北京……，单是羊肉铺就触目皆是。雪白的群羊也常常满街走"，通常是一只山羊"走在一群胡羊的前面，脖子上还挂着一个小铃铎，……领的赶的却多是牧人，胡羊们便成了一长串，挨挨挤挤，浩浩荡荡，凝着

80　《头发的故事》，《鲁迅全集》1卷，484页。

柔顺有余的眼色，跟定他匆匆地竞奔它们的前程"。[81]

触发鲁迅思考的是那只充当"带头羊"的山羊，那个"小铃铎"在鲁迅的幻觉中，变成了"智识阶级的徽章"。

这也是鲁迅的北京发现。他在《有趣的消息》里说，"活在沙漠似的北京城里，枯燥当然是枯燥的，但偶然看看世态"，还是有趣的。[82]比如，京城的大学里，就出现了一批自称"特殊阶级"的教授，以"负有指导青年重责的前辈"自居，实际上是"用了公理正义的美名，正人君子的徽号，温良敦厚的假脸，流言公论的武器，吞吐曲折的文字，行私利己，使无刀无笔的弱者不得喘息"。[83]鲁迅无情地揭示了裹在绅士外衣下的"官魂"：在中国等级社会结构中，他们所扮演的正是北京街头的"带头羊"的角色。

但北京绝不是"正人君子"的一统天下，官魂之外，还有民魂。鲁迅写有《我观北大》一文，说"北大是常为新的，改进的运动的先锋"，"北大是常与黑暗势力抗战的，即使只有自己"：[84]这正是以北京为发源地的"五四"新文化运动所开创的传统，在鲁迅看来，北大就是"新北京"的象征，是北京，乃至中国的希望所在。而鲁迅是自觉地以维护这一传统为己任的；因此，当有人

81　《一点比喻》，《鲁迅全集》3卷，232页。

82　《有趣的消息》，《鲁迅全集》3卷，211页。

83　《我还不能"带住"》，《鲁迅全集》3卷，260页。

84　《我观北大》，《鲁迅全集》3卷，168页。

指其为"北大派"时，鲁迅欣然应答："北大派么？就是北大派。怎么样呢？"

别一种"粗暴的灵魂"

鲁迅更感欣慰的是，在沙漠般的北京，青年人中出现了"被风沙打击得粗暴"的"魂灵"，这是反叛的，"人的魂灵"。鲁迅说："我爱这些流血和隐痛的魂灵，因为他使我觉得是在人间，是在人间活着。"[85]

而如前面所说，鲁迅在古老的北京感受到的是被沉重的沙活埋的生命的窒息感，现在他从年轻一代这里"深切地感着'生'的存在"，[86]这也可以说是鲁迅终于发现的北京、中国的新的萌芽吧。我们也因此更理解了鲁迅在《记念刘和珍君》一文结尾所说的那段话的深意——"苟活者在淡红的血色中，会依稀看见微茫的希望；真的猛士，将更奋然而前行。"[87]

"真的知识阶级"的立场与眼光

一九二七年十月三日，鲁迅来到上海，十月二十五日即到劳动大学作了题为"关于知识阶级"的演讲，提

85　《一觉》，《鲁迅全集》2卷，228页，229页。

86　《一觉》，《鲁迅全集》2卷，228页。

87　《记念刘和珍君》，《鲁迅全集》3卷，294页。

出了一个"真的知识阶级"的概念，其内涵有二：一是"对于社会永不会满意"，因而是永远的批判者；二是永远"为平民说话"，并且"不顾利害"，"想到什么就说什么"。[88]在某种意义上，这可以看作是鲁迅的自我宣言。他在上海的最后十年，正是坚守了这样的真的知识阶级的基本立场。这就意味着，鲁迅是作为一个批判的知识分子，以平民（下等人）本位的价值观念去观察与表现上海的。

二十世纪三十年代的上海正经历着一个工业化、商业化的进程。按照西方模式建立起来的现代都市文明得到畸形发展，消费文化也有了极度的膨胀。这样，历史又给鲁迅提供了一次难得的机会，使他在对他所说的"古之京"所代表的中国传统文化进行了批判性的审视以后，又能够对"今之海"所代表的中国现代文化进行近距离的考察，并且作出即时性的反应。

如果说鲁迅对他的故乡绍兴的文学表达（散文与小说）是回忆性的，是以时间与空间的距离为前提的；那么他对上海的描述与评论却采取了杂文的形式，如鲁迅所说，"现在是多么切迫的时候，作者的任务，是在对有害的事物，立刻给以反响或抗争，是感应的神经，是攻守的手足"，"为现在抗争，却也正是为现在和未来的战斗的作者，因为失掉了现在，也就没有了未来"。[89]这

88　《关于知识阶级》，《鲁迅全集》8卷，227页，224页，226页。

89　《〈且介亭杂文〉序》，《鲁迅全集》6卷，3页。

样的"现在进行式"的社会、文化观察与文学表达，是别具魅力的。

夜上海

我们首先要读的是一组描写"夜上海"的文字：这是最具典型性的上海风景与上海意象。[90]

鲁迅在《夜颂》里提醒我们，观察上海，要有"听夜的耳朵和看夜的眼睛"，要能够在"白天"的"热闹，喧嚣"中，看见"惊人的真的大黑暗"。这是鲁迅才有的都市体验：人们早已被上海滩的五光十色弄得目眩神迷，有谁会看到繁华背后的罪恶，有谁能够听到"高墙后面，大厦中间，深闺里，黑狱里，客室里，秘密机关里"冤魂的呻吟？鲁迅一语道破："现在的光天化日，熙来攘往，就是这黑暗的装饰，是人肉酱缸上的金盖，是鬼脸上的雪花膏"，这样的都市文明观对于许多人无疑是一服清醒剂。

于是出现了夜上海风景中不可或缺的"高跟鞋的摩登女郎"。"在马路边的电光灯下，阁阁地走得很起劲，但鼻尖也闪烁着一点油汗，在证明她是初学的时髦。"这"初学的时髦"又未尝不可看作是上海自身的象征。

还有在夜上海如鱼得水的上海娘姨阿金。她的主人

90　除下文提到的杂文外，还有《弄堂生意古今谈》（收《且介亭杂文二集》）、《秋夜纪游》（收《准风月谈》）可参看。

是洋人，又会轧姘头，在弄堂"论战"中常占上风，就总能聚集一大批人，搅得四邻不得安宁。[91]

习惯于夜间写作、自称"爱夜者"的鲁迅，于是就与摩登女郎、阿金"同时领受了夜所给予的恩惠"。[92]

上海街头小景

而且还有迥异于北京的街头小景：北京古城是空寂的——老舍先生就说，北平的好处"在它处处有空儿，可以使人自由的喘气"。[93]而上海大都会则是拥挤、热闹的，推、爬、冲、撞、踢，就成了人们见怪不怪的街市景观。唯有鲁迅，以其深邃的目光、非凡的联想力，揭示出其背后隐藏的都市文明的残酷与血腥。

这是鲁迅眼里的"推"："洋大人""只将直直的长脚，如入无人之境似的踏过来"；"高等华人""手掌向外，像蝎子的两个钳一样，一路推过去"。鲁迅说："住在上海，想不遇到推与踏，是不能的，而且这推与踏也还要廓大开去。要推倒一切下等华人中的幼弱者，要踏倒一切下等华人。这时就只剩下高等华人颂祝着——'阿唷，

91　《阿金》，《鲁迅全集》6卷，205—209页。

92　《夜颂》，《鲁迅全集》5卷，203页，204页。

93　老舍：《想北平》，《老舍全集》14卷，49页，人民文学出版社，1999年。

真好白相来希呀'。"[94]"推"的背后是上海社会结构中的新的等级压迫。

鲁迅在一篇演讲里这样谈到上海的"租界"社会："外国人是处在中央，那外面，围着一群翻译，包探，巡捕，西崽……之类，是懂得外国话，熟悉租界章程的。这一圈之外，才是许多老百姓。"[95]三十年代的上海，不过是租界的扩大而已。也就是说，三十年代上海的都市化、现代化是以自身的殖民地、半殖民地化为代价的：这个事实正是许多人至今也还想遮蔽甚至否定的。

还有"爬"。鲁迅的老对手梁实秋曾将据说是无限美好的"资产文明"推荐给中国老百姓："一个无产者假如他是有出息的，只消辛辛苦苦诚诚实实地工作一生，多少必定可以得到相当的资产。"也就是只要努力往上"爬"，就可以爬到富翁的地位，天下也因此而太平。鲁迅眼里的"爬"却是另一番景观："爬的人那么多，而路只有一条，十分拥挤。老实的照着章程规规矩矩的爬，大都是爬不上去的。聪明人就会推，把别人推开，推倒，踏在脚底下，踹着他们的肩膀和头顶，爬上去了。大多数人却还只是爬，认定自己的冤家并不在上面，而只在旁边 —— 是那些一同在爬的人。他们大都忍耐着一切，两脚两手都着地，一步步的挨上去又挤下来，挤下

94　《推》，《鲁迅全集》5卷，205页，206页。

95　《现今中国文学的概观》，《鲁迅全集》4卷，136页。

来又挨上去，没有休止的。"[96] 在被"梁实秋们"无条件地认同与美化的资本主义的自由竞争背后，鲁迅看见的是血淋淋的倾轧和压榨。

前面说到鲁迅在"北京的魅力"背后看到了"吃人肉的筵宴"；现在，鲁迅又在上海的"爬和撞"里，发现"吃人肉的筵宴"在资本的名义下继续排下去。也就是说，鲁迅在现代都市文明中发现了新的奴役关系的再生产，这又是一个石破天惊的发现。

从街头方言看上海滩上的人物

作为一个语言艺术家，鲁迅在观察上海社会时，对上海的方言，特别是流行于街头的新方言，有着特殊的敏感；又总是以思想家的睿智，揭示出其背后的社会、文化意义。收入《准风月谈》里的《"抄靶子"》《"揩油"》《"吃白相饭"》即是这方面的范例。

这也算是一个上海街头小景："假如你常在租界的路上走，有时总会遇见几个穿制服的同胞和一位异胞（也往往没有这一位），用手枪指住你，搜查全身和所拿物件。"这自然是我们所说的上海社会殖民地、半殖民地化的一个突出表现。而鲁迅尤感震惊的是，由此而产生的上海新方言："抄靶子"。"抄者，搜也，靶子是该用枪打的东西"：原来自称"文明最古"的四万万

96　《爬和撞》，《鲁迅全集》5卷，278页。

中国人，在西方殖民主义者眼里，不过是"四万万靶子"。[97]"靶子"正是中国人在以西方为主宰的世界的实际地位与命运的一个象征：那里又是一个"吃人肉的筵宴"，中国正是被"吃"的对象。

鲁迅更感痛心的是具体执行"抄靶子"任务的竟然是"穿制服的同胞"，即上文说到的租界巡捕。他们自然是西方殖民者的奴才与帮凶，但在自己同胞，即所谓"下等华人"面前，却是要摆横暴得可以的主人架子的。鲁迅仍然从方言的分析入手：他注意到，上海滩原来的骂语"还不过是'曲辫子'，'阿木林'"（即"乡愚"与"傻子"），"'寿头码子'虽然已经是'猪'的隐语，然而究竟还是隐语"，而现在的穿着洋主子赐予的"制服"（这本身就是一种权力的象征）的"同胞"，"只要被他认为对于他不大恭顺，他便圆睁了绽着红筋的两眼，挤尖喉咙，和口角的白沫同时喷出两个字来道：猪猡"。[98]鲁迅早就发出过这样的感慨："中国人但对于羊显凶兽相，而对于凶兽则显羊相。"[99]现在这样的国民性又在上海租界里再现了。

还有"吃白相饭"，鲁迅解释说，"要将上海的所谓'白相'，改作普通话，只好是'玩耍'；至于'吃白相饭'，

97　《"抄靶子"》，《鲁迅全集》5卷，215页，216页。

98　《"抄靶子"》，《鲁迅全集》5卷，216页。

99　《忽然想到（七）》，《鲁迅全集》3卷，64页。

那恐怕还是用文言译作'不务正业，游荡为生'"。[100] 那么，这就是流氓了。这是上海滩上的典型人物。鲁迅有入木三分的刻画："和尚喝酒他来打，男女通奸他来捉，私娼私贩他来凌辱，为的是维持风化；乡下人不懂租界章程他来欺侮，为的是看不起无知；剪发女人他来嘲骂，社会改革者他来憎恶，为的是宝爱秩序。但后面是传统的靠山，对手又都非浩荡的强敌，他就在其间横行过去。"[101] 既以传统为靠山，又以洋人的章程为依托，而其最基本的职责就是维护现存秩序。鲁迅说上海流氓的特色是将"中国法"与"外国法"集于一身，[102] 实际就是中国传统文化与西方文化中最恶俗部分的恶性嫁接。

鲁迅更关注的是这样的流氓意识与行为已经渗透到上海文化的各个方面，形成一种流氓现象。于是，鲁迅在上海文人中又发现了"洋场恶少"：在文学论争中从不说出"坚实的理由"，"只有无端的诬赖，自己的猜测，撒娇，装傻"，[103] 这就颇有点流氓气了。鲁迅还发现，在上海滩上，真正"吃得开"的，是那些"才子加流氓"的人物。[104]这正说明，流氓文化已经成了20世纪30年代上

---

100 《"吃白相饭"》，《鲁迅全集》5卷，218页。

101 《流氓的变迁》，《鲁迅全集》4卷，160页。

102 《上海文艺之一瞥》，《鲁迅全集》4卷，304页。

103 《扑空》，《鲁迅全集》5卷，369页。

104 《上海文艺之一瞥》，《鲁迅全集》4卷，299页，300页，304页。

海都市文化的有机组成部分。

流氓之外，还有"西崽"。鲁迅说上海滩上洋人的买办、租界上的巡捕的可恶并不在于他们的职业，而在其"相"。"相"是内心世界的外在表现：他觉得"洋人势力，高于群华人，自己懂洋话，近洋人，所以也高于群华人；但自己又系出黄帝，有古文明，深通华情，胜洋鬼子，所以也胜于势力高于群华人的洋人，因此也更胜于还在洋人之下的群华人"。所以鲁迅说西崽之"相"，即在"倚徙华洋之间，往来主奴之界"，其实质在依附于东西方两种权势，本是双重奴才，却以此为资本，将同胞驱为奴隶。鲁迅特意强调，这些西崽虽然吃洋饭，却迷恋传统，是忠诚的"国粹家"。[105]

于是，就有了与西崽直接相关的新方言——"揩油"：一面在"洋商"的"油水汪汪的处所，揩了一下"，赚点小便宜不说，还赚得"爱国主义者"的美名；另一面却照样用"棍棒和拳头和轻蔑"对付中国人，充当"洋商的忠仆"。[106]

鲁迅对上海滩上的流氓、西崽的剖析，是一个极重要的发现与概括：新旧杂糅，新的奴役关系中依然保留着旧的奴役关系，恐怕这才是三十年代上海都市文化的本质特征所在。

---

105 《"题未定"草二》，《鲁迅全集》6卷，366—367页。

106 《"揩油"》，《鲁迅全集》5卷，269—270页。

上海文化面面观

下面一组杂文，我拟了三个标题："教育畸形儿"、"报刊西洋镜"与"文坛万花筒"，[107] 可以看作是上海都市文化的面面观，并且处处显示鲁迅目光的犀利。

比如，他发现"中国中流的家庭"的教育不是纵容孩子当"暴主"，就是将其训练成"奴才"，因此，典型的上海儿童"不是带着横暴冥顽的气味，甚而至于流氓模样的，过度的恶作剧的顽童，就是钩头耸背，低眉顺眼，一副死板板的脸相的所谓'好孩子'"，[108] 这与前述上海滩上的传统是一脉相承的。

鲁迅更尖锐地揭示，中国的新闻媒体对在其上的"强者"（从最高统治者到各级官僚、洋大人、高等华人，等等），它是"弱者"，只能"忍气吞声"，显出奴性；但对其下的"弱者"（没有任何话语权的下等华人、妇女、儿童，等等），它又是"强者"，可以"耀武扬

---

107 除下面提到的几篇杂文外，还可以参考以下诸篇：《上海的儿童》（收《南腔北调集》）、《论秦理斋夫人事》（收《花边文学》）、《文学上的折扣》（收《伪自由书》）、《"滑稽"例解》（收《准风月谈》）、《上海文艺之一瞥》（收《二心集》）、《文坛三户》（收《且介亭杂文二集》）、《帮闲法发隐》（收《准风月谈》）、《查旧账》（收《准风月谈》）、《中国的奇想》（收《准风月谈》）、《豪语的折扣》（收《准风月谈》）、《奇怪》（收《花边文学》）等。

108 《上海的儿童》，《鲁迅全集》4卷，580—581页。

威"，显出主子性，[109]所扮演的依然是"往来主奴之界"的角色。而上海滩的媒体更善于制造流言以杀人；所谓"人言可畏"，不仅是媒体与市民的合谋，而且遵循的是赤裸裸的资本法则，以弱者的血来牟利，又是"吃人肉的筵宴"的延续。

鲁迅在观察上海文坛、学界时，更是发现了金钱的无所不在地渗入，正是文学、艺术、学术的全面商业化滋生出"商定文豪"[110]、"无文的文人"[111]、"捐班"学者[112]，这样的怪胎。

"京派"与"海派"，北人与南人

二十世纪三十年代，知识分子间，曾有"京派"与"海派"之争，鲁迅根据他在北京与上海两座城市的观察与体验，做了这样的概括："北京是明清的帝都，上海乃各国之租界，帝都多官，租界多商，所以文人之在京者近官，没海者近商"，"'京派'是官的帮闲，'海派'则是商的帮忙而已"。[113]后来他又发现了"京海杂烩"："也许是因为帮闲帮忙，近来都有些'不景气'，所以只好两界合

---

109 《论"人言可畏"》，《鲁迅全集》6卷，343页。

110 《"商定"文豪》，《鲁迅全集》5卷，397—398页。

111 《文人无文》，《鲁迅全集》5卷，85—86页。

112 《各种捐班》，《鲁迅全集》5卷，281—282页。

113 《"京派"与"海派"》，《鲁迅全集》5卷，453页。

办，把断砖，旧袜，皮袍，洋服，巧克力，梅什儿……之类，凑在一处，重行开张，算是新公司，想借此来新一下主顾们的耳目罢。"[114]其实这是更深刻地反映了（北）京、（上）海两座城市的文化与知识分子的发展趋势的：不仅充当"官"的帮忙、帮闲，而且是"商"的帮忙、帮闲。

鲁迅还有一篇《北人与南人》，鲁迅说，这是由"京派"与"海派"的讨论而"牵连想到的"，其中自然就包括了他对北京人与上海人的观察，那确实也是入木三分："据我所见，北人的优点是厚重，南人的优点是机灵。但厚重之弊也愚，机灵之弊也狡，所以某先生（指顾炎武）曾经指出缺点道：北方人是'饱食终日，无所用心'；南方人是'群居终日，言不及义'。就有闲阶级而言，我以为大体是的确的。"[115]

被抹杀的另一面

当然，也还有另一种存在。鲁迅曾引用苏联作家爱伦堡的一句名言，来说明现在的中国与上海："一方面是庄严的工作，另一方面却是荒淫与无耻。"[116]鲁迅同时指出，那些"庄严的工作"着的人们，那些为中国

114　《"京派"和"海派"》，《鲁迅全集》6卷，315页。

115　《北人与南人》，《鲁迅全集》5卷，456—457页。

116　《田军作〈八月的乡村〉序》，《鲁迅全集》6卷，295页。

的现在与未来"前仆后继的战斗"者，"总在被摧残，被抹杀，消灭于黑暗中，不能为大家所知道罢了"。[117] 于是，就有了这样的沉重之语："我每当朋友或学生的死，倘不知时日，不知地点，不知死法，总比知道的更悲哀和不安；由此推想那一边，在暗室中毕命于几个屠夫的手里，也一定比当众而死的更寂寞。"[118] 鲁迅因此提醒人们：要真正认识中国，"要自己去看地底下"。[119]

我们也因此懂得了鲁迅说要有"看夜的眼睛"的深意：不仅要看到被"光明"的外表掩饰的黑暗，也要看到"消灭于黑暗中"的真正支撑着民族精神的"筋骨与脊梁"。

《故事新编》里的"油滑"与"海派"作风

鲁迅在上海以主要精力从事杂文写作，小说创作仅有编入《故事新编》里的《理水》《采薇》《出关》《非攻》《起死》五篇，除《非攻》写于一九三四年外，其余四篇均在一九三五年十一月、十二月连续写出。如鲁迅在《〈故事新编〉序言》里所说，小说取材于"古代传说之类"，却"时有油滑之处"。[120] 所谓"油滑"，就包括将他对上海（也包括北京）的都市观察与

117　《中国人失掉自信力了吗》，《鲁迅全集》6卷，122页。

118　《写于深夜里》，《鲁迅全集》6卷，520页。

119　《中国人失掉自信力了吗》，《鲁迅全集》6卷，122页。

120　《〈故事新编〉序言》，《鲁迅全集》2卷，354页。

体验随机融入小说的叙述里。比如《理水》里的开口闭口"古貌林""好杜有图"的"文化山"的学者，[121] 就显然有京、海两派学界名流的身影。《采薇》里凭空创造出来的华山强盗小穷奇，大谈"海派会'剥猪猡'，我们是文明人，不干这玩意儿的"，这大概就属于"海盗"——上海滩上的小流氓、小强盗之流；而小说结尾，上海弄堂里的"阿金"，变成"阔人家里的婢女"，也上首阳山了。[122]《出关》里的账房先生一本正经地讨论老子的"稿子"在市场上的价格，同时大不正经地谈要听老子讲自己的恋爱故事，[123] 这就真有点"海派"作风了。此外，《非攻》里出现的"募捐救国队"，[124]《起死》里巡士高谈"自杀是弱者的行为呀"的宏论，[125]这都是上海街景与巷议。这些涉笔成趣的神来之笔，自然不可也不必追究深意，如鲁迅自己所说，只是为了不要"将古人写得更死"[126] 而已。

121 《理水》，《鲁迅全集》2卷，385—386页。

122 《采薇》，《鲁迅全集》2卷，418页，426页。

123 《出关》，《鲁迅全集》2卷，462—463页。

124 《非攻》，《鲁迅全集》2卷，479页。

125 《起死》，《鲁迅全集》2卷，494页。

126 《〈故事新编〉序言》，《鲁迅全集》2卷，354页。

第六讲

二十世纪三十年代有关古代
文化的几次思想交锋

——以鲁迅为中心

先说几句：课题与方法的选择

按我的讲课惯例，还是先谈谈为什么要讲这么一个话题，选这样的研究课题。

"二十世纪三十年代有关古代文化的几次思想交锋——以鲁迅为中心"这个讲题本身包含了好几层意思，也就有好几个方面的理由。

首先是讲鲁迅对中国传统文化、文学，对中国传统文人的看法。这其实是我近几年一直想做的一件事，就是将鲁迅的有关论述编成一本书，题目都想好了，主标题是"论睁了眼看"，副标题是"鲁迅视域里的中国传统文化"；然后，和研究生、大学生一起来研读，讨论，相互辩驳。目的是要在对中国传统文化的观察、研究中，引入鲁迅的视角，给学生以另一种眼光、另一种参照。这自然是有感而发。这些年有一个舆论，就是把鲁迅判定为"断裂中国传统文化"的"历史罪人"，似乎鲁迅对传统文化是骂倒一切，全盘否定，今天也要将鲁迅的看法来个全盘否定，骂倒了鲁迅，中国的传统文化就可以畅行无阻地引领二十一世纪的中国与世界了。对这样的骂论是不必认真对待的，因为据我从旁观察，骂者并没有认真读鲁迅原著，也许他们也不想弄懂鲁迅的原意，有的人不过是赶时髦罢了。我唯一担心的是，这样的舆论对年轻人的误导，使他们不去接触、也就无法了解鲁迅对中国传统文化的看法，从而失去了一个独特的观察视角与方法，这将是一个很大的损失、很大的遗憾。

在我看来，鲁迅的特点和价值，就在于他是一个异端、异类，他的思维方式，看问题的角度、方法，都不同于一般人，常常对公认的常规、常态、定论，提出质疑和挑战，同时，他又质疑自己的观点，挑战自身，这样内外的双向的质疑、挑战，就使他对问题的看法充分复杂化，他的表达自然也就十分缠绕。正是这样具有挑战性、复杂性与缠绕性的看法，最能促使、逼迫我们思考。你可以不同意他的观点，鲁迅本也无意要我们处处认同他，他甚至害怕盲目地跟随，因为他自己还在怀疑和探索。在这个意义上，鲁迅是一个最好的辩驳对象，所以我在前面说，读鲁迅著作，是要一边读，一边进行辩驳的，与鲁迅进行辩论，更与自己进行辩论，辩论的过程就是一个思考逐渐深入的过程。总之，在鲁迅面前，你必须思考，而且是独立地思考。这正是我们，特别是年轻人，不仅是做人，而且是做学问时所最需要的。

鲁迅有一点自信，他多次说，如果他研究中国的古代文学，写中国文学史、中国文字变迁史，这是他准备了多年的写作计划，那么，他一定能说出些别人说不出的意见。这样的"别人说不出的意见"，在古代文学研究中也许是更为重要的。因为古代文学研究是一个远比现代文学研究更为成熟的学科，别人的意见，古人、前人、大家、名人的意见，不可动摇的定论，不容置疑的公意，不许越雷池一步，所谓约定俗成的共见，也就特别多。在我看来，正是古代文学研究领域，特别需要新的想象力与创造力。鲁迅提供的"别人说不出来的意见"的意义与价值正在这里：他的独特而犀利的见解不仅会打开思路，另辟新的研究空间，而且有破除迷信、解放思想的作用，不是代替，更不是压抑，而是开启你的学术想象力与创造力。这也就是我要向诸位古代文学研究者讲鲁迅、引入鲁迅的视角的原因。

而且我要讲的，或者说我更为关注的，是二十世纪三十年代鲁迅对古代文化、文学的看法。这是因为人们讨论鲁迅与传统文化、文学的关系，总是把目光集中在"五四"时期，而忽视了三十年代，这是有很大问题的。鲁迅在三十年代，特别是在他的生命的最后一个阶段，大概是一九三四年到一九三六年间，对中国传统文化、传统文人有一次相对集中的再思考、再审视，其主要成果都收在《且介亭杂文》《且介亭杂文二集》《且介亭杂文末编》三本杂文集里。日本鲁迅研究的前辈学者丸山昇先生在他的《活在二十世纪的鲁迅为二十一世纪留下的遗产》一文中，特意提到鲁迅晚年的《病后杂谈》《"题未定"草》一类的文章，认为这是鲁迅留下的重要遗产，并为人们重视不够，研究、欣赏文章不多而感到遗憾。[1] 而他说的《病后杂谈》《"题未定"草》这一类较长的杂文，就是我们在这里所说的"再审视"的重要成果。

我关注二十世纪三十年代鲁迅的这些再审视、再研究，还因为我有一个看法，也可以说是一个直觉，就是二十世纪三十年代的中国与九十年代的中国之间，有一个历史的轮回、重复，也就是周作人经常说的"故鬼重来"，许多思想文化现象非常相似，以至有人做过一个尝试：将鲁迅三十年代写的杂文，加上一个《鲁迅"论"九十年代的文化》的标题，就可以原封不动地发表。因此，鲁迅三十年代对古代文化的观照，是可以为我们对当下与古代文化有关的思想文化现象的观察与思考，提供一个历史的参照的。这也是我选择这么一个讲题的原因。

我们说鲁迅晚年对传统文化、文学的再审视，都集中在他的杂文集里，这也是一个值得重视、可以分析的现象。记得陈平原先生曾经说过，作为学者的鲁迅与作为杂文家的鲁迅，对于问题的观照、表达角度、方式都是不一样的。这是很有道理的，也是我们在考察鲁迅的思想时应特别注意的。就我们今天的讲题而言，需要注意的是，我们所要讨论的，是作为杂文家的鲁迅对中国

1　丸山昇：《活在二十世纪的鲁迅为二十一世纪留下的遗产》，《鲁迅研究月刊》2004年12期。

古代文化、文人的看法，因此有一些必须重视的特点。我想主要有两点。一是有极强的现实针对性，也就是说，鲁迅不是对古代文化做专业的研究，而是由于现实的激发而追溯到古代文化那里去，因而发表了这样那样的看法。他的这些言说，大都有一个对立面，因此我们在题目中说是"思想交锋"。但我们也不要把"思想交锋"理解得过于狭窄。其实所谓"思想交锋"是有两类的，一类是直接交锋，是人们通常说的论战，还有一类是各说各的，但因为处在同一时空下、同一思想文化场域里，也就自然形成一种交锋。我们下面所要具体讨论的"几次思想交锋"，就既有短兵相接的论战，又有隐性的交锋。这样，我们的讨论就非常有意思，不但论争的对象都是孔子、庄子、陶渊明这样的中国传统文化、文学的大家，而且参与交锋的也是鲁迅、胡适、周作人、朱光潜、施蛰存这样的现代文化、文学的重镇。这样的高峰相遇与相撞，是不多见的。我们能以此为话题，实在是一种幸运。

而我们的讨论是"以鲁迅为中心"的，因此，在具体考察中，就必须注意鲁迅特殊的杂文论战方式，这就是所谓"攻其要害，不及其余"，也就是鲁迅说的，"对于人，我以为只能随时取其一段一节"。[2]我们下面所要讨论的鲁迅在二十世纪三十年代对孔子、庄子、陶渊明的

2　鲁迅：《通信（复魏猛克）》，《鲁迅全集》8卷，339页，人民文学出版社，1981年。本讲下引《鲁迅全集》均据此版。

分析都是"取其一段一节"，并非全面评价；但也都是抓其要害，并非枝节。这两个方面，都是我们要充分注意的。

以上所谈，我想已经把选择这样一个讲题的理由，也就是推动我进行这样的研究的兴趣所在，讲清楚了。最后要交代的是，我的讨论立场与方法。简单说来，就是不打算充当历史的审判者，对"几次交锋"做判决，而是将自己定位为历史的叙述者，所力图揭示的只有两点：一是在二十世纪三十年代的具体时空中，交锋的双方或几方，他们各自"说了什么"；二是他们"何以这么说"。当然，我也清楚，完全客观的叙述是不存在的，但却要求自己，尽可能地将自己的倾向性隐藏在具体叙述中。同时，也采取了一种叙述策略，就是多引材料，少做分析。当然，这也是因为自己准备不足，无法展开论述，只能采取这样多少有些偷懒的办法。也还有一个意图，就是想引导（更准确地说，是想诱惑）同学们自己动手研究，因此，就把重点放在提供材料的线索和研究的思路，是粗线条的，更细致、深入的真正的研究，还有待今后——最好同学们来做，如果你们不接受我的诱惑，如果有时间有机会，我就自己做。

下面我们就进入具体的讨论。先讲第一个题目：

一、胡适、周作人、鲁迅对孔子的不同观察

1."五四"时期的并肩作战

在讲二十世纪三十年代的"不同"之前，还是要讲"五四"时期的"一致"，这本身就很有意思。而且他们当年还是并肩作战的，这是围绕妇女问题在《新青年》展开的一场带有批判性的讨论。先是《新青年》四卷五号发表周作人翻译的日本女作家与谢野晶子的《贞操论》，周作人在前言里说了一段很有意思的话："女子问题，终意是件重大事情，须得切实研究。女子自己不管，男子也不得不先来研究。一般男子不肯过问，总有极少数（先）觉了的男子可以研究。我译这篇文章，便是供这极少数男子的参考。"鲁迅、胡适，当然，还有周作人自己，大概就是这样的少数先觉了的男子，妇女问题一直是他们思想与情感的敏感点和关注的中心，而且这样的关注是贯其终身的，这都表明他们三位骨子里的"五四"启蒙主义的精神与情怀。《贞操论》的主要内容是对传统的贞操观提出质疑："贞操是否单是女子必要的道德，还是男女都必要的呢？"并提出了新的婚姻观，强调："爱情相合，结了协同关系；爱情分裂，只索离散。"这在当时的中国，自然是惊世骇俗之论，却引起胡适强烈共鸣，他立刻在《新青年》五卷一号上发表《贞操问题》一文，将与谢野晶子的文章与周作人的译文的发表，称为"东方文明史上一件极可贺的事"。胡

适还把批判的锋芒引向鼓吹传统节烈观的袁世凯政府，指出当局颁布"表彰节烈，提倡杀身殉夫"的法令，是"残忍野蛮的法律"，是"故意杀人"。这又激发了鲁迅，他立刻在五卷二号的《新青年》上发表《我之节烈观》的长篇论文，响应胡适，又把批判锋芒指向宋以后的"业儒"，即以宣传儒教为业的道学家们：

> 由汉至唐也并没有鼓吹节烈。
>
> 直到宋朝，那一班"业儒"的才说出"饿死事小失节事大"的话……
>
> 其时也正是"人心日下，国将不国"的时候……
>
> 到了清朝，儒者真是愈加利害……
>
> 国民将到被征服的地位，守节盛了；烈女也从此着重……
>
> 自己是被征服的国民，没有力量保护，没有勇气反抗了，只好别出心裁，鼓吹女人自杀。[3]

鲁迅由此而揭示了一个规律：愈是面临社会危机、道德危机、民族危机，以及统治危机，就愈要鼓吹节烈这样的旧道德。这显然是在暗示，袁世凯政府鼓吹节烈，正是其社会道德危机与统治危机的表现，这就把胡适的批判深入了。

从引入日本学者对传统贞节观的批判，到转向对中

3　鲁迅：《我之节烈观》，《鲁迅全集》1卷，126页。

国现实生活中政府当局"表彰节烈"的批判，最后追根溯源，批判宋以后的"儒业"，这三位"五四"新文化运动的先驱配合得多么默契！

这次讨论，是"五四"时期所发动的"重新估定孔教的价值"讨论的重要组成部分。胡适在《新思潮的意义》中，有一个解释，所谓"重新估定"就是"对于古代遗传下来的圣贤教训，要问："这句话在今日还是不错吗？""[4]这里说提出的是一个"重新估定"的标准，看其"在今日"的意义与价值。这也是鲁迅对儒家及其他传统思想学说的观察角度、评价立场：看其在现实生活中发生的实际影响与作用，并不是其"原教旨"本身。胡适对此有一个更明白的表述："我们对于一种学说或一种宗教，应该研究他在实际上发生了什么影响：'他产生了什么样子的礼法制度？他所产生的礼法制度发生了什么效果？增长了或是损害了人生多少幸福？造成了什么样子的国民性？助长了进步吗？阻碍了进步吗？'这些问题都是批评一种学说或一种宗教的标准。"胡适说这是一种"实际主义的标准"，"是最严厉又最平允的方法"。后来周作人强调要将"儒家"与"儒教"加以区分，也是这样的思路。[5]但胡适同时又强调，这样的"实际"影响与

4　胡适：《新思潮的意义》，《胡适全集》1卷，692页，安徽教育出版社，2003年。本讲下引《胡适全集》均据此版。

5　周作人：《谈儒家》，《秉烛谈》，149页，河北教育出版社，2002年。本讲下引周作人均据此版。

作用与其原始思想有区别，但也不是没有联系："何以那种种吃人的礼教制度都不挂别的招牌，偏爱挂孔老先生的招牌呢？"胡适因此赞同"只手打孔家店"的四川老"英雄"吴虞的观点，主张"正因为二千年吃人的礼教法制都挂着孔丘的招牌，故这块孔丘的招牌——无论是老店，是冒牌——不能不拿下来，捶碎，烧去"。[6]但他同时又在这一时期所写的学术著作《中国古代哲学史》里给孔子以积极的评价，说他是"一个重实行的政治家"，"本有志于政治改良"，是"一个孳孳恳恳终身不倦的志士"，"积极的救世派"。[7]这也就为他三十年代对孔子的评价奠定了基础。

2. 三十年代也有"一致"

其实就是在二十世纪三十年代，由于胡适、鲁迅、周作人如前面所说，总体上都坚持了"五四"启蒙主义立场，因此，尽管出现了重大分歧，但在许多问题上，仍保持了一致。比如一九三四年七月，国民党政府举行了"民国以来第二次"的"尊孔"盛典。第一次是一九一四年袁世凯颁布祀孔令，并亲自在北京主持盛大祭孔，这是直接引发了后来《新青年》关于"重新估定孔教价值"的讨论的；现在，国民党当局将每年农历八月二十七日

6　　胡适：《〈吴虞文录〉序》，《胡适全集》1卷，762页，763页。

7　　胡适：《中国古代哲学史》，《胡适全集》5卷，254页，255页，256页，260页。

孔子诞辰定为"国定纪念日"，如胡适所描述："四方城市里，政客军人也都率领着官吏士民，济济跄跄的行礼，堂堂皇皇的演说，——礼成祭毕，纷纷而散"，这在"五四"老战士看来，正是周作人所说的"故鬼重来"。胡适写了《写在孔子诞辰纪念之后》、鲁迅写了《不知肉味和不知水味》，作出批判性反应，但其着眼点又各有不同。胡适批判的是借祭孔否定"近二十年"即辛亥革命以来的思想文化变革，实现思想复辟的意图，指出这是"请出一个菩萨来解围救急"，断言"孔夫子是无法帮忙的；开倒车也决不能引你们回到那个本来不存在的'美德造成的黄金世界'的"。[8]鲁迅揭露的是"礼乐"所掩盖的社会矛盾，因此将在孔诞纪念会上演奏"韶乐"的新闻与同日报纸上宁波农村因争水殴斗而死人的报道并置，提醒人们注意："闻韶，是一个世界，口渴，是一个世界。食肉而不知味，是一个世界，口渴而争水，又是一个世界"，[9]显示的是鲁迅的左翼立场：对底层的关怀与阶级意识，与胡适"同（都坚持"五四"传统）"中有"异"，这是很有意思的。

3. 更有"隐性交锋"

不过，我们这里所要讨论的，主要还是胡适、周作

8　　胡适：《写在孔子诞辰纪念之后》，《胡适全集》4卷，528页，534页。

9　　鲁迅：《不知肉味和不知水味》，《鲁迅全集》6卷，116页。

人、鲁迅三十年代对孔子认识与评价之"异"。这主要表现在他们所写的几篇文章上，即胡适的《儒家的有为主义》《说儒》，周作人的《谈儒家》《论语小记》《〈逸语〉与〈论语〉》，鲁迅的《儒术》《吃教》《在现代中国的孔夫子》等，尽管是各说各的，却也构成了我们前面所说的"隐性交锋"。

4. 胡适：赞赏"儒家有为主义"

先说胡适。如前所说，胡适在"五四"时期的"重新估定孔教价值"的讨论中，对以孔子为"招牌"的传统礼法制度有尖锐的批判，但在他的学术著作《中国古代哲学史》中对孔子的评价却相当正面。到了三十年代，不仅对孔子的评价更加正面，而且显然是更自觉地从孔子那里去寻找思想与精神资源。在一九三〇年所写的《中国中古思想史长编》里，胡适专辟一章来讨论"儒家的有为主义"。在谈到孔子与他那个时代的儒家时，特别强调了两点。

首先是"儒家的特别色彩就是想得君行道。孔子的栖栖皇皇，'知其不可为而为之'，便是这种积极精神。孟子引旧记载，说'孔子三月无君则吊，出疆必载质（贽）'。曾子说'士不可以不弘毅，任重而道远。'这是何等气象！"胡适特别关注的还有另一面："儒者在那列国对峙的时代，可以自由往来各国，合则留，不合则去，故他们还可以保存他们的独立精神和高尚人格。"

胡适接着说："中国一统以后，便没有这种自由选择的机会了"，但又指出："正因为天下无道，故有栖栖皇皇奔走号呼的必要。"因此，他赞赏的是陆贾、贾谊等汉儒的"人事有为主义"的"积极态度"，他说："这种态度的要义只是认清天下的治乱和生民的安危都不是'天之所为'，乃是'人之所设'。"胡适特别重视的还有董仲舒的"强勉"观念："不信天道的自然变化，只信人事有得失，故主张用人功来补偏救弊"，胡适解释说："补弊举偏，救溢扶衰，拨乱反正，这是改制，是变法，不是变道。"最后谈到了这些汉儒都是"有为论的牺牲者"：或"迁谪而死"（贾谊），或"斩于东市"（晁错），或"废弃终身"（董仲舒），"然而董生自己不曾说吗？'仁人者，正其谊不谋其利，明其道不计其功'"。[10]

5. 周作人的规劝与胡适的拒绝

读着胡适这些充满感情的论述，我不免联想起在写作《中国中古思想史长编》的一九三〇年前后胡适与周作人的通信。一九二九年胡适因为鼓吹"人权"与国民党政府发生激烈冲突，是年八月国民党上海党部通过严办胡适的决议案，引起了朋友对其生命安全的担忧。周作人遂致书胡适，以拉伯雷"我自己已经够热了，不想再被烤"之言相劝，表示："我总觉得兄的工作在于教书作

10　胡适：《中国中古思想史长编》，《胡适全集》6卷，234页，235页，236页，238页，239页，240—241页，242页。

书"（也即是对于国家，对于后世的义务），现在"却消耗于别的不相干的事情上面"，未能"尽其性"，"我想劝兄以后别说闲话"，离开上海，到北京教书，以"在冷静寂寞中产生出丰富的工作"。[11]应该说，周作人向胡适提出这样的建议自然其情可感，但他还是不了解胡适，或者他是明知胡适不能接受却仍然要这么说也说不定。胡适在他的博士论文《先秦名学史》里曾说孔子"基本上是一位政治家和改革家，只是因强烈的反对使他的积极改革受到挫折之后才决心委身于当时青年的教育"。[12]其实胡适自己也是有着浓厚的政治兴趣与抱负，以充当"改革家"为主要追求的。因此，他当然不愿如周作人希望的那样，放弃干预政治、推动社会变革的努力。他在回信中承认自己"爱说闲话，爱管闲事"，"有时候总有点看不过，忍不住，王仲任所谓'心愤涌，笔手扰'，最足写此心境"。[13]我的这一联想，当然不是说，胡适《中国中古思想史长编》对孔子、儒家"有为主义"的强调是因周作人的信而发，但他们的通信，确实为我们提供了一个胡适写作时的思想与心理背景。一九三〇年的胡适显然是感受到与孔子、汉儒心灵的相通的。其字里行间的悲壮感是颇耐人寻味的。

11　周作人1929年8月30日致胡适书，《胡适来往书信选》中册，538—539页，中华书局，1997年。

12　胡适：《先秦名学史》，《胡适全集》5卷，33页。

13　胡适1929年9月4日致周作人书，《胡适来往书信选》中册，542页。

6. 《说儒》：塑造孔子"应运而生的圣者"形象

我们现在终于可以说到胡适写于一九三四年的《说儒》。这篇文章的引人注目之处不仅在于它"提出中国古代学术文化史的一个新鲜的看法"，即"儒是殷民族的教士"，更在于他强调"殷商民族亡国后有一个'五百年必有王者兴'的预言；孔子在当时被人认为应运而生的圣者"。胡适反复说道衰亡的民族总是"期望一个民族英雄出来"，他的通篇文章就是围绕着孔子如何"中兴"五六百年受人轻视的"儒"这一中心展开论述的。胡适认为，孔子的主要贡献，在于他超越了老子所代表的正统的"儒"，而创造了"新儒教""新儒行"，成为一个真正的"圣人"。胡适将这样的"新儒教""新儒行"，即所谓"新运动的新精神"的特点概括为三个方面。一是以"博大的'择善'的新精神"，接受从"旧文化"（夏、商文化）演变出来的"现代文化"（周文化），从而变成"调和三代文化的师儒"；二是"担起了'以仁为己任'的绝大使命"，提倡"知其不可为而为之"的"任重而道远"的"担负得起天下重任的人格"，"怀抱着'天下宗予'的东周建国的大雄心"；三是"把柔懦的儒家和杀身成仁的武士合并在一起"，养成"弘毅进取"的精神，完成了"'振衰而起懦'的大事业"。胡适还着重讨论了孔子开创的"儒教运动的历史的使命"，指出"这个五百年应运而兴的中国'弥赛亚'的使命是要做中国的'文士'阶级的领导者，而不能直接做那多数民众的宗教领袖"，这是因为孔子的"理智的态度"决定了"他不是一般民众所能了解的宗教家"。[14]

读了这些充满自信的文字（胡适曾明确表示，他"自信"《说儒》所提出的"新鲜的看法"终究会得到"史学家的承认"[15]），可以感到，这不仅是学术上的自信，而且也包含着某种自我选择的自信。也就是说，这些文字多少有点胡适"夫子自道"的味道，多少透露了胡适内心的理想与追求。此时的胡适，因为创办《独立评论》，在知识界的影响如日中天，与国民党当局的关系也趋于缓和，蒋介石甚至接见他，"对大局有所垂询"。[16]或许在胡适看来，这正是实现他的"专家治国"与充当"国师"的理想的一个时机。因此，他在孔子身上发掘出"担负天下重任"的"刚毅"精神，强调其"师儒""圣人"的特质，"天下文士的领导者"的地位与命运，至少有自励的意味。

有意思的是，在此之后的一九三六年，周作人与胡适又有了一次思想的撞击。仍是周作人致书胡适，再度劝他"汔可小休"，胡适的回答也十分明确："我是一个'好事者'；我相信'多事总比少事好，有为总比无为好'"，并表示自己是以孔子为"大神"，"取其知其不可为而为之"，"嗜好已深，明知老庄之旨亦自有道理，终不愿以彼易此"，在坚定中也显示了自信。不过，胡适并

14　胡适：《说儒》，《胡适全集》4卷，1页，55页，60、58、59、63页，63、66、65、82页，64、73页，88页。

15　胡适：《胡适文存四集·自序》，《胡适全集》4卷，1页。

16　1931年10月14日《申报》报道。

不认为他与周作人有根本的分歧："吾兄自己也是有心人。时时发'谆谆之言'，但胸襟平和，无紧张之气象。故读者但觉其淡远，不觉其为'谆谆之言'。"[17]这也是深知周作人之言。

7. 周作人：从"摒儒者于门外"到复兴"原来的礼"

这就说到了周作人。我们仍然先清理一下周作人儒家观的发展脉络。周作人早年对儒家是持非常严厉的批判态度的，他在一九〇八年所写的文章里，直指儒家为"帝王之教"，因而有"当摒儒者于门外"之说。[18]在"五四"时期，他的"人的文学"的主张，矛头也是指向儒教的："中国文学中，人的文学本地极少，从儒教、道教出来的文章，几乎都不合格。"[19]将儒教、道教同时置于历史审判台上，这一点为他以后思想的变化留下了一个余地。

"五四"之后，当启蒙主义受挫，周作人得出"教训无用"的结论，转而对"五四"浪漫主义进行反思时，就把批判的锋芒完全指向道教。他认为中国的主要问题是国民性中的"专制的狂信"，其思想源头就是道教的影响：中国老百姓的"教主不是讲《春秋》大义的孔夫子，却

---

17 胡适1936年致周作人书，《胡适来往书信选》中册，296—298页。

18 周作人：《论文章之意义暨其使命》，《周作人集外文（1904—1925）》，38页，58页，海南国际新闻出版中心，1995年。

19 周作人：《人的文学》，《艺术与生活》，12—13页。

是那预言天下从此太平的陈抟老祖"。[20]而在他看来，医治国民性中"专制的狂信"的唯一良药，就是"注重人生实际"，具有"唯理倾向"的儒家学说。于是他把目光转向儒家传统中的"礼"，同时又声明："这是指本来的礼，后来的礼仪礼教都是堕落了的东西，不足当这个称呼了"，延续的还是"五四"时期将原始的儒家与后来的儒教相区别的思路。因此，周作人仍然坚持了对"宋以来的道学家"的批判立场。周作人的结论是："中国现在所切要的是一种新的自由与新的节制，去建造中国的新文明，也就是复兴千年前的旧文明"，而这样的"千年前的旧文明"，其核心就是孔子原创的儒家学说。周作人又补充了一句：这也就同时实现了"与西方文化的基础之希腊文明相合一"。[21]这不仅表示了周作人对东方儒家文化与西方希腊文明内在一致的一种体认，而且显示了不同于"五四"时期的新思路：不再强调东、西方文化的差异，而努力寻找二者的相通。同时，也显示了周作人这一类知识分子的一个趋向，即目光向内，逐渐转到在中国传统文化内部去寻找思想与精神资源。这是直接影响到以后周作人的文化选择的。

20　周作人：《乡村与道教思想》，《谈虎集》，223页，河北教育出版社，2002年。

21　周作人：《生活之艺术》，《雨天的书》，93—94页。

8."爱智者"的"哲人"孔子

到了二十世纪三十年代，周作人在自己面临着"出世"与"入世"的人生选择的困惑时，把思考与探索的触角伸向中国传统文化结构的内部，试图从传统文化各成分之间的关系中去寻找出路。于是，他不满足于与古人个别交友，而是对传统文化进行整体性的反思。就是在这样的思想背景下，周作人连续写出了《论语小记》（1934年12月）、《〈逸语〉与〈论语〉》（1936年2月）、《谈儒家》（1936年冬）。

他首先要确立自己的立场，强调是"爱智者"，而非"宗教徒"。这就是说，不希望自己成为信奉某一思想的"信徒"或"教徒"，不过是对"天地万物尚有些兴趣，想要知道他的一点情形"，[22]于是就成了一个"杂家"：既是指知识结构的"杂"，更是文化选择的"杂糅"，以及文化心态的"兼容"，而"兼容"的另一面就是不执迷任何思想，而保持独立与平等的态势。周作人正是这样来处理他与儒家的关系的："老实说，我自己也是儒家，不过不是儒教徒"，"可以算是孔子的朋友，远在许多徒孙之上"。在周作人看来，孔子的命运是有悲凉色彩的："虽然有千百人去对他跪拜，却没有人肯听他，真正了解孔子的人大概也不大有了"，知道他的"学问思想的还只有和他平等来往的知友，若是垂手直立，连声称是，但足以供犬马之劳而已"。而他自己所要做的，"当勉为孔子

22　周作人：《〈夜读抄〉后记》，《夜读抄》，202页。

之益友而已"。[23]

因此，他就有了对孔子颇为独到的理解与认识：

> 近来拿出《论语》来读，这或者由于听见南方
> 读经之喊声甚高的缘故，或者不是，都难说。……
> 所得的印象只是"平淡无奇"四字。……我觉得在
> 《论语》里孔子压根儿只是个哲人，不是全知全能
> 的教主，虽然后世的儒教徒要奉他做祖师，我总以
> 为他不是耶稣而是梭格拉底之流亚。《论语》二十
> 篇所说多是做人处世的道理，……可以供后人的取
> 法，却不能定作天经地义的教条，更没有什么政治
> 哲学的精义，可以治国平天下。

> 《论语》仍可一读，足供常识完具的青年之参
> 考。至于以为圣书则可不必。[24]

周作人眼里的孔子，与前面所讲的胡适笔下的孔
子，是完全不同的。这是一个"哲人"，而非"教主""圣
人"；他的书，也是智者的人生"参考书"，而非"圣书"。
周作人有意识地将孔子"凡人化"，说他最醉心的是孔子
的"境界"，"闲居述志"中自有"悲凉之气"，可见孔门之
"真气象"[25]：这也就是二十世纪三十年代周作人最喜欢

23 周作人：《〈逸语〉与〈论语〉》，《风雨谈》，95页，98页，99页。
24 周作人：《论语小记》，《苦茶随笔》，14—15页。
25 周作人：《论语小记》，《苦茶随笔》，15页，16页。

谈的"凡人的悲哀"。周作人的另一个努力，是将儒学学术化，将孔子非政治化，强调其"常识性"，而消解其"治国平天下"的功能。而如前所说，这正是胡适所要强化，并赋予新的更大意义的。

对周作人来说，将儒学常识化、凡俗化，也就有可能将儒学与中国思想文化史上的其他学派，主要是道家与法家置于平等地位，来讨论它们之间的关系："中国儒教徒把佛老并称，曰二氏，排斥为异端，这是很可笑的。道儒法三家原只是一气化三清，是一个人的可能的三种态度，略有消极积极之分，却不是绝对对立的门户。"周作人并且用"我们自己来做譬喻"，以说明儒、道、法人生选择上的三种态度："假如我们不负治国的责任，对于国事也非全不关心，那么这时的态度容易是儒家的，发些合理的半高调，虽然大抵不违背物理人情，却是难以实行，至多也是律己有余而治人不足"，"略为消极一点，觉得国事无可为，人生多忧患，便退一步愿以不才得终天年，入于道家，如《论语》所记隐逸是也"，"又或积极起来，挺身出来办事，那么那一套书房里的高尚的理论也须得放下，要求有实效一定非严格的法治不可，那就入于法家了"。[26]

周作人说这一番话最后是指向自我选择的。此时的他，大概要努力排除自己身上的有着法家印记的师爷气，而在儒、道之间来寻求自己的人生之路。他因此强

26　周作人：《谈儒家》，《秉烛谈》，147页，148页。

调，儒家的"知其不可为而为之"与道家的"无为"，"二者还是一个源流，因为都知道不可为，不过一个还要为，一个不想再为了罢了"；而他自己的选择是取其"中"的中庸之道："我从小读《论语》，现在得到的结果除中庸思想外乃是一点对于隐者的同情。"[27]这就是我曾经分析过的"面对'出世'不肯甘心，心所不愿；'入世'则无能为力，心有所惧的矛盾。（周作人）找到一个中庸的解决办法：以入世的精神入世，以出世的精神入世，既出世又非出世，既入世又非入世，这就是将出世的隐者与入世的儒者调和于一身，儒、道互补的中庸之道"。[28]胡适说他既是有心人又胸襟平和，就是儒、道互补所达到的一种精神境界。但鲁迅却看出了其内在的矛盾，并给予了尖锐的批判。我们在下一个关于陶渊明的不同评价的讨论里再做详细分析。

9. 鲁迅眼里的"儒术"与"吃教"

现在要讨论的是，鲁迅在二十世纪三十年代对儒家、孔子的观察与态度。

与胡适、周作人不同，从"五四"到三十年代，鲁迅对儒家、孔子的态度并无转变，依然坚持批判性的立场，依然不关心"原教义"，而把目光集中于儒家与孔子在中国二十世纪三十年代的现实生活中的命运，

27　周作人：《论语小记》，《苦茶随笔》，18页。

28　参看拙作：《周作人传》，427页，北京十月文艺出版社，2001年。

以及实际发生的影响与作用。于是，他有了锐利的发现，并概括出两个重要的概念："儒术"与"吃教"。

先说"儒术"。鲁迅在以此为题的文章里，讲的都是古代儒生的故事。如金元之际的元好问等名儒如何"请（元）世祖为儒教大宗师"，在"献教""卖经"以后，"由此士大夫便渐渐的进身"，"儒户"得到的"佳果"即是"虽不能为王者师"，而究亦胜于"平民者一等"；还有从南北朝的大儒颜子推《家训》中可知"积财千万，不如薄伎（技）在身'，伎之易习而可贵者，无过读书也"，"读《论语》《孝经》，则虽被俘虏，犹能为人师，居一切别的俘虏之上"，如此等等。"儒者之泽深且远，从古然也"，鲁迅说："即小见大，我们由此可以明白'儒术'，知道'儒效'了。"[29]鲁迅在三十年代写过一篇《登龙术拾遗》，讲"登龙"有"术"，[30]其实"儒术"就是"登龙术"，是一门升官发财之技术，或在官场上"献教"，或在商场上"卖经"，都能得到好处，而"利益既沾"，"也不想再来开口了"，天下也就此太平了。这里讲"献教""卖经"，不知是否具体有所指，也许只是泛论一种思想文化现象。

鲁迅更为关注的是，在一九三四年的中国为什么还有人热心地宣讲"读《论语》《孝经》，则虽被俘虏，犹能为人师，居一切别的俘虏之上"，"以'训'听众，莫非选讲者已大有感于方来，遂绸缪于未雨么？"这已经

29　鲁迅：《儒术》，《鲁迅全集》6卷，32—34页。

30　参看《登龙术拾遗》，《鲁迅全集》5卷，274—275页。

是在预言，当民族危难到来之时，必有当代知识分子玩弄"儒术"，使自己"虽被俘虏"成为亡国奴"犹能为人师"。这真是诛心之论。但鲁迅却没有料到，此后应验了这一预言的，竟会是他的兄弟周作人，不过这也是后话了。

还有"吃教"。也是从历史谈起："中国自南北朝以来，凡有文人学士，道士和尚，大抵以'无特操'为特色的。晋以来的名流，每一个人总有三种小玩意，一是《论语》和《孝经》，二是《老子》，三是《维摩诘经》"，虽标榜儒、释、道合流，其实是多了几个"玩意"而已。自称"信徒""教徒"者是从来不信的，只是利用；因此鲁迅说，"吃教"两个字"真是提出了教徒的'精神'，……也可以移用于许多'吃革命饭'的老英雄"。于是笔锋转向当代，"'教'之在中国，何尝不如此。讲革命，彼一时也；讲忠孝，又一时也"，这已经是把批判矛头指向国民党政府当局了。在鲁迅看来，这又是一个"做戏的虚无党"与"伪士"猖獗的时代，无论政界还是学界，都没有了真正的信念与信仰。

两年以后的一九三五年，鲁迅还写了一篇"故事新编"《采薇》，讲的就是儒家的假信徒"华山强盗小穷奇"（这是鲁迅创造的一个人物，具有很大的象征性）如何横行于世，而儒家真信徒伯夷、叔齐却成了不合时宜的"笨牛"。

假信徒都是"吃教者"。在鲁迅看来，二十世纪三十年代在政府主导下，学界或宣扬独尊儒家，或鼓吹三教合流，无非都是"吃教"，只是"有宜于专吃的时代，则指归应定于一尊，有宜合吃的时代，则诸教亦本非异致，不过一碟是全鸭，一碟是杂拌儿而已"。[31]由"全鸭"变成"杂拌儿"，这里自然有嘲讽之意：这是一条日趋没落之路。

有意思的是，和鲁迅一起批判"吃教者"的，还有周作人。他在我们前面反复提到的《谈儒家》里，就特意提到："儒本非宗教，其此思想者正当应称儒家，今呼为儒教者，乃未必有儒家思想而挂此招牌之吃教者流也。"[32]有这样的一致并不奇怪，周作人即使在三十年代已经相当消极的时候，还是坚持了"五四"新文化运动的某些基本立场，如这里所表明的，他始终没有放弃对儒教的批判。

10. 与民众无关的"摩登圣人"

最引人注目、影响也最大的自然是鲁迅写于一九三五年的《在现代中国的孔夫子》。关注孔夫子在"现代中国"的命运，这确实是鲁迅独特的视角。文章一开头就说自己在年轻时候到孔子的家乡山东旅行，"一想起那具有俨然道貌的圣人，先前便是坐着简陋的车子，颠颠簸簸，在这些地方奔忙的事来，颇有滑稽之感"。鲁迅说，"这种感想，自然是不好的，要而言

31　鲁迅：《吃教》，《鲁迅全集》5卷，328—329页。

32　周作人：《谈儒家》，《秉烛谈》，149页。

之，颇近于不敬，倘是孔子之徒，恐怕是决不应该发生的"。胡适大概就不会有这样的不敬，如我们前面所说，胡适在孔子"栖栖皇皇"的奔走里看见的是"知其不可为而为之"的精神，因而充满崇敬之情。也就是说，在二十世纪三十年代，胡适与鲁迅对孔夫子怀有"敬"与"不敬"的不同情感，观察也就很不相同。

比如，胡适强调孔夫子是五六百年前历史所预言的"应运而生"的"圣人"，鲁迅却引用孟子的话，说他是"圣之时者也"，即所谓"摩登圣人"，而且强调"孔夫子的做定了'摩登圣人'是死了以后的事，活着的时候却是颇吃苦头的"。证据是他曾经失业，"为野人所嘲弄，甚至于为暴民所包围，饿扁了肚子"，"弟子虽然收了三千名，中用的却只有七十二，然而真可以相信的又只有一个人"，而且这个人最后也被砍成肉酱。这些材料都是人们熟知的，但很少有人这么分析，许多人大概还很难接受，但周作人却能接受，因为如前所说，他也看到了孔夫子的寂寞，"没有人肯听他"。

但鲁迅由此得出的结论，却又是周作人没有想到的，更是胡适所不能同意的："孔夫子之在中国，是权势者们捧起来的，是那些权势者或者想做权势者们的圣人，和一般的民众并无什么关系"，"孔夫子曾经计划过出色的治国的方法，但那都是为了治民众者，即权势者设想的方法，为民众本身的，却一点也没有"。

鲁迅由此谈到了孔子的命运："孔子这人，其实是自从死了以后，也总是当着'敲门砖'的差使的"，举出的例子有近代史上几个军阀袁世凯、孙传芳、张宗昌对孔子的利用。在鲁迅看来，正是这样的利用，"带累孔子也更加陷入了悲境"，即所谓"厌恶和尚，恨及袈裟"，"即使是孔夫子，缺点总也有的，在平时谁也不理会，因为圣人也是人，本是可以原谅的"，但"圣人之徒出来胡说一通"，引起人们反感，就会倒过来嘲笑孔子，甚至激起"打倒他的欲望"。[33]应该说，鲁迅的这一分析是相当独到的，同时也透露出他对于"作为一个人"的孔子的同情，这一点又与周作人似乎有了某些相同之处。

11. 对自我历史角色的不同认定与承担

这样，在二十世纪三十年代中国思想文化学术界关于孔子的言说与研究中，我们经常听到胡适、周作人、鲁迅之间的潜在对话，或相互补充，或相互辩驳。而在中心话题——孔子的"圣人"问题上，却集中反映了他们不同的立场：胡适站在治国者（三十年代胡适曾明确表示要做国家之"诤臣"与掌权者的"诤友"[34]）的立场，因而肯定孔子为民族"中兴"与"建国"的"圣人"；周作人站在个人的立场，视孔子为"凡人"与"友人"，否认其为圣人；鲁迅站在民众与民间批判者的立场，认为孔子与民

33　鲁迅：《在现代中国的孔夫子》，《鲁迅全集》6卷，325—329页。

34　胡适：《为学生运动进一言》，《胡适文集》11卷，660页，北京大学出版社，1998年。

众无关，是权势者捧起来的"摩登圣人"。这同时也折射出他们自身的不同选择，他们对自己所处的时代、社会的不同判断，以及对自己的历史角色的不同认定与承担。这当是更有意思的。

二、周作人、朱光潜、鲁迅对陶渊明的不同观察与体认

1. 周作人：我最喜欢诸葛孔明和陶渊明

前面我们已经谈到周作人关于儒者与隐者不同选择的看法，他接着还说了一句话："周朝以后一千年，只出过两个人，似乎可以代表这两派，即诸葛孔明与陶渊明，而人家多把他们看错作一姓的忠臣，令人闷损。"[35]周作人说得如此动情，是因为他对这两位前人的感情确实不一般，曾有过明确的表示："古代文人中我最喜欢诸葛孔明和陶渊明。"[36]他尤为倾倒的则是陶渊明，一再说："我平常很喜欢陶渊明的诗"，"鄙人，真心爱好陶公诗文"，[37]"我喜欢他诗中对于生活的态度。所谓'衣沾不足惜，但使愿无违'"。[38]周作人显然于陶渊明有着更多的认同与相通，而二十世纪三十年代的人大概也是这么看他的。

35　周作人：《论语小记》，《苦茶随笔》，18页。

36　周作人：《〈苦茶随笔〉小引》，《苦雨斋序跋文》，68页。

37　周作人：《陶集小记》，《苦口甘口》，133页，138页。

38　周作人：《〈苦茶随笔〉小引》，《苦雨斋序跋文》，68页。

2. 朱光潜的《陶渊明》与周作人

这就说到了朱光潜二十世纪三十年代的陶渊明研究。由于鲁迅的批评（这是我们在下面要详尽讨论的），人们比较注意朱光潜在《说"曲终人不见，江上数峰青"》里提出的"浑身静穆"论，其实这并不代表朱光潜对陶渊明的全部看法，他另有长文全面论述自己的陶渊明观，这就是后来收入《诗论》的《陶渊明》。这是一篇更为重要的文章，近来也引起了学术界的重视。

有意思的是，很多读者在看这篇文章时，都惊异地发现朱氏对陶渊明叙述背后所存在的周作人的影子。我自己二十世纪八十年代在研究周作人时，第一次读到此文，就强烈地感受到这一点。当然，这样的感受是无法用材料来证实的；朱光潜也未必会真的为比附周作人而写《陶渊明》，他的主要写作动因恐怕还是要借此来表达对自己所心仪、追求的一种理想人格的向往。不过这样的追求与向往，并不仅是朱光潜一人所有，应该说，在二十世纪三十年代的中国，是有一定代表性的，至少我们通常说的"京派"中的许多人就有这样的倾向。而周作人正是"京派"的领军人物，而且他自己也是这样身体力行的。这大概就是能够引起联想的原因。

但这仍然是不能证实的感受或感悟——其实，在学术研究，特别是文学研究中，会经常出现这样的情况：有些思想与艺术的直觉、直感，会引起人们的同感，但却无法用材料来证实。我以为不能因此而完全否定这样的能够引起共鸣的直觉、直感的意义与价值，至少应该允许其作为"姑且一说"而存在。因此，我下面所要谈的由朱光潜眼里的陶渊明引起的关于周作人的联想，就算是"姑妄言之"，诸位也就"姑妄听之"吧。

朱光潜在文章第一节论及陶渊明的思想时，有这样的概括："渊明是一位绝顶聪明的人，却不是一个拘守系统的思想家或宗教信徒。他读各家的书，和各人物接触，在于无形中受他们的影响，象蜂儿采花酿蜜，把所吸收来的不同的东西融会成他的整个心灵。在这整个心灵中我们可以发现儒家的成分，也可以发现道家的成分，不见得有所谓内外之分，尤其不见得渊明有意要做儒家或道家。假如说他有意要做某一家，我相信他的儒家的倾向比较大"，"了解渊明第一须了解他的这种理智掺透情感所生的智慧"，这都是更接近儒家的。——这些概括都很容易联想起周作人的自我定位：他再三表示自己不是宗教徒，而是"爱智者"；强调自己思想"杂糅中求调和"的特点，是一个"杂家"；并自称是"儒家或儒家的朋友"，同时又强调儒家与道家的相通。

朱光潜对陶渊明的"好读书"，别有会心。说他读书是为了"打破现在的界限而游心于千载，发现许多可'尚友'的古人"，所谓"历览千载书，时时见遗烈"，"使他自慰'吾道不孤'"；读书的过程，就是"物我的回响交流，有如佛家所说'千灯相照'，互相增辉"。

当年读到这里，我怦然心动，立刻想起周作人的话："我因寂寞，在文学上寻求慰安"，"夹杂读书，胡乱作文"，都是为了"寻求友人谈话"。[39]而"回响交流""相照"也正是周作人与他书中的友人，包括陶渊明的关系的一个最确切的写照。后来我把这些感悟都写进我的《周作人传》第七章《苦雨斋里的老人》第七节《风雨故人来》里了，并且将朱光潜对陶渊明读书境界的描述也抄录其中。[40]

朱光潜还说"渊明并不是一个很简单的人。他和我们一般人一样，有许多矛盾与冲突"，"他的精神生活很丰富"。于是谈到"我们读他的诗，都欣赏他的'冲澹'，不知道这'冲澹'是从几许辛酸苦闷得来的"，"'逃避'确是事实。逃避者自有苦心"，"他的性格大体上很冲和平淡，但是也有它的刚毅果敢的一方面"。于是又谈到陶渊明身上"隐逸气"之外的"侠气"，"所以他一方面消极地不合作，一方面寄怀荆轲、张良等'遗烈'，所谓'刑天舞干戚'，虽无补于事，而'猛志固常在'"。还谈到陶渊明的《闲情赋》"对于男女眷恋的情绪确是体会得细腻之极，给他的冲淡朴素的风格渲染了一点异样的鲜艳的色彩"。而最要强调的，却是"渊明还有极实际极平常的一方面"，"渊明的特色是在处处都最近人情，胸襟尽管高超而却不唱高调"。这也同样使我想起周作人的"牢骚"：人们只渲染他的"闲适"，却读不出闲适背后的"苦

39　周作人：《〈自己的园地〉旧序》，《苦雨斋序跋文》，22页。

40　参看《周作人传》，413页。

味"。[41]尽管周作人反复申说自己的矛盾："（我）总是不够消极，在风吹月照之中还是要呵佛骂祖"[42]，人们仍然视而不见。其实周作人身上也有"侠气"，性格中更有刚毅这一面，二十世纪三十年代也有人看出这一点，说他"有铁的温雅"。[43]而周作人自己也是最要强调他的"凡人"的一面的。

朱光潜对陶渊明的艺术风格的概括，也同样会让我们想起周作人："陶诗的特点在平、淡、枯、质，又在奇、美、腴、绮"，"把他们调和在一起，正是陶诗的奇迹"，"陶诗的特色正在不平不奇、不枯不腴、不质不绮，因为它恰到好处，适得其中；也正因为这个缘故，它一眼看去，却是亦平亦奇、亦枯亦腴、亦质亦绮"。后来我在概括周作人的艺术风格时，就直接受到朱光潜对陶诗的概括的启发：周作人"在艺术表现上追求表现自己与隐蔽自己，感情的倾泄与控制，放与收，通与隔，丰腴与清涩，奇警与平淡，猥亵与端庄之间微妙的平衡，达到不收不放、亦收亦放，不通不隔、亦通亦隔，不腴不涩、亦腴亦涩，不平不奇、亦平亦奇，不庄不谐、亦庄亦谐的艺术境地"，并说这是周作人"哲学观、政治观与道德观上的中庸之道"在艺术上的表现，

41　周作人：《〈药味集〉序》，《药味集》，2页。

42　周作人：《〈瓜豆集〉题记》，《瓜豆集》，3页。

43　温源宁：《周作人——铁与温雅》，《逸经》17期。

这也是从朱光潜说的"适得其中"引发出来的。[44]

或许我们更应该注意的，是朱光潜对陶渊明"对于子女的慈爱"的盛赞，他由此而看到了陶渊明的"至性深情"，对儿童的"深厚的同情"，及其所保持的"儿童的天真"；而这也是周作人最为倾心的。他写有《关于教子法》一文，特地抄录了陶渊明的《责子》诗："白发被两鬓，肌肤不复实。虽有五男儿，总不好纸笔。阿舒已二八，懒惰故无匹。阿宣行志学，而不爱文术。雍端年十三，不识六与七。通子垂九龄，但觅梨与栗。天运苟如此，且进杯中物"，并引述黄山谷的评语："观靖节此诗，想见其人慈祥戏谑可亲也。"[45]尤可注意者，一九四七年关在南京老虎桥狱中的周作人，还念念不忘陶渊明这首诗，并吟诗一首："但觅梨栗殊可念，不好纸笔亦寻常。陶公出语慈祥甚，责子诗成进一觞。"[46]对陶渊明的慈爱境界这样的持续关注与向往，是自有动人之处的。

3. 鲁迅的独特眼光："易代"时期的文人陶渊明

我们同时想到的还有鲁迅。二十世纪三十年代他也写有"无情未必真豪杰，怜子如何不丈夫？知否兴风狂

44 参看拙作：《两大文化撞击中的选择与归宿》，《周作人研究二十一讲》，中华书局，2004年。

45 周作人：《关于教子法》，《立春以前》，3页。

46 周作人：《儿童杂事诗四·陶渊明》，《老虎桥杂诗》，61页。

啸者，回眸时看小於菟"这样的诗句，[47]陶渊明对于子女的慈爱自然也是能够引起他的共鸣的。但对于朱光潜的陶渊明观，他却提出了质疑，并进而把批判的矛头指向了周作人，从而引发了一场引人注目的论争。

我们还是先做历史线索的梳理。鲁迅早在一九二七年那篇著名的演讲《魏晋风度及文章与药及酒之关系》里即以相当的篇幅谈到了陶渊明。而且一开始就显示了他的独特眼光：不是孤立地就文论文地讨论陶渊明的诗文，而是将其置于大时代的背景下，把他看作是一个历史"易代"时期的文人，强调"陶潜之在晋末，是和孔融于汉末与嵇康于魏末略同。又是将近易代的时候"。抓住"易代"，就抓住了把握陶渊明的一个"纲"——记得王瑶先生在指导我的毕业论文时，就强调研究一个作家、一种文学现象，不仅要掌握大量的材料，还要找到能够把这些材料拎起来的"纲"；现在，鲁迅抓住了"易代"这个"纲"，陶渊明其人其文的独特性、丰富性、复杂性，就都能够得到有力的说明与解释了。而且抓住"易代"，也就抓住了陶渊明那个时代与鲁迅生活的当代的内在联系：二十世纪二三十年代也同样是一个"易代"的历史转型期，而关注历史与现实的联系，正是鲁迅这样的具有强烈的现实关怀的学者的特质所在。鲁迅所要努力揭示的，是陶渊明在历史的"易代"时期所做的选择，及由此而显示出来的特点。鲁迅主要讲了两个侧面。

47　鲁迅：《答客诮》，《鲁迅全集》7卷，464页。

首先注意到的，是"他没有什么慷慨激昂的表示，于是便博得'田园诗人'的名称"。这一点是历代与当代对陶渊明的一个共识，鲁迅似乎也没有异议。但他补充的两点却很重要。一是强调这是时代社会文化风气演变的结果与反映："到东晋，风气变了。社会思想平静得多，各处都夹入了佛教的思想。再至晋末，乱也看惯了，篡也看惯了，文章便更平和"，于是就有了陶潜这样的"代表平和的文章的人"。在大动荡的时代，"变迁极多，既经见惯，就没有大感触，陶潜之比孔融嵇康和平，是当然的"。应该说这是相当独到而深刻的观察，同时也显然注入了鲁迅自己的生命体验。

　　鲁迅反复强调的另一点，是陶渊明"这样的自然状态，实在不易模仿。他穷到衣服也破烂不堪，而还在东篱下采菊，偶然抬起头来，悠然的见了南山，这是何等自然"。鲁迅笔锋一转，又指向现实："现在有钱的人住在租界里，雇花匠种数十盆菊花，便做诗，叫作'秋日赏菊效陶彭泽体'，自以为合于渊明的高致，我觉得不大像。"鲁迅显然对陶渊明"自然"的人生态度与艺术风格是欣赏的，但他对故作"自然"之态却大不以为然：鲁迅追求的是"真"与"自然"，这一点与周作人也有相似之处。

　　鲁迅更看重的，是陶渊明的另一面："《陶集》里有《述酒》一篇，是说当时政治的。这样看来，可见他于世事也并没有遗忘和冷淡，不过他的态度比嵇康阮籍自然得多，不至于招人注意罢了。"这里突出了陶渊明"于世事未能忘情"，是一个重要提醒，而且也委婉表示了对嵇康阮籍故作狂态的保留，也很值得注意。而鲁迅的结论却是："据我的意思，即使是从前的人，那诗文完全超于政治的所谓'田园诗人'，'山林诗人'，是没有的。完全超出于人间世的，也是没有的。"

鲁迅这里的"意思"是十分明确的，这是他要坚持的思想底线，不仅关系他对陶渊明的基本判断，而且关系着他对文学的本质（文学与政治，文学与时代、现实、人生的关系）的基本认识；对他来说，这不仅是一个如何看待历史人物的问题，更是一个现实实践的问题：因为鲁迅演讲的一九二七年七月二十三日、二十六日，正是国民党政府在广州发动"七一五"大屠杀之后。在一片白色恐怖下，强调没有"完全超于政治的所谓'田园诗人''山林诗人'"，这本身就是一个反抗，同时也是对作家与知识分子的一个及时的警示。正因为这是鲁迅的底线，因此，到二十世纪三十年代，当发现有人要突破这样的底线，鲁迅必要与之论争，就是可以理解的了。

在演讲结束时，鲁迅做了一个总结："由此可知陶潜总不能超于尘世，而且，于朝政还是留心，也不能忘掉'死'，这是他诗文中时时提起的。用别一种看法研究起来，恐怕也会成一个和旧说不同的人物罢。"[48]

48　鲁迅：《魏晋风度及文章与药及酒之关系》，《鲁迅全集》3卷，537—539页。

4. 三十年代鲁迅谈"文人浩劫"：陶渊明之被肢解

　　到了二十世纪三十年代，鲁迅真的讲了一个"和旧说不同"的陶渊明。一九三五年六月至十二月半年时间内鲁迅连续写了九篇《"题未定"草》，我们在前面的报告里，曾提到日本学术前辈丸山升先生特别提出要注意的鲁迅晚年重要论述，其中就有这一组文章。我们这里要讨论的是论及陶渊明的《"题未定"草》六、七两篇。鲁迅依然不是就文论文，而是从研究方法说起。他提醒人们，绝不能依据"选本"或"摘句"来研究文学或某一作家，因为选本、摘句"所显示的，往往并非作者的特色，倒是选者的眼光"，而"可惜的是（选者）大抵眼光如豆，抹杀了作者真相的居多，这才是一个'文人浩劫'"。在鲁迅看来，陶渊明就是一个惨遭"浩劫"的典型：

　　　　被选家录取了《归去来辞》和《桃花源记》，被论客赞赏着"采菊东篱下，悠然见南山"的陶潜先生，在后人的心目中，实在飘逸得太久了，但在全集里，他却有时很摩登，"愿在丝而为履，附素足以周旋，悲行止之有节，空委弃于床前"，竟想摇身一变，化为"阿呀呀，我的爱人呀"的鞋子，虽然后来自说因为"止于礼义"，未能进行到底，但那些胡思乱想的自白，究竟是大胆的。就是诗，除论客所佩服的"悠然见南山"之外，也还有"精卫衔微木，将以填沧海，刑天舞干戚，猛志固常在"之类的"金刚怒目"式，在证明着他并非整天整夜的飘飘然。这"猛志固常在"和"悠然见南山"的是一个人，倘有取舍，即非全人，再加抑扬，更离真实。

鲁迅说，研究一个作家，最重要的是"知人论世"。所谓"论世"，就是注重作家与时代的关系，如前面说到的，鲁迅就是将陶渊明置于"易代"的大背景下来考察的；所谓"知人"，就是将作家看作具体、平凡、复杂、矛盾、丰富、多面的"人"，不加取舍，不作抑扬，也不回避，揭示一个"真实"的"全人"。这也同样渗入了鲁迅的生命体验，就在他逝世前一个月，在一篇题为《"这也是生活"》的文章里，鲁迅还谈到他在大病中体验到的人的日常生活的意义，"然而人们以为这些平凡的都是生活的渣滓，一看也不看"。而鲁迅的结论"删夷枝叶的人，决定得不到花果"，[49]与这里所说的要揭示"真实"的"全人"是一个意思。

5. 陶渊明"并非浑身是'静穆'，所以他伟大"

鲁迅在《"题未定"草六》里还说了一句："我每见近人的称引陶渊明，往往不禁为古人惋惜"，[50]这或许还只是泛论，但到了"七"里就直接以朱光潜为论辩对手了。

49　鲁迅：《"这也是生活"》，《鲁迅全集》6卷，624页。
50　鲁迅：《"题未定"草六》，《鲁迅全集》6卷，436页。

但鲁迅批评的不是朱著《陶渊明》，而是另一篇《说"曲终人不见，江上数峰青"》；鲁迅特地点明此文发表于《中学生》，是引导青年的赏析文字，这或许正是鲁迅格外注意，并一定要加以辩驳的原因。鲁迅针对的是朱光潜的"静穆"论，"艺术的最高境界都不在热烈"，古希腊人"把和平静穆看作诗的极境"，这"自然只是一种最高理想，不是在一般诗里所能找得到的"。"'静穆'是一种豁然大悟，得到归依的心情。它好比低眉默想的观音大士，超一切忧喜，同时你也可以说它泯化一切忧喜。这种境界在中国诗里不多见。屈原阮籍李白杜甫都不免有些像金刚怒目，愤愤不平的样子。陶潜浑身是'静穆'，所以他伟大。"[51]

而鲁迅的应答可以说是针锋相对的：

> 世间有所谓"就事论事"的办法，现在就诗论诗，或者也可以说是无碍的罢。不过我总以为倘要论文，最好是顾及全篇，并且顾及作者的全人，以及他所处的社会状态，这才较为确凿。要不然，是很容易近乎说梦的。

> 自己放出眼光看过较多的作品，就知道历来的伟大的作者，是没有一个"浑身是'静穆'"的。陶潜正因为并非"浑身是'静穆'，所以他伟大"。现在之所以

51　朱光潜：《说"曲终人不见，江上数峰青"》，《朱光潜全集》8卷，396页，安徽教育出版社，1993年。

往往被尊为"静穆"，是因为他被选文家和摘句家所缩小，凌迟了。[52]

6. 鲁迅与朱光潜、周作人的分歧在哪里？

今天我们来看当年鲁迅与朱光潜的论争，自然会注意到，鲁迅所强调的陶渊明的多面性、矛盾性、丰富性、凡人性，朱光潜未必没有看到，我们在前面详尽介绍的《陶渊明》一文在这些方面实际上都有所论述，鲁迅特别引述的陶渊明的《闲情赋》《读山海经》，朱光潜也十分重视，并做了肯定性的分析。在这个意义上，可以说，朱光潜的《陶渊明》与鲁迅的《"题未定"草六》是代表了二十世纪三十年代对陶渊明的认识所达到的一个时代水平。这在陶渊明的接受史、学术研究史上是具有重要意义的。

但我们也不必回避他们——鲁迅与朱光潜，以及背后的周作人之间的重大分歧，而且不仅是陶渊明观的分歧，更是文学观念，以及现实中的人生选择的分歧。

于是我们注意到，朱光潜在强调"渊明并不是一个很简单的人。他和我们一般人一样，有许多矛盾与冲突"之后，紧接着又说了一句："和一切伟大的诗人一样，他终于达到调和静穆。"这就是说，朱光潜的两篇文章，看来与鲁迅的陶渊明观有相通之处的《陶渊明》，和受到鲁迅尖锐批评的《说"曲终人不见，江上

52　鲁迅：《"题未定"草七》，《鲁迅全集》6卷，430页。

数峰青"》之间，是有着内在的逻辑联系的——《陶渊明》讲陶氏的诸多矛盾，《说"曲终人不见，江上数峰青"》则讲"泯化"一切矛盾的"合题"，朱光潜要强调的正是这最后的归宿。也就是说，朱光潜虽然并不否认，一定程度上也很重视陶渊明"金刚怒目"的这一面，但他的价值判断却十分明确。陶渊明的"伟大"就在于他能够最终克服、超越"金刚怒目"，达到"浑身静穆"。周作人又何尝不是如此：他尽管不断地述说自己"在风吹月照之中还是要呵佛骂祖"的矛盾与苦闷，但他反省自己"总是不够消极"[53]，这本身即已表明了他对朱光潜所说的"超（越）"以至"泯化""一切忧喜"的"和平静穆"之境的向往与追求，以为那才是艺术与生命的"极境"。

这也正是鲁迅所要质疑的。在鲁迅看来，追求"极境"本身就是一个心造的幻影，而且无论做人作文"虚悬了一个'极境'，是要陷入'绝境'的"。而所谓"浑身静穆"也是"事实上不可得的"。即使退一步说，以"和平静穆"为艺术与人生的理想目标，也是不可取的，至少是与自己的价值理想相违背的。

我们知道，鲁迅在二十世纪初出现在中国思想文化学术界时，就在《摩罗诗力说》里对所谓"平和"之境提出挑战，因为"自古迄今，绝无此平和之朕"，而持"平和"之念即"为无希望，为无上征，为无努力"，"势即入于苓落"。他针锋相对地提出了一个全新的观念："诗人

53　周作人：《〈瓜豆集〉题记》，《瓜豆集》，3页。

者，撄人心者也"，在他看来，思想、文化、文学的基本功能与作用就是要搅动人的灵魂，激励人的精神，因此而呼唤"立意在反抗，指归在动作"的"精神界战士"。[54]这构成了他一以贯之的基本理念与追求。二十年代他也是这样尖锐地批判鼓吹"无问题，无缺陷，无不平，也就无解决，无改革，无反抗"的六无世界的"瞒和骗"的文学，[55]呼唤在"太平"世界里"举起投枪"的"战士"。[56]很显然，三十年代鲁迅对朱光潜的"静穆论"的批判，正是对他的基本理念与追求的一个坚守。

当然，鲁迅也并没有要将自己的价值观强加于他人的意思；他多次表示，如果仅仅是个人的爱好与看法，是没有必要进行论争的。现在的问题是，朱光潜的"静穆论"，代表了一种社会思潮，并且关系着知识分子的现实选择，而且还试图以此引导青年，鲁迅就觉得有论辩的必要了。而这样的论辩也就不再针对朱光潜个人及他的陶渊明观，而是指向一种社会典型与社会思潮。于是，在与朱光潜论战的《"题未定"草七》里，就有了对某一类知识分子典型的心理分析：这些"徘徊于有无生灭之间的文人，对于人生，既惮扰攘，又怕离去，懒于求生，又不乐死，实有太板，寂绝又太空，疲倦得要休息，而休息又太凄凉，所以又必须有一种抚慰"，在鲁

54　鲁迅：《摩罗诗力说》，《鲁迅全集》1卷，69页，70页，68页。

55　鲁迅：《论睁了眼看》，《鲁迅全集》1卷，252页。

56　鲁迅：《这样的战士》，《鲁迅全集》2卷，220页。

迅看来，"静穆"论就是这样的"抚慰劳人的圣药"。[57]

7. 鲁迅对"现代雅士"的批判

而且，我们从鲁迅对这类文人典型的描述里，仿佛看到了周作人的影子。鲁迅对二十世纪三十年代的周作人内心的积极面并非没有体认，他在给曹聚仁的信中就谈到周作人的自寿诗里"诚有讽世之意"，并为"此种微辞，已为今之遽青年所不憭，群公相和，则多近于肉麻，于是火上添油，遂成众矢之的"[58]而感慨不已。但鲁迅更关注的是周作人在三十年代中国知识界的实际影响与作用，即"群公相和"中的周作人：他事实上已经成为"某一类"知识分子的代表与象征。因此，我们下面要略作分析的鲁迅对现代中国的"雅士""隐士"的剖析，就包括了作为社会典型的周作人，但又不限于他一人，而且是排除了作为个人的周作人的复杂性的。

这样一些中国的现代"雅士"与"隐士"，自然是要以陶渊明这样的传统"雅士"与"隐士"的继承者为标榜的。但如我们在前面所说，鲁迅早已言之：陶渊明是"不容易学""不易模仿"的，因此，他要做的，就是区分真假，揭示这些假"雅士"、假"隐士"的真相。

这里有两篇重要文章，一篇就是丸山升先生很看重的《病后杂谈》，另一篇是《隐士》。先说后一篇。

57　鲁迅：《"题未定"草七》，《鲁迅全集》6卷，440页。

58　鲁迅1934年4月30日致曹聚仁书，《鲁迅全集》13卷，87页。

鲁迅对所谓"隐士"作了细致的解析。他说，真正"息影山林"的"隐士"我们是见不着的，"古今著作，足以汗牛而充栋，但我们可能找出樵夫渔父的著作来？"所能看到的是陶渊明这样的瘾君子，但他有奴子为他种地，"也还略略有些生财之道在，要不然，他老人家不但没有酒喝，而且没有饭吃，早已在东篱旁边饿死了"。因此，陶渊明是自自然然地"守拙归园田"的，并不着意宣扬"隐"。而今之"隐士"，像周作人、林语堂那样"赞颂悠闲，鼓吹烟茗"，其实是"挣扎谋生"，"登仕，是嗷饭之道，归隐，也是嗷饭之道"。而今之"隐士"的帮闲就更等而下之，他们"或开锣，或喝道，那是因为自己还不配'隐'，所以只好揩一点'隐'油，其实也还不外乎嗷饭之道"。现代"隐士"标榜"不问时世"，因此，"泰山崩，黄河溢，隐士们目无见，耳无闻"，但"苟有议及自己们或他的一伙的，则虽千里之外，半句之微，他便耳聪目明，奋袂而起，好像事件之大，远胜于宇宙之灭亡"，原因就在他要维护自己的"隐士"的招牌，没有了招牌，嗷饭之道也就没了。这些分析，都可谓"入木三分"。

《病后杂谈》着重于对"雅士"的剖析。他还是坚持这一条："要'雅'，也还是要地位"。举出的例子仍然是陶渊明："'采菊东篱下，悠然见南山'是渊明的好句，但我们在上海学起来可就难了。没有南山，我们可以改作'悠然见洋房'或'悠然见烟囱'的"，然而要有"一所院子里有点竹篱，可以种菊的房子"，可就麻烦了。鲁迅算了一笔账：单是租钱加巡捕捐，每月就得一百五十九元六，而"近来的文稿又不值钱，每千字最低的只有四五角，因为是学陶渊明的雅人的稿子，现在算他每千字三大元罢，但标点，洋文，空白除外。那么，单单为了采菊，他就得每月译作净五万三千二百字。吃饭呢？要另外想法子生发，否则，他只好'饥来驱我去，不知竟何之'了"。鲁迅的结论是，在中国的现实环境下，"买雅"也比古代难，于是就只有冒牌货："书要摆在书架上，或者抛几本在地板上，酒杯要摆在桌子上，但算盘却要收在抽屉里，或者最好是在肚子里"，鲁迅说："此之谓'空灵'。"这真有几分刻毒了。但因为它画出了"伪雅士"的灵魂，也就超越时空，直到今天我们在遭遇当代"伪雅士"时，想起鲁迅的画像，也会哑然失笑。这时候，鲁迅画像的模特儿是谁，反而不重要了。

不可否认，鲁迅对这类"伪雅士"显得特别不宽容，这也是为今天的"雅士"特别不能容忍的。其实鲁迅的理由很简单：他们都是"聪明的士大夫"，其最大本领与最大作用就在于"会从血泊里寻出闲适来"。这也是一针见血之论。鲁迅说，要做到这一点，需要两手："一，是对于世事要'浮光掠影'，随时忘却，不甚了然，仿佛有些关心，却又并不恳切；二，是对于现实要'蔽聪塞明'，麻木冷静，不受感触，先由努力，后成自然"，说穿了就是"彼此说谎，自欺欺人"，"到后来，忘却了真，相信了谎。也就心安理得，天趣盎然了起来"。[59]
这样的"瞒"和"骗"，就越过了鲁迅的底线，"真"和"假"
是他衡文评人的一个基本标准，他一生都在追求"真实"
与"真相"。

三、鲁迅与施蛰存关于"《庄子》与《文选》"之争

1. 为什么揪住不放？ —— 鲁迅的论战方法与态度

关于这场论争，现在有许多"再评论"，而且引起了
热烈争论，算是当下学术界的一个热门话题。我们这里
也来做一番考察，仍然坚持一开始就定下的原则：无意
充当裁判，只关注"说什么"以及"为何这么说"。具体地
说，我讨论的兴趣在：鲁迅何以以极大的精力投入这场
论争，或者说为什么对施蛰存不依不饶，始终揪住不
放？当然，还有问题的另一面：论战的另一方施蛰存为
什么也同样不依不饶地与鲁迅纠缠不休？他自然有自己
的理由，也是需要弄清楚的。但我因对施蛰存并无研
究，今天只好不谈。因此，我们的讨论实际上只进行了
一半，同学们如有兴趣，可以做另一半的研究。两方面
合起来，或许可以对这场论争有一个比较全面的认识。
但单从鲁迅这面谈也有意义，至少可以加深对鲁迅二十
世纪三十年代的文化思想的体认。

在具体讨论之前，我想讲一讲鲁迅论战方法与态度

---

59   鲁迅：《病后杂谈》，《鲁迅全集》6卷，169页，175页。

的特点。鲁迅曾说他"论时事不留面子，砭痼弊常取类型"，[60]因此，瞿秋白说，在鲁迅的杂文里，他的论争对象的名字，是可以当作普通名词来读的，因为他们不是作为个人，而是作为一种社会类型出现在鲁迅笔下的。其实在与施蛰存论战一开始，鲁迅就已经声明，自己的文章"内中所指，是一大队遗少群的风气，并不指定着谁和谁；但也因为所指的是一群，所以被触着的当然也不会少"；[61]后来他就说得更加明白："问题是不专在个人的，这是时代思潮的一部。"[62]因此，鲁迅说他没有私仇，只有公敌。就私人关系而言，有学者已有考证，鲁迅与施蛰存是有过一段相当良好的文字交往的，鲁迅曾是施蛰存主编的《现代》杂志的重要作者，《为了忘却的记念》就发表在《现代》上，施蛰存是冒了一定风险的。这都说明，鲁迅与施蛰存的论争，绝非个人的意气之争，他是针对着一种社会思潮，而且在他看来是非争不可的。

这就说到了鲁迅的另一个特点。许多人都以为鲁迅好争论，其实，鲁迅在更多的时候、更多的情况下，是沉默而不争论的。他有一些底线，一些不能让步的原则；只要不触及底线，他不会轻易主动出击，但一旦触及底线，事关原则，他就非出来应战不可，而且战而不

60　鲁迅：《〈伪自由书〉前记》，《鲁迅全集》5卷，4页。

61　鲁迅：《"感旧"以后（上）》，《鲁迅全集》5卷，346页。

62　鲁迅：《扑空》，《鲁迅全集》5卷，367页。

止。或者说，在他的思想、情感上，对一些思想文化现象，有着特殊的敏感，只要触及这些敏感点，他就会作出在一般人看来似乎是不可理解的激烈反应。——在我看来，施蛰存的言行就触及了鲁迅的敏感点，触及了在鲁迅看来是不可让步的原则问题。据我的考察，大概有五六个问题。

2."以'古雅'立足于天地"？
　　—— 维新运动与新文化运动传统的背离

　　我们先来看引发争论的鲁迅的那篇《重三感旧——一九三三年忆光绪朝末》。他先是赞美光绪末年的"老新党"，他们都是三四十岁的中年人，却硬着舌头，怪声怪气朗读外文，因为他们认准一个目的，就是要向外国学习，以"求富强之术"，"所以他们认真，热心"。然后，鲁迅笔锋一转，谈到了一九三三年中国的"别一种现象"——"有些新青年，境遇正和'老新党'相反，八股毒是丝毫没有染过的，出身又是学校，也并非国学的专家，但是，学起篆字来了，填起词来了，劝人看《庄子》《文选》了，信封也有自刻的印版了，新诗也写成方块了，除掉做新诗的嗜好之外，简直就如光绪初年的雅人一样，所不同者，缺少了辫子和有时穿穿洋服而已。"鲁迅由此发出感慨："新式青年的躯壳里，大可以埋伏下'桐城谬种'或'选学妖孽'的喽罗"，"排满久已成功，五四早经过去"，"现在是我们又有了新的企图，要以'古雅'立足于天地之间了"。[63]

这里，实际上提出两个问题。

首先是一个晚清维新运动与"五四"新文化运动的传统的失落与背离的问题。鲁迅这一代人，无疑有一个晚清与"五四"情结，也可以说，这是他们不可让步的一个底线。但这样的触线却频频发生。早在一九二九年，鲁迅就写过文章，为"革命军马前卒"邹容这样的"先烈"竟被视为"落伍者"而感慨不已："后烈实在前进得快，二十五年前的事，就已经茫然了。"[64]鲁迅在一九三三年发出上述"感旧"之声，就是这样的忧虑的延续。直到一九三五年鲁迅在《病后杂谈之余》里，还在回忆晚清的排满以及围绕"剪辫子"引起的风波，并特别谈到了张勋复辟。至于"五四"传统，鲁迅更是念念在兹，不但在《重三感旧》里感叹"'五四'早经过去"，在同年底给友人的信中更是作出了"五四失精神"的判断。[65]

对于这一代人来说，从晚清开始，到"五四"，发展得更为完备的思想文化原则主要有两条：一是坚持对中国封建传统的批判，二是坚持最大限度地接受外来文化。我曾经说过，不管以后鲁迅与胡适发生怎样的分歧，但在这两个基本点上他们始终保持一致，胡适至死

63　鲁迅：《重三感旧——一九三三年忆光绪朝末》，《鲁迅全集》5卷，342—343页。

64　鲁迅：《"革命军马前卒"和"落伍者"》，《鲁迅全集》4卷，131—132页。

65　鲁迅1933年12月27日致台静农书，《鲁迅全集》12卷，309页。

都认为鲁迅是他的同志，是有道理的：这是一代人的共同选择。[66]因此，他们对违背这样原则的思想文化倾向总是保持高度的警惕，有着后人不容易理解的特殊的敏感。

就以鲁迅在《重三感旧》里所提到的学写篆字、填词、劝人看《庄子》与《文选》而言，如果作为个人的孤立的行为来看，似乎并无问题，但鲁迅却把它们联系起来，看作是一个社会、思想文化现象，敏锐地发现了一种到中国传统中去寻找雅趣的倾向，于是，一九三三年的一些中国人，"简直就如光绪初年的雅人一样"了。在鲁迅看来，这是"故鬼重来"（这本是周作人的概念，他曾写过题为《重来》的文章，但现在他也落入"重来"的陷阱，这也是鲁迅非常痛心的）。这是具有严重的意义的，因为它显示了"新的企图"，"要以'古雅'立足于天地之间"。

这就涉及一个非常大的问题，即中国何以"立足于天地之间"。鲁迅在"五四"时期曾发表过一篇文章，说他有一个"大恐惧"，就是在世界的生存竞争中，"中国人要从'世界人'中挤出"。这大概也是一代人的恐惧，由此而达到一种共识：中国必须对外打破自我封闭，广泛吸收世界文明成果，对内实行自我变革，创造"进步的智识，道德，品格，思想"，才能"在现今的世界上"

---

66 参看拙作：《与鲁迅相遇》，208页。

立足，和各国"协同生长，挣一地位"。[67]而现在，提出"以'古雅'立足于天地"，实际上就是对晚清的"老新党"与"五四"新文化人所坚持的这条开放、变革、图强之路的历史的否定，而要重新回到固守传统、拒绝变革的老路上来。在鲁迅看来，这是行不通的，只会造成新的民族危机，因此冷冷地说了一句："假使真能立足，那倒是给'生存竞争'添一条新例的"，这冷峻中的沉重，是不难体会的。

你们看，鲁迅就是从"劝人看《庄子》《文选》"这类看起来很小的事情上，看出了令人忧虑与警惕的倾向，并揭示了其背后的大问题：这是很能显示鲁迅"即小见大"的思维方式的。[68]正因为看出的是大问题，自然就必要据理力争，而且揪住不放，持续地关注下去。我们在前面所分析的鲁迅写于一九三五年的《病后杂谈》中对"雅士"的剖析，一九三四年鲁迅还写过一篇《论俗人应避雅人》（收《且介亭杂文》），其实都是这里所提出的"雅人"化倾向的一个深入思考与发展。也正因为着眼于大问题，就不会纠缠于个人，其实，鲁迅在《重三感旧》里提到"劝人看《庄子》《文选》"是将其看作是一种社会现象，而并非针对施蛰存个人的。后来，施

67　鲁迅：《随感录·三十六》，《鲁迅全集》1卷，307页。

68　《即小见大》是鲁迅1922年的一篇文章的题目，文见《鲁迅全集》1卷，429页。这篇文章也是从一件小事——北大讲义风潮后开除了一个学生，看到了"为群众牺牲的人，最后反被群众吃掉"的大事。可参看拙作《与鲁迅相遇》，196—197页。

蛰存主动应战，鲁迅就将其视为"社会典型"而揪住不放了。

3."新式青年躯壳"里的旧"妖孽"

对于鲁迅来说，问题的严重性还在于这些一九三三年的"雅人"都是"八股毒是丝毫没有染过的，出身又是学校"的"新青年"。鲁迅曾说，"最初，文学革命者的要求是人性的解放，他们以为只要扫荡了旧的成法，剩下来的便是原来的人，好的社会了"，[69]他们不无天真地期待，老一代死了，新一代起来，中国就会变。但无情的现实，却是老一代不肯轻易退出历史舞台，而新的一代中却有人迷恋骸骨，"新瓶也可以装旧酒"，"新式青年的躯壳里，大可以埋伏下'桐城谬种'或'选学妖孽'的喽罗"。一代人的幻想就这样破灭了，由此形成了一个特殊的敏感点。一九二三年，当有北大学生对盲诗人爱罗先珂"体质上的残废加以快意的轻薄嘲弄"时，鲁迅立即作文特地负责地声明："我敢将唾沫吐在生长在旧的道德和新的不道德里，借了新艺术的名而发挥其本来的旧的不道德的少年的脸上！"[70]态度之激烈让很多人感到不解，道理其实很简单：鲁迅从新青年身上看到了旧道德的复活。以后，鲁迅又与高长虹等发生激烈冲突，其中

69　鲁迅：《〈草鞋脚〉小引》，《鲁迅全集》6卷，20页。

70　鲁迅：《看了魏建功君的〈不敢盲从〉以后的几句声明》，《鲁迅全集》8卷，142—143页。

一个重要原因就是他发现"他们貌作新思想，其实都是暴君酷吏，侦探小人"。[71]可以说，年轻一代身上发生的复古、复旧倾向，总要引起鲁迅格外强烈的情感反应。愤激的背后其实是隐藏着深深的悲哀的。

4."五四""老战士"也加入了复古队伍

鲁迅还承受着更大的悲哀：他当年的"战友"也加入了这复古的队伍，而年轻人迷恋其中，正是他们的影响的结果。因此，鲁迅在写了应战施蛰存的文章《"感旧"以后》"上"篇以后，又写了"下"篇，以刘半农写诗嘲笑写错字的中学生为例，指出："'五四'运动时候，提倡白话的人们，写错几个字，用错几个古典，是不以为奇的"，"当时的白话运动是胜利了，有些战士，还因此爬了上去，但也因为爬了上去，就不但不再为白话战斗，并且将它踏在脚下，拿出古字来嘲笑后进的青年了"。[72]鲁迅心里很明白，他的论战对象，不仅有施蛰存这样的"五四"新青年，更有"五四"老战士，他的忧愤的格外深广，就在于此。

5.如何引导青年："撄人心"还是"与实人生离开"

鲁迅的《重三感旧》发表后，施蛰存写了《〈庄子〉与〈文选〉》，由此展开了鲁迅与施蛰存之间的短

71　鲁迅1927年1月11日致许广平书，《鲁迅全集》12卷，11页。

72　鲁迅："'感旧'以后（下）"，《鲁迅全集》5卷，352页。

兵相接的论战。施蛰存在他的文章里，强调他向青年推荐《庄子》与《文选》是因为"近数年来，我的生活，从国文教师转到编杂志，与青年人的文章接触的机会实在太多了。我总感觉到这些青年的文章太拙直，字汇太少"，"我以为从这两部书中可以参悟一点做文章的方法，同时也可以扩大一点字汇"。而鲁迅则回应说："做了考官，以词取士，施先生是不以为然的，但一做教员和编辑，却以《庄子》与《文选》劝青年，我真不懂这中间有怎样的分界。"[73]这里，又提出了两个问题。

如施蛰存所强调，一般人大概也会这么看：写篆字，填词，以及读《庄子》《文选》，都是"个人的事情"，鲁迅为此而大做文章，似乎有些"小题大做"。但鲁迅却坚持认为小题背后有大问题，非论辩清楚不可。除了前面已经谈到的"以'古雅'立足天地"之外，现在又有了一个新问题。鲁迅指出，如果施蛰存仅仅是个人喜爱读《庄子》与《文选》，他是不会说一句话的；但现在却要"劝青年读"，这就有了一个"如何引导青年"的问题。这就不是小事，正是鲁迅所要揪住不放的。

这使我们很自然地联想起，也是引起了很大争议的"青年必读书"事件，在某种意义上，这次《庄子》与《文选》"的论争，确实可以看作是一九二五年论争的一个延续。"青年必读书"所要争辩的，其实并不是许多

---

73 施蛰存：《〈庄子〉与〈文选〉》，鲁迅《"感旧"以后(上)》，《鲁迅全集》5卷，347—349页。

今人所说的"如何评价中国传统文化"的问题，而是"现在青年最要紧的是什么"的问题。鲁迅说得很清楚："我看中国书时，总觉得就沉静下去，与实人生离开；读外国书——但除了印度——时，往往就与人生接触，想做点事"，而"现在的青年最要紧的是'行'，不是'言'"，是要做"活人"而不是当"僵尸"，因此，他才提出"要少——或者竟不——看中国书，多看外国书"。[74]鲁迅所坚持的评价标准，就是我们在讨论陶渊明评价问题时所提到的"撄人心"。引导青年读书的目的是要"撄人心"，搅动青年的灵魂，促使他们"与人生接触"，还是"不撄人心"，不触动灵魂，使青年变得平和、"沉静"，"与实人生离开"，这是从二十世纪二十年代到三十年代一直争论的问题。在鲁迅看来，施蛰存劝青年读《庄子》《文选》，其实质就是"不撄人心"，劝青年走传统的脱离人生的"沉静"之路。

6. 坚持白话文传统，反对"古书里寻活字汇"

而且施蛰存还有新的理由与企图：要引导青年到"古书里寻活字汇"，[75]据说是现在年轻人学习白话，文章太"直拙"，字汇太贫乏了，必须到古书里寻出路。攻击白话文，提倡文言文传统：这又是一个从二十年代延续下来、于今尤烈的新潮流。那些"五四"老战士、今日

74　鲁迅：《青年必读书》，《鲁迅全集》3卷，12页。

75　参看鲁迅：《古书里寻活字汇》，《鲁迅全集》5卷，395—596页。

大教授不是已经"用古书古字来笑人，有些青年便又以看古书为必不可省的工夫"了吗？[76]坚持白话文传统，这又是鲁迅的一个底线，他时时提醒新文学者："文言的保护者"总是要寻找各种机会，打着各种旗号来"攻击他当面的大敌——白话"，这是"（必）须注意的。要不然，我们就会自己缴了自己的械"。[77]因此，他对引导青年"到古书寻活字汇"的意图保持高度警惕，是很自然的。

7. 指责、引导背后的知识权力关系

引起鲁迅警觉的，还有指责者、引导者与被指责者、被引导者的关系。于是就有了这样的观察与描述："北京大学招考"的"阅卷官"，"从国文卷子上发见了一个可笑的错字，就来做诗，那些人被挖苦得真是要钻地洞，那些刚毕业的中学生"，"自然，他是教授，凡所指摘，都不至于不对的"。[78]他也这样质疑施蛰存："我不知道施先生做国文教员的时候，对于学生的作文，是否以富有《庄子》文法与《文选》字汇者为佳文，转为编辑之后，也以这样的作品为上选？假使如此，则倘作'考官'，我看是要以《庄子》与《文选》取士的。"[79]

鲁迅所发现并定要揭示的，正是指责、引导背后的

76　鲁迅：《"感旧"以后（下）》，《鲁迅全集》5卷，352页。

77　鲁迅：《答曹聚仁先生信》，《鲁迅全集》6卷，80页。

78　鲁迅：《"感旧"以后（下）》，《鲁迅全集》5卷，11页。

79　鲁迅：《答"兼示"》，《鲁迅全集》5卷，376—377页。

知识权力关系，这才是要害，是一个更带根本性的大问题。而鲁迅是毫不犹豫地站在处于弱势地位的青年学生这边的。他问道："现在有两个人在这里：一个是中学生，文中写'留学生'为'流学生'，错了一个字；一个是大学教授，就得意扬扬的做了一首诗，曰：'先生犯了弥天罪，罚往西洋把学流，应是九流加一等，面筋熬尽一锅油。'我们看罢，可笑是在那一面呢？"[80]这又使我们联想起鲁迅在女师大风潮中说过的话：那些霸占学校的绅士们"用了公理正义的美名，正人君子的徽号，温良敦厚的假脸"，"使无刀无笔的弱者不得喘息"，现在"我觉悟了"，就"要常用"手中的笔，为"无叫唤"的青年说话。[81]鲁迅终生都在履行"五四"时期的诺言：自己"肩住了黑暗的闸门，放他们（青年一代）到宽阔光明的地方去"。[82]这或许是鲁迅反对"到古书寻活字汇"的更深层次的动因，这一点我们在下面再做详细讨论。

8. 如何看待庄子的"唯无是非观"的人生哲学

应该说，鲁迅这样的"即小见大"的层层逼近的追问是有极强的攻击力的，施蛰存招架不住，就直接求助于《庄子》，宣布："我不想使自己不由自主地被卷入漩涡，所以我不再说什么话了。昨晚套了一个现成偈语：

80　鲁迅：《"感旧"以后（下）》，《鲁迅全集》5 卷，352—353页。

81　鲁迅：《我还不能"带住"》，《鲁迅全集》3 卷，260页。

82　鲁迅：《我们现在怎样做父亲》，《鲁迅全集》1卷，135页。

此亦一是非/彼亦一是非/唯无是非观/庶几免是非。"[83]

但这又涉及一个更大的问题，引出了更深层次的论战，即如何看待庄子的"唯无是非观"的人生哲学。鲁迅随即写了《难得糊涂》一文，尖锐地指出："糊涂主义，唯无是非观等等——本来是中国的高尚道德。你说他是解脱，达观罢，也未必。他其实在固执着，坚持着什么，例如道德上的正统，文学上的正宗之类"，而鲁迅特意要揭示的，是施蛰存这样的文人所固守与宣扬的人生态度：他们"对于人生的倦怠并不糊涂！活的生活已经那么'穷乏'，要请青年在'佛家报应之说'，在《文选》，《庄子》，《论语》，《孟子》里去求得修养"；"可恨的是人生那么骚扰忙乱，使一些人'不得其地以审'，想要逃进字和词里去，以求'庶免是非'，然而又不可得"。[84]——这里仍然可以依稀看见周作人等人的影子。鲁迅很清楚：他所面对的，不仅是"五四"新青年，更是"五四"老战士。这场论战对鲁迅的严重意义也正在于此，他的心情绝不会轻松。

但鲁迅却由此引发了对庄子哲学在二十世纪三十年代中国思想文化界影响的关注与兴趣。他抓住"糊涂主义，唯无是非观"做了许多"文章"。特别是一九三五年，鲁迅连续写了七论"文人相轻"，其中心就是批判

83　施蛰存：《致黎烈文先生书——兼示丰之余先生》，文收《鲁迅全集》5卷，380页。

84　鲁迅：《难得糊涂》，《鲁迅全集》5卷，392—393页。

"彼亦一是非，此亦一是非"的庄子哲学的现代版，用鲁迅的话来说，就是要抓住"近来的庄子道友"[85]不放。当然，已经有了新的"靶子"，如林语堂、沈从文等，但鲁迅似乎没有忘记施蛰存，在一论里，就是这样引入论题的："我们如果到《文选》里找词汇"，"我们如果到《庄子》里去找词汇"云云，[86]因此，在七论里，我们依然可以依稀看到对施蛰存的回应。这里不妨抄引几段：

> 一有文人，就有纠纷，但到后来，谁是谁非，孰存孰亡，都无不明明白白。[87]

> 假使被今年新出的"文人相轻"这一个模模胡胡的恶名所吓昏，对于充风流的富儿，装古雅的恶少，销淫书的瘪三，无不"彼亦一是非，此亦一是非"，一律拱手低眉，不敢说或不屑说，那么，这是怎样的批评家或文人呢？——他先就非被'轻'不可的！[88]

> 春天的论客以"文人相轻"混淆黑白，秋天的论客以"凡骂人的与被骂的一古脑儿变成丑角"抹杀是非。至于文人，则不但要以热烈的憎，向"异己"者进攻，还得以热烈的憎向"死的说教者"抗战。在现

85　鲁迅：《三论"文人相轻"》，《鲁迅全集》6卷，385页。

86　鲁迅：《"文人相轻"》，《鲁迅全集》6卷，308页。

87　鲁迅：《再论"文人相轻"》，《鲁迅全集》6卷，348页。

88　鲁迅：《"文人相轻"》，《鲁迅全集》6卷，308页。

在这"可怜"的时代，能杀才能生，能憎才能爱，能生与爱，才能文。[89]

尽管施蛰存试图把《自由谈》上的"几次文字论争"（大概也包括他与鲁迅的论争）说成是"闹意气"，[90]当时及以后以至今日的"批评家"也总是以各种理由否认论争的意义，抹杀是非，鲁迅却是旗帜鲜明地将这类论争看作是严肃的是非之争，并毫不隐讳自己爱憎分明的立场。一九三五年鲁迅还写了一篇"故事新编"《起死》，对庄子开了一个不大不小的玩笑，让他的相对主义哲学"赤条条"地当众出丑，最后只得狂吹警笛，求助于他的真正崇拜者刑警局长和巡士，并在后者的保护下落荒而逃：这都是有象征性的，而且用的是杂文笔法。

当然，鲁迅对庄子也并非一味调侃，人们早就注意到鲁迅在他的学术著作《汉文学史纲要》里对庄子的评价：

著书十余万言，大抵寓言，人物土地，皆空言无事实，而其文则汪洋辟阖，仪态万方，晚周诸子之作，莫能先也。[91]

89　鲁迅：《七论"文人相轻"——两伤》，《鲁迅全集》6卷，419页。

90　施蛰存：《致黎烈文先生书——兼示丰之余先生》，文收《鲁迅全集》5卷，380页。

91　鲁迅：《汉文学史纲要》，《鲁迅全集》9卷，375页。

鲁迅所赞赏的"汪洋辟阖，仪态万方"，可能不只是指文辞，更是指其精神天地的自由驰骋与天马行空的想象力。庄子的本体性思考，是拘于现实的儒家所缺少的，却是鲁迅所特别看重的。

但鲁迅同时又指出：

> 自史迁以来，均谓周之要本，归于老子之言。然老子尚欲言有无，别修短，知白黑，而措意于天下；周则欲并有无修短白黑而一之，以大归于"混沌"，其"不谴是非"，"外死生"，"无始终"，胥此意也。中国出世之说，至此乃始圆备。[92]

这是一个必须正视的事实：庄子哲学在中国现实生活中实际发生作用的，是他的"出世之说"，他的"糊涂主义，无是非观"，甚至发展成一种滑头哲学、混世哲学，成为"沉滓泛起"的三十年代的时髦，这正是鲁迅所要批判的。把批判矛头直指庄子，如他自己所说，是要"刨祖坟"。

9."自己正苦于背了这古老的鬼魂"：鲁迅的隐痛

这同时也是一个自我清理：这样的批判的"内转性"是人们所忽视、所难以理解的。早在引起轩然大波的"青年必读书"事件中，鲁迅就十分恳切地说过："我觉

92　鲁迅：《汉文学史纲要》，《鲁迅全集》9卷，377页。

得古人写在书上的可恶思想，我的心里也常有"，"我常常诅咒我的这思想，也希望不再见于后来的青年。去年我主张青年少读，或者简直不读中国书，乃是用许多苦痛换来的真话，决不是聊且快意，或什么玩笑，愤激之言"。他这样谈到内心的苦闷："自己却正苦于背了这些古老的鬼魂，摆脱不开，时常感到一种使人气闷的沉重"，并且指明这"摆脱不开"的"古老的鬼魂"里就有庄子思想："就是思想上，也何尝不中些庄周韩非的毒，时而很随便，时而很峻急。"[93]

　　我曾经将鲁迅与胡适对中国传统文化的批判做过这样的比较："对胡适来说，这是一个从西方盗来打鬼武器的文化英雄与传统文化中的鬼魂的一场打斗"，"而在鲁迅，他首先感受的是自己生命中的鬼气和毒气"，"所谓'打鬼运动'不仅是学理上的争论、批判，更是灵魂的搏斗，生命的搏斗"。[94]我们前面讲到鲁迅"五四"时期的承诺："自己背着因袭的重担，肩住了黑暗的闸门，放他们（青年）到宽阔光明的地方去"，这里的"黑暗"就包括自己内心的黑暗，即所谓"因袭的重担"，其中一个重要方面，就是庄子的"毒"。不难想象，当鲁迅看到在某些知识分子名流的影响下，三十年代的一些青年也同样中了庄子的毒，他的内心的痛苦，以至恐惧。他之所

93　鲁迅：《写在〈坟〉后面》，《鲁迅全集》1卷，302页，301页。

94　参看拙作：《与鲁迅相遇》，209—210页，生活·读书·新知三联书店，2003年。

以要奋起反驳施蛰存鼓吹到《庄子》那里求修养之道、寻字汇的主张，是包含了"诅咒我的这思想，也希望不再见于后来的青年"的苦心与自我灵魂的挣扎的。而施蛰存在论战中却以"没有经过古文学的修养，鲁迅先生的新文章决不会写到现在那样好"为例，来说明读古文、读《庄子》的必要，[95]这无异于在灵魂的伤痕上撒盐，鲁迅的反击特别激烈，这恐怕是更内在的原因，是需要我们细心体味的。

鲁迅在论战中还说了一句话，也颇耐人寻味："他竟毫不提主张看《庄子》与《文选》的较坚实的理由，毫不指出我那《感旧》与《感旧以后》（上）两篇中间的错误。"[96]这表明，鲁迅实际上是在期待着一个真正的论战对手，一个能够与自己进行认真的有"坚实的理由"的论争，并且能够指出自己真正的错误（鲁迅从来不回避自己的错误：就在这次论战中，当鲁迅发现自己在引述材料时发生了记忆的错误时，就立刻撰文公开订正[97]），击中要害的对手，他期待在这样的论争中自己的思想得到新的激发与升华。这几乎可以说是鲁迅的终生期待，但也是鲁迅的终生遗憾：他始终没有遇到这样的对手。——鲁迅生前与身后，时至今日，都有无数的批评者，但似乎都不是鲁迅期待的那样的对手。在我看

95 施蛰存：《〈庄子〉与〈文选〉》，文收《鲁迅全集》5卷，349页。

96 鲁迅：《扑空》，《鲁迅全集》5卷，369页。

97 参看鲁迅：《〈扑空〉正误》，《鲁迅全集》5卷，371页。

来，这不仅是鲁迅的悲哀，更是中国现代文化的悲哀：不妨设想，如果鲁迅有了一个真正的对手，在相互思想的撞击中，鲁迅的思想将会得到怎样有力的发展，现代思想文化将会有怎样的收获！这大概是一个永远的历史遗憾了。

10. "洋场恶少"：一个新的社会典型

鲁迅感到，他遇到的是什么样的对手呢？在《扑空》一文中有这样的描述："施先生又并不愿意'论争'，他以为两个人作战，正如弧光灯下的拳击手，无非给看客好玩。这是很聪明的见解，我赞成这一肢一节。不过更聪明的是施先生其实并非真没有动手，他在未说退唱白之前，早已挥了几拳了"，例如暗示"劝青年看新书的，并非为了青年，倒是为自己要多获些群众"，"我（鲁迅）之反对推荐《庄子》与《文选》，是因为恨他没有推荐《华盖集》正续编与《伪自由书》的缘故"，等等，"挥了之后，飘然远引，倒是最超脱的拳法"。鲁迅由此而作出了一个概括：

> 只有无端的诬赖，自己的猜测，撒娇，装傻。几部古书的名目一撕下，"遗少"的肢节也就跟着渺渺茫茫，到底是现出本相：明明白白的变了"洋场恶少"了。[98]

98　鲁迅：《扑空》，《鲁迅全集》5卷，366页，368页，369页。

这是一个思想的飞跃：鲁迅最善于在论战中提升自己的思想，如果在论战一开始，鲁迅还把对手仅仅看作是一个封建社会的"遗少"，现在却发现了一个新的社会典型："洋场恶少"。这是一个具有重要思想文化意义的发现：它是从与施蛰存的论战中概括出来的；但概括一旦作出，就超越了个人的具体性，而具有一种普遍性，施蛰存个人如何，反而不重要了。

鲁迅在《五论"文人相轻"——明术》里，曾这样谈到这类"制出一个简括的诨名"的概括方法的力量与作用："这正如传神的写意画，并不细画须眉，并不写上名字，不过寥寥几笔，而神情毕肖"，"名号一出，就是你跑到天涯海角，它也要跟着你走，怎么摆也摆不脱"。鲁迅说，要作出这样的概括，"却很要明确的判断力和表现的才能的"，要流传就更不容易。他颇为自得地说，"五四"时期有"桐城谬种"与"选学妖孽"，"到现在，和这八个字可以匹敌的，或者只好推'洋场恶少'和'革命小贩'了罢"，"前一联出于古之'京'，后一联出于今之'海'"。[99] 这至少说明鲁迅自己是颇为看重"洋场恶少"这一"诨名"的。

11. 庄子哲学的流氓化与市侩化：应该警惕的思想文化现象

而我们感兴趣的，是鲁迅关于"洋场恶少"出于"今之海"的论断，它揭示了这一社会典型的时代和地域的背

99　鲁迅：《五论"文人相轻"——明术》，《鲁迅全集》6卷，394—396页。

景与特色。

这里我要向大家推荐一篇鲁迅在一九三一年做的重要演讲《上海文艺之一瞥》，他对晚清以来所形成的上海"洋场文化"做了一番历史的考察，并将其概括为"才子+流氓"的文化。"才子"自然是从中国传统发展而来，"流氓"则是上海洋场的新英雄。"无论古今，凡是没有一定的理论，或主张的变化并无线索可寻，而随时拿了各种各派的理论来作武器的人，都可以称之为流氓。例如上海的流氓，看见一男一女的乡下人在走路，他就说，'喂，你们这样子，有伤风化，你们犯了法了！'他用的是中国法。倘看见一个乡下人在路旁小便呢，他就说，'喂，这是不准的，你犯了法，该捉到捕房去！'这时所用的又是外国法。但结果是无所谓法不法，只要被他敲去了几个钱就都完事"。[100]这其实也是"此亦一是非，彼亦一是非"，不讲是非，只讲是否有用，能否敲到几个钱，满足自己的私利。

而兼用"中国法"与"外国法"，则是上海租界社会的产物。洋人殖民者与高等华人本国统治者的联合统治，就形成了双重文化性格，中国封建传统与西方殖民文化、商业文化的杂糅。这也正是"洋场恶少"的双重性：一方面，他还是"遗少"，是传统的护法人；另一方面，则又沾上了洋场的流氓气，这也是三十年代上海文坛

---

100 参看鲁迅：《上海文艺之一瞥》，《鲁迅全集》4卷，300页，304—305页。

论争中庄子的徒孙们的显著特征。鲁迅在《五论"文人相轻"——明术》里，有过很生动的描述与揭露："自己先躺在垃圾里，然后来拖敌人，就是'我是畜生，但是我叫你爹爹，你既是畜生的爹爹，可见你也是畜生了'的法子"；"某乙的缺点倘被某甲所指摘，他就说这些事情正是某甲所具备，而且自己也正从某甲那里学了来的"；"一面把不利于自己的批评，统统谓之'谩骂'，一面又竭力宣扬自己的好处，准备跨过别人"；"已经把别人评得一钱不值了，临末却又很谦虚的声明自己并非批评家，凡有所说，也许全等于放屁"，[101]等等，总之，把一切搅浑，仿佛真的就没有了是非，自己也就可以借机混淆是非、颠倒黑白了。

庄子的"糊涂主义，唯无是非观"的哲学在二十世纪三十年代的上海洋场的流氓化、市侩化，是一个非常值得注意的思想文化现象。而且它似乎又在新世纪初的中国复活，以致随处可见鲁迅笔下的"才子+流氓"的"洋场恶少"，鲁迅大概没有想到，他所描述的是这样一个具有如此长久生命力的不朽的社会典型。但这也正是这场"《庄子》与《文选》"论争的主要收获。

---

101 鲁迅：《五论"文人相轻"——明术》，《鲁迅全集》6卷，393—394页。

四、由《四库全书》"珍本之争"引发的对清代学术、出版的反思

1. 珍本之争

这似乎只是一个由《四库全书》的重刊引起的版本之争。一九三三年六月，国民党政府令当时中央图书馆筹备处和商务印书馆订立合同，影印北京故宫博物院的文渊阁本《四库全书》未刊本。北京图书馆馆长袁同礼和善本部主任赵万里主张以善本代库本，并得到了蔡元培、傅增湘、陈垣、刘复等学人的支持，由此引起激烈争论。

鲁迅也写了一篇《四库全书珍本》的文章，对这场他所说的"珍本之争"做了这样的概括："官商要照原式，及早印成，学界却以为库本有删改，有错误，如果有别本可得，就应该用别的'善本'来替代。"鲁迅同时预言："学界的主张，是不会通过的，结果总非依照《钦定四库全书》不可"，理由自然是：一"要赶快"，二是"'钦定'二字，至今也还一有点威光"。"在中国，恐怕生意也还是'珍本'好。因为这可以做摆饰，而'善本'却不过能合于实用"，而"能买这样的书的，决非穷措大也可想，则买去之后，必将供在客厅上也亦可知"，"他的目的是在'珍'而并不在'善'，更不在是否能合于实用的"。——鲁迅算是把中国社会官本位与商本位的本质看透了。这场争论的结局果然如鲁迅预料的那样，由于

当时国民党政府教育部长和商务印书馆编译所的坚持，一九三四年到一九三五年按库本刊行了《四库全书珍本初集》，选书二百三十一种。

2. 追问清朝统治者的文化政策

但鲁迅却不肯罢休，他要追问，在这"库本"与"善本"的"版本之争"背后的问题，其所隐含的更深刻的分歧。他指出"库本"的根本问题在"有故意的删改"，如果以"库本"为依据的"新本流布"，就可能"使善本湮没"，从而造成历史真相的某些遮蔽。[102] 显然版本的背后是一个对历史的态度问题。

由此产生的问题是：清朝统治者为什么要编印《四库全书》，为什么要对其进行删改？鲁迅因此转向对清朝统治者的文化政策的追问：

> 清的康熙，雍正和乾隆三个，尤其是后两个皇帝，对于"文艺政策"或说得较大一点的"文化统制"，却真尽了很大的努力的。文字狱不过是消极的一方面，积极的一面，则如钦定四库全书，于汉人的著作，无不加以取舍，所取的书，凡有涉及金元之处者，又大抵加以修改，作为定本。此外，对于"七经"，"二十四史"，《通鉴》，文士的诗文，和尚的语录，也都不肯放过，不是鉴定，便是评

---

102 鲁迅：《四库全书珍本》，《鲁迅全集》5卷，283—284页。

选，文苑中实在没有不被蹂躏的处所了。而且他们是深通汉文的异族的君主，以胜者的看法，来批评被征服的汉族的文化和人情，也鄙夷，但也恐惧，有苛论，但也有确评，文字狱只是由此而来的辣手的一种，那成果，由满洲这方面言，是的确不能说它没有效的。[103]

值得注意的是，鲁迅这段文字在发表时，"文艺政策""文化统制"二词都被删去，显然是触犯了三十年代国民党统治的禁忌——"文化统制"这一词本也来自官方，一九三四年八月出版的国民党官办刊物《前途》就出了"文化统制"专号。这也反过来证明，鲁迅对清朝统治的文化政策的揭露，也确实是有现实指向的。

3. 删去什么，竭力遮蔽什么

那么，清朝皇帝所要删去，竭力隐蔽的，究竟是什么呢？

鲁迅在《病后杂谈之余》里，据新出版的《四部丛刊续编》，将洪迈的《容斋随笔》里被清代刻本删削的《北狄俘虏之苦》一则重新摘出以示众：

自靖康之后，陷于金虏者，帝子王孙，宦门仕族之家，尽没为奴婢，使供作务。每人一月支稗子

---

103 鲁迅：《买〈小学大全〉记》，《鲁迅全集》6卷，59页。

五斗，令自为米，得一牛八升，用为饖粮；岁支麻五把，令绩为裘。此外更无一钱一帛之入。男子不能绩者，则终岁裸体。虏或哀之，则使执爨，虽时负火得暖气，然才出外取柴归，再坐火边，皮肉即脱落，不日辄死。

鲁迅由此而看出："清朝不惟自掩其凶残，还要替金人来掩饰他们的凶残"，"他们不过是一扫宋朝的主奴之分，一律都作为奴隶，而自己则是主子"。

鲁迅还将《四部丛刊续编》所作的宋晁说之《嵩山文集》的《负薪对》一篇的旧抄本与四库本的对勘一一抄引，并称："即此数条，已可见'贼''虏''犬羊'是讳的；说金人的淫掠是讳的；'夷狄'当然要讳，但也不许看见'中国'两个字，因为这是和'夷狄'对立的字眼，很容易引起种族思想来的。"

这是一种遮蔽：对压迫、奴役、残害人的"吃人"的血腥的遮蔽。

还有一种遮蔽，就是鲁迅所指出的，"乾隆朝的纂修《四库全书》，是许多人颂为一代之盛业的，但他们却不但捣乱了古书的格式，还修改了古人的文章；不但藏之内廷，还颁之文风较盛之处，使天下士子阅读，永不会觉得我们中国的作者里面，也曾经有过很有些骨气的人"。[104]

---

104 鲁迅：《病后杂谈之余》，《鲁迅全集》6卷，188—189页，191页。

这正是鲁迅最为忧虑的。他早就注意到这样的现象："我们从古以来，就有埋头苦干的人，有拼命硬干的人，有为民请命的人，有舍身求法的人"，"这就是中国的脊梁"，"这一类的人们，就是现在也何尝少呢？"但却"总在被摧残，被抹杀，消灭于黑暗中"。[105]鲁迅还专门和朋友讨论为什么"别国的硬汉比中国多"。在他看来，除了"别国的淫刑不及中国的缘故"，主要是因为欧洲基督教徒中受迫害而至死不屈者"史上在姓名之前就冠一'圣'字了"，因此得以世代相传，而"中国青年之至死不屈者，亦常有之，但皆秘不发表"，遂逐渐被遮蔽与遗忘。这样，"坚卓者无不灭亡，游移者愈益堕落。长此以往，将使中国无一好人"。鲁迅因此发出感慨："倘中国而终亡，操此策者为之也。"[106]

鲁迅对统治者（当然不仅是清朝皇帝）所执行的抹杀民族脊梁的文化政策，之所以如此穷追不舍，正是出于这样深刻的民族危机感。也正是这样的穷追不舍让统治者及其帮闲、帮凶文人惶惶不安，鲁迅文中"永不会觉得我们中国的作者里面，也曾经有过很有些骨气的人"这一句在发表时被检查官删去，其虚弱竟至于此。

4. 学术与出版危机："清人纂修《四库全书》而古书亡"

鲁迅同时感到的，是同样深刻的学术与出版危机：

---

105 鲁迅：《中国人失掉自信力了吗》，《鲁迅全集》6卷，122页。
106 鲁迅1933年6月18日致曹聚仁书，《鲁迅全集》12卷，405—406页。

"清朝的考据家有人说过，'明人好刻古书而古书亡'，因为他们妄行校改。我以为这之后，则清人纂修《四库全书》而古书亡，因为他们变乱旧式，删改原文；今人标点古书而古书亡，因为他们乱点一通，佛头着粪：这是古书的水火兵虫以外的三大厄。"[107]所谓"古书亡"，是对历史记载的毁损与篡改，本质上乃是历史真实面目的掩盖与抹杀，尤其是对历史的血腥与血性的着意遮蔽。

5. 正视禁书与野史里的历史血腥

正是为了反抗这样的历史遮蔽，鲁迅提出了两个重要建议。

近来明人小品，清代禁书，市价之高，决非穷读书人所敢窥觑，但《东华录》，《御批通鉴辑览》，《上谕八旗》，《雍正朱批谕旨》……等，却好像无人过问，其低廉为别的一切大部书所不及。倘有有心人加以收集，一一钩稽，将其中的关于驾御汉人，批评文化，利用文艺之处，分别排比，辑成一书，我想，我们不但可以看见那策略的博大和恶辣，并且还能够明白我们怎样受异族主子的驯扰，以及遗传至今的奴性的由的罢。自然，这决不及赏玩性灵文字的有趣，然而借此知道一点演成了现在的所谓性灵的历史，却也十分有益的。[108]

---

107 鲁迅：《病后杂谈之余》，《鲁迅全集》6卷，191页。

108 鲁迅：《买〈小学大全〉记》，《鲁迅全集》6卷，60页。

我以为倘有购买那些纸墨白布的闲钱，还不如
选几部明人，清人或今人的野史或笔记来印印，倒
是于大家很有益处的。但是要认真，用点功夫，标
点不要错。[109]

这是表明了鲁迅的一个重要判断的。在他看来，
"正史"，特别是"钦定正史"，常常是要掩盖历史真相
的，倒是在民间记载的"野史"里，还多少保留着历史的
某些真实。在《病后杂谈》里，鲁迅就特意提到《安龙
逸史》这本被禁的野史所保留的历史的血腥：身为永
历王朝的秦王的孙可望将弹劾他的御上史李如月"剥皮
示众"，鲁迅联想起"明初，永乐皇帝剥那忠于建文帝的
（御史大夫）景清的皮"，由此而作出一个真实得令人
毛骨悚然的历史概括："大明一朝，以剥皮始，以剥皮
终"，并发表了这样一番议论：

真也无怪有些慈悲心肠人不愿意看野史，听故
事；有些事情，真也不像人世，要令人毛骨悚然，
心里受伤，永不全愈的。残酷的事实尽有，最好莫
如不闻，这才可以保全性灵，也是"是以君子远庖
厨也"的意思。比灭亡略早的晚明名家的潇洒小品
在现在的盛行，实在也不能说是无缘无故。[110]

---

109 鲁迅：《病后杂谈》，《鲁迅全集》6卷，178页。
110 鲁迅：《病后杂谈》，《鲁迅全集》6卷，172页。

鲁迅这里一再提及"性灵文学""明代小品"，都是针对周作人与林语堂的，这背后还有一次围绕"明代小品"所展开的思想交锋，与我们前面所讨论的围绕陶渊明的论争，也有内在联系。由于这场论战已经引起了学术界的注意，这里就不作讨论，或许以后再找机会来谈，这也是有许多话可说的。[111]

6. 对清代"学术热"的质疑

我们还是将讨论拉回到《四库全书》的重印问题上来。在鲁迅看来，二十世纪三十年代的"《四库全书》热"并非孤立，而是构成了一个值得注意与警惕的时代文化现象，因此，他必要追问不止。

首先提出的，是对清代"学术热"的质疑："说起清代的学术来，有几位学者总是眉飞色舞，说那发达是为前代所未有的。证据也真够十足：解经的大作，层出不

111　这里有不少有意思的话题，如对袁中郎的评价，鲁迅在《"招贴即扯"》里指出："倘要论定袁中郎，当看他趋向之大体，趋向苟正，不妨恕其偶讲空话，作小品文，因为他还有更重要的一方面在"，"中郎正是一个关心世道，佩服'方巾气'人物的人，赞《金瓶梅》，作小品文，并不是他的全部"，他因此说："中郎之不能被骂倒，正如他之不能被画歪。但因此也就不能做他的蛆虫们的永久的巢穴了"（《鲁迅全集》6卷，236页），这些话都是针对林语堂的，但与鲁迅对陶渊明的评价也有相通之处：对本人（无论是陶渊明，还是袁中郎）都是持肯定态度，批判的只是今人的歪曲，并且强调要看"全部"，而不是夸大一肢一节。周作人也写有《重刊袁中郎集序》（收《苦茶随笔》），把他的意见与鲁迅、林语堂的看法对照起来看，也很有意思。

穷，小学也非常的进步；史论家虽然绝迹了，考史家却不少；尤其是考据之学，给我们明白了宋明人决没有看懂的古书……"[112]

7. 胡适对清代学术的肯定与批评

这里所说的"几位学者"大概是包括胡适在内的。胡适早在一九二三年所写的《〈国学季刊〉发刊宣言》里就提出"清朝一代"是"古学复兴时期"，"不单因为训诂校勘的发达，还因为古书发现和翻刻之多"。[113]一九三〇年在他改题重新发表的《几个反理学的思想家》一文里，也对清代"朴学"给以很高的评价，说"'朴学'是做'实事求是'的工夫，用证据作基础，考订一切古文化。其实这是一个史学的运动，是中国古文化的新研究，可算是中国的'文艺复兴'时代"。[114]

但胡适同时也指出了清代学术的问题，主要有三：一是"研究的范围太狭窄了"，"他们脱不了'儒书一尊'的成见，故用全力治经学，而只用余力去治他书。他们又脱不了'汉儒去古未远'的成见，故迷信汉人，而排除晚代的学者"。二是"太注重功力而忽略了理解"，"这三百年之中几乎只有经师，而无思想家；只有校史者，而无史家；只要校注，而无著作"。三是"缺乏参考比较的

112　鲁迅：《算账》，《鲁迅全集》5卷，542页。
113　胡适：《〈国学季刊〉发刊宣言》，《胡适全集》2卷，3页。
114　胡适：《几个反理学的思想家》，《胡适全集》3卷，90页。

材料"。[115]直到三十年代，胡适也还在引述章学诚的意见，批评清代的学者"只有功力，而没有理解，终身做细碎的工作，而不能做贯串的思想"。[116]胡适强调："我们的意思并不要菲薄这三百年的成绩；我们只想指出他们的成绩所以不过如此的原因"，"我们借鉴于前辈学者的成功与失败，然后可以决定我们现在和将来研究国学的方针"。而胡适提出的方针是：研究"'国故学'，省称为'国学'"，就是要"整理中国一切文化历史"，不能局限于经学，应包括各家各派；"庙堂的文学固可以研究，但草野的文学也应该研究"；"'国故'包含'国粹'；但它又包含'国渣'。我们若不了解'国渣'，如何懂得'国粹'？"[117]

可以看出，胡适完全是就学术发展史自身来立论的，他的见解也确有精辟之处；特别是联系到当下有些人鼓吹"国学"，又重走清代"儒书一尊"的老路，而且根本否认"国故"中有"国粹"与"国渣"之分，更将胡适所指出的清代学术的弱点当宝贝，用片面强调"功力"来否定"理解"、思想、理论，把"国"学变成单纯的考据之学，就更感到胡适当年提出的研究"国"学的方针，今天也没有失去其价值。

115　胡适：《〈国学季刊〉发刊宣言》，《胡适全集》2卷，3—6页。

116　胡适：《几个反理学的思想家》，《胡适全集》3卷，91页。

117　胡适：《〈国学季刊〉发刊宣言》，《胡适全集》2卷，7—8页。

8. 鲁迅追问清代学术成就的代价: 不能回避的"文字狱"

　　但鲁迅却别有见解。一方面，我们看到，鲁迅尽管用了调侃的语气，说"证据也真够十足"，显然有所保留；但他对"证据"所提到的清代学术成就本身并无否定之意。蔡元培先生早就指出：鲁迅"本受清代学者的濡染"，而陈平原先生也对鲁迅中国小说史研究与"清儒家法"的关系，做了更具体的分析，指出其既受"濡染"又有"超越"[118]；其实鲁迅的《中国小说史》正是胡适在《〈国学季刊〉发刊宣言》中强调的"专史"研究的典范之作。[119]但另一方面，鲁迅更要追问的是，清代学术的这些成就是如何取得的？我们整个民族为之付出了什么代价？这正是胡适所忽视的；胡适只指出了清代"这三百年之中，几乎只有经师，而无思想家；只有校史者，而无史家"的现象，鲁迅却要追问这背后的原因。也就是说，在胡适有意无意止步之处，鲁迅却要用他锋利的匕首深入开掘下去，不能容忍任何有意无意的遮蔽；在胡适就学术谈学术，把目光局限在学术史内部的时候，鲁迅却把他的"知人论世"的研究原则坚持到底，关注到外部的学术环境，特别是制约以至决定学术发展

118　参看陈平原：《作为文学史家的鲁迅》，《鲁迅研究的历史批判》，348—355页，河北教育出版社，2000年。

119　胡适在《〈国学季刊〉发刊宣言》里提出要进行"专史式的整理"，并说治专史者必要有"精密的功力"与"高远的想像力"（《胡适全集》2卷，13、14页），而鲁迅恰好是二者兼备，胡适对鲁迅的《中国小说史》始终给以高度评价，绝非偶然。

方向与道路的社会的政治的因素，国家的文化政策，等
等。于是，同是对清代学术的观察，鲁迅就有了全新的
视角和极其锐利的发现与揭示：

> 我每遇到学者谈起清代的学术时，总不免同时
> 想："扬州十日"，"嘉定三屠"这些小事情，不提也
> 好罢，但失去全国的土地，大家十足做了二百五十
> 年的奴隶，却换得这几页光荣的学术史，这买卖，
> 究竟是赚了利，还是折了本呢？[120]

鲁迅又一针见血地指出：正是"为了文字狱，使士
子不敢治史，尤不敢言近代事"。[121]
偏于解经、小学，思想家、史家缺失，考古家却不
少，考据学大有收获等清代学术的特点、成就与不足，
显然有"文字狱"的背景。闭口不谈"文字狱"这一深刻制
约清代学术的内在机制，而大谈清代学术的繁荣，这只
能是对历史真相的一个遮蔽，历史的血腥再一次被湮没
了。这正是鲁迅最感痛心的。

9. 遮蔽历史真相是为了遮蔽现实真相

而且鲁迅还要追问：为什么要遮蔽这历史的血腥？
他发现这绝非孤立的、个别的偶然现象：

120　鲁迅：《算账》，《鲁迅全集》5卷，542页。
121　鲁迅：《买〈小学大全〉记》，《鲁迅全集》6卷，59页。

> 这中国民族的有些心，真也被征服得彻底，到
> 现在，还在用兵燹，疠疫，水旱，风蝗，换取着孔
> 庙重修，雷峰塔再建，男女同行犯忌，四库珍本发
> 行这些大门面。[122]

这都是一九三四年中国的文化"盛事"：一月，国民党山东省政府主席韩复榘提议修复孔庙。五月，由国民党政府拨款十万元，蒋介石捐款五万，"以示提倡"；同月，时轮金刚法会理事会发起重建杭州雷峰塔。七月，广州省河督配局长郑日东根据《礼记》"道路，男子由右，妇人由左"的话，呈请国民党西南政务委员会，令男女分途而走，禁止同行。同一年，《四库全书珍本初集》正式开始发行。

在鲁迅看来，这不过是"门面"，是要借此遮蔽二十世纪三十年代内战不断、瘟疫横行、灾害频仍的现实，制造"太平盛世"的假象。——遮蔽历史真相其实是为了遮蔽现实真相：这才是三十年代清代学术、出版热的要害所在。

10. 新世纪初"为《四库全书》正名"之风

有意思的是，在二十世纪九十年代以至新世纪初，众多的文化"盛事"中，也有大加渲染的《四库全书》的重印，据说这是"大事因缘，百年遂愿"。这次重印的文津阁本自有其文献价值，我们无意否认；但有人却要借

---

122 鲁迅：《算账》，《鲁迅全集》5卷，543页。

此"为《四库全书》正名",并且有皇皇大文，这倒是应该注意的。

据说"过去学术界、文化界对《四库全书》批评性意见过多，过激"，这个"过去"的"批评性意见"大概应该包括三十年代"珍本"之争中所提出的各种意见，也包括鲁迅的意见，因此，这次"正名"也可以看作是新世纪初对二十世纪三十年代论争的一个回应。而所谓"正名"，即是要确认《四库全书》的编纂是一项由"乾隆依托鼎盛的国力和个人的雄心"完成的"前无古人的文化伟业，迄今为止，她也是最能代表中华文化博大精深的载体"这样一个至高无上的地位，而且不容置疑。因为所有的批评意见，包括鲁迅等人提出的"禁书，改书"的问题，都是对《四库全书》的"诋毁"。

11. 令人费解的辩解

于是，就有了这样振振有词的辩护："说到禁书，这实际上是历代封建王朝皆有的事情，历代统治者莫不为之，在《四库全书》编纂之前、完成以后，亦皆有之。实际上，这是两回事，不能说与《四库全书》的编纂有必然的因果关系。当然，两者是有因果关联的。至于删改典籍，这恐怕也不是乾隆一个人的专利。乾隆从政治需要出发，对许多文献进行删改，其实也是符合历史逻辑的，这是历代统治者所惯用的做法。我们不能因噎废食。"[123]

123　《为〈四库全书〉正名》，载2003年8月13日《中华读书报》。

这样的辩解，颇令人费解：比如"因果关联"与"必然的因果关系"之间究竟有什么实质性的区别？承认前者而否认后者，依据的是怎样的逻辑？能不能因为"历代统治者莫不为之"，是"惯用的做法"，《四库全书》将有些禁书排除在外，以及删改典籍所造成的对历史的遮蔽，就可以忽略不计，甚至变成合理的呢？能不能说只要"符合历史的逻辑"就不能指出其错误，就是不能批评的呢？这背后的"存在的就是合理的"的逻辑，是可以直接导致对既成秩序与统治者的辩护的。"正名"者承认乾隆皇帝删改文献是"从政治需要出发"，但为什么却避而不谈这是什么样的"政治需要"呢？而这恰恰是要害所在。但这样的问题都是不能追问的，因为"正名"者早已为《四库全书》的批评者，以及不同意自己意见的人准备好了一顶帽子："不是狂妄，便是文化虚无主义"，而且，还有一个奇怪的说法：批评《四库全书》的人，"大多对《四库全书》本身没有多少了解"。这种"批评是因为你无知"的逻辑更是有几分霸气了。更为重要的是，如果承认"正名"者的论断：《四库全书》是"最能代表中华文化博大精深的载体"，那么，那些被《四库全书》的编纂者按照乾隆皇帝的"政治需要"有意排除或删改的文章，就很有可能被"代表"掉了，仍要继续被湮没，甚至排除在"中华文化"之外，这又意味着什么呢？

第七讲

我为何、如何研究鲁迅

今天是我二○一五年进养老院以后第一次公开演讲。我现在已经不再作鲁迅研究，但还是要以《我为何、如何研究鲁迅》为题来作演讲，是因为鲁迅仍然活在我的生命中，无论我面对什么问题，或者要研究什么问题时，都会想起鲁迅，而且总能从鲁迅那里得到思想的启迪、精神的支援，朋友们读我的任何著作，包括这两年所写的书，都可以在字里行间看到鲁迅的身影。而且我只要面对青年朋友，就情不自禁地讲鲁迅。我在二十世纪八十年代进入学术界时，就已经赋予自己一个"做沟通鲁迅与当代青年的桥梁"的历史定位，一直坚守到现在，而且恐怕要坚守到生命的结束。这已经成了我的历史使命与宿命。而且我要说，这样的将鲁迅融入自己生命的坚守者，不止我一人，刚刚去世的王富仁先生就是一位杰出代表，我在悼念他的文章里说道，这在鲁迅研究界、现代文学研究界是形成了一个学派的，我把它叫作"生命学派"。这本身就是现当代学术史、知识分子精神史中一个值得研究的课题：一位现代作家、思想家对其研究者的生命的影响，会达到这样的深度，除鲁迅之外，几乎没有第二人。当然，对我们的选择，学术界一直是有不同意见的，这本属于正常：一切学派都是在质疑中发展的。因此，今天来讲我的鲁迅研究，绝没有将自己的选择绝对化、推销给诸位的意思。大家完全可以对我的鲁迅观、我对鲁迅的态度，提出质疑或反对意见；但或许能从我的关于"为何与如何研究"的介绍里，于"学术研究的意义与方法"得到某种启示，那就达到了我今天演讲的目的。还是我经常说的，我姑妄讲之，大家就姑妄听之吧。

下面我的演讲也主要是叙述式的：对自己研究鲁迅的历程，做一个具体的回顾。

一、我对鲁迅的"第一印象"

先谈谈我对鲁迅的最初接触，也可以说是"前研究"吧。

我在《与鲁迅相遇》里，曾经谈到，我读到的鲁迅第一篇作品，是《野草》里的《腊叶》，那时我还是小学四年级的学生，我是从已经是大学生的哥哥的一本《文选》里翻到的。里面一段文字立刻吸引了我："一片（腊叶）独有一点蛀孔，镶着乌黑的花边，在红，黄和绿的斑驳中，明眸似的向人凝视。"我当然读不懂它的意思，在我的感觉里只是一团颜色：红的，黄的，绿的色彩中突然跳出一双乌黑的眼睛，在看着我。当时本能地感觉这非常美，又非常奇，更非常怪，那红、黄、绿色中的黑的眼睛一下子盯着你，你被看得很难受，甚至觉得很恐怖，就这样一种难以言说的莫名的感觉。但就是这个感觉，在一瞬间留在自己的心上了。以后长大了，从中学到大学到研究生，最后成了鲁迅专业研究者，不知读了多少遍鲁迅著作，对鲁迅的理解也有很多变化，但总能从鲁迅作品的背后看见这双藏在斑斓色彩中的黑眼睛，直逼你的心坎，让你迷恋、神往，同时让你悚然而思：这就是鲁迅著作给我的第一印象。

现在回过头来，看我和鲁迅的这第一次相遇：我是通过鲁迅的文字、语言认识鲁迅，而且是用直观的感觉、朦胧的感悟，进入鲁迅世界的。这非常重要和关键：这意味着，首先把鲁迅看作是一个文学家，一个语言艺术家。因此，要用文学的方式去把握鲁迅，先要有感觉、感悟，这是基础，然后才有理性的分析。我由此想起了我在大陆和台湾讲鲁迅的一个观察与感受。我发现大陆的青年，恐怕也包括在座的诸位，在阅读之前，就有了一个抽象的、先验的概念，即领袖所说的、也是老师灌输给自己的所谓"鲁迅是伟大的革命家、思想家、文学家"的"三家论"，然后又用"两大分析"（思想分析、写作技巧分析）的模式去读作品。其实，这一论一分析，就已经远离鲁迅了。台湾学生则不同，他们没有这些先入主见，而是直接读作品，感觉鲁迅文字之美，之特别；进入鲁迅的世界，逐渐发现与体味其思想之美，之特别；其人格、生命之美，之特别，最后不同程度地与鲁迅产生共鸣。我以为，这才是阅读鲁迅、研究鲁迅，乃至研究文学之正道。万幸的是，我一开始就无意识地走上了这条正道，它是影响了我一生对鲁迅的认识与把握的。

正式读鲁迅是在中学，吸引我的是小说家鲁迅，他和诗人艾青、剧作家曹禺一起构成了我青少年时期三大文学偶像。我对他们的把握方式是把阅读与写作联系在一起：读鲁迅的《药》，就自己写篇小说《夏瑜之死》；读艾青就尝试着写艾青体的诗；读曹禺戏剧就上台演戏，还自己写剧本。现在看来，这样的文学训练，既读又写，是为以后的研究打基础的。

二、读鲁迅不能走捷径：第一个教训

一九五六年上大学时，正赶上《鲁迅全集》出版。尽管当时是个穷大学生，我还是从有限的生活费中挤出钱来，买了一套全集，并且通读了一遍。但很快就发现鲁迅的书很难读，至少不像读其他人作品那样容易和轻松。年轻人的浮躁心使我不耐烦像鲁迅自己教我们的那样，一个字一个字地"硬读"下去，我想走捷径。于是先找老师请教，后来就去读各种各样的讲解鲁迅作品和思想的小册子。这些讲解比鲁迅的原著好读多了。里面转引的鲁迅语录也变得好懂，可以随口搬弄，显得真读了许多鲁迅作品的样子。我开始满足于读大量的小册子，而不知不觉地把鲁迅的原著丢在一边了。就在这种情况下，我读到了姚文元的《鲁迅——中国文化革命的巨人》，读得很畅快，甚至很舒服。这本书能够把鲁迅许多非常复杂的思想说得极其简洁、明确，而且处处与最流行的思想相一致，再经过姚文元的发挥，就可以随时引用来作大会、小会上的发言，特别好使管用。我万万没有想到，正是在这样舒舒服服的阅读中，鲁迅已经被简单化和实用化了。等到多年后我自己下功夫读鲁迅原著时，才发现姚文元小册子里描述并向我灌输的鲁迅和真实的鲁迅相差很大，于是有了上当的感觉，并且开始自我反省：难道不正是我的虚荣、浮躁，好走捷径，而终于不辨真假？我曾在一篇文章里谈到，正是这上当受骗的屈辱感，驱使我走上了独立研究鲁迅的道路。我的办法是：什么参考书也不看，只读鲁迅原著，反复阅读，不断琢磨，读熟了，想透了，有了自己的感受、见解，这时候或许可以看看别人的研究成果，以启发思路，但也要有自己的判断。这办法其实是鲁迅早就教给我们的：有人问他："该读什么书？"他的回答是："要看一看真金，免得受硫化铜的欺骗。"他还告诫年轻人：看了批评文章以后，"仍要看看本书，自己思索，自己做主"，不要让自己的脑子"给别人跑马"。——这应该是我读鲁迅第一个经验教训，二十年前（一九九六年）我就给年轻人讲过，今天再讲一遍，希望大家一定要走独立阅读、研究之路，不要走捷径，以防上当受骗。

三、"硬骨头精神与韧性精神的结合"：
我的第一个鲁迅观

　　我真正走上独立阅读与研究之路，是在一九六〇年大学毕业，来到边远的贵州山区以后。那正是三年困难时期，物资匮乏、饥饿难忍之外，更感到精神的苦闷与饥渴。为了寻求人生的真理，除了读毛泽东著作之外，我还向鲁迅问道，读鲁迅原著。或许是因为有了人生的阅历、生命的体验，并且怀着探索的欲求，"带着问题"去读，一接触鲁迅著作，就产生了亲切感，有豁然开朗的感觉。开始仍有些难懂，坚持读下去，读到后面，先前不懂的地方，也会略有所知了。这样，日积月累，读多了，读久了，就有所悟了，也就是有自己的想法了。今天，回过头来看，这里或许有一个重要的经验：要成为一个独立的鲁迅研究者，除了要有一定的艺术感悟力和修养外，还需要有相当的人生阅历和生活经验，最重要的是要有丰厚的生命体验，要有对社会、现实、人生和人性的大关怀。

　　我在对鲁迅有了自己的看法以后，就从一九六二年一月一日开始，写鲁迅研究札记，尝试着进入鲁迅研究领域。第一个研究题目就是"鲁迅与毛泽东"，而且这样表述了我对"鲁迅精神与性格"的理解：它包括两个侧面，一方面是"毛主席称赞鲁迅先生的那种没有丝毫奴颜与媚骨的'硬骨头'性格，那种对无论什么凶恶的敌人都决不屈服的'横眉冷对千夫指'的疾恶如仇的反抗性格"；另一方面是"鲁迅自己概括的'韧性精神'"，"锲而不舍地与敌人做坚毅、刻苦、执着的持久战斗；冷静地对待敌人，注意保存实力，讲究斗争艺术"。这样一个"硬骨头精神与韧性战斗精神相结合"的鲁迅，可以说是"我的第一个鲁迅观"。它打着明显的时代烙印：其表现出的强烈的民族主义情绪，同时又称鲁迅精神为"东方风格"，这都是对六十年代冲破所谓"帝、修、反的封锁"，强调"发愤图强，自力更生"的时代精神的响应；更表现出毛泽东的鲁迅观的影响：当时毛泽东与鲁迅正是我的两个精神导师。但它确实又是属于我自己的鲁迅观，而且是我坚持一生的鲁迅观：直到今天，我依然认为，鲁迅的"没有丝毫奴颜媚骨"的硬骨头精神和"锲而不舍、长期战斗"的韧性精神，都是当下中国和中国知识界所缺失和急需的；更重要的是，坚守这两大精神已经成为自我生命的绝对命令。这也是我对青年的期待：我曾以"智慧与韧性"二语赠予志愿者；我在和学生的谈话里提出"不能做奴才"的告诫，也都是这个意思。

四、研究鲁迅而背离鲁迅精神：最惨重的教训

再回到二十世纪六十年代。"文化大革命"一开始，我就被打成"资产阶级反动学术权威"，被隔离起来，我在被强迫无休止地写检查的情况下，仍然坚持读毛泽东

和鲁迅著作。我在我的第一本鲁迅著作《心灵的探寻》的《后记》里，对这段历史有过一个反思。我说自己是以"一个混乱、迷惑的，曲扭的心灵"和两个精神导师进行"对话"，"这自然已不再是'学术研究'，而是要求灵魂的'超度'：要给突然强加于我的屈辱地位找到一个'合理'的、自己能够接受的解释"。于是，"鲁迅对知识分子弱点的批判"就被"任意强化和夸大"，成为自己在"文革"中"必须接受批判和改造"的"理由"；"鲁迅的斗争精神"也被"绝对化"，成为自己后来参加非理性的"造反"的重要动力。直到"文革"结束后，我重读《鲁迅全集》，看到他早在一九二五年就已经发出警告："中国人所蕴蓄的怨愤已经够多了"，"当鼓舞他们的感情的时候，还须竭力启发明白的理性"，否则"是非常危险的"。我如同受到雷击一般突然被震醒了：在"文革"中，自己的具有局部合理性的不满现实的"怨愤"情绪，不就是被利用，而陷入非理性的狂热，从而走到了自己主观意愿的反面吗？觉悟到这一点，我感到特别悲哀与沮丧。尤其是想到自己也因此完全肢解与扭曲了鲁迅，更是羞愧难言！这应该是我这一生阅读、研究鲁迅最惨痛的教训：利用鲁迅为政治服务，以实用主义和庸俗社会学的态度与方法研究鲁迅，必然曲解鲁迅，远离鲁迅。研究鲁迅而背离鲁迅精神，这是绝对不允许的！

五、"回到鲁迅"：我的鲁迅研究的起端

应该说，在"文革"期间我就做起了"回到北大讲鲁迅"的梦来。在"文革"后期的"民间思想村落"里，我更开始了"跟青年朋友讲鲁迅"的尝试。当时的讲稿后来整理成《读〈野草〉〈朝花夕拾〉随笔》，收入了我的《走进当代的鲁迅》一书。还有一篇《读〈故事新编〉》则一直没有发表。因此，当二十世纪八十年代我考上了鲁迅研究的前辈王瑶先生、严家炎先生的研究生，正式开始研究鲁迅时，比起其他同学，我可能是更有准备的；但从另一个角度看，我的历史包袱也特别重，在摆脱五六十年代形成的鲁迅研究模式的束缚方面，我需要付出更大的努力和代价。

二十世纪五六十年代的鲁迅研究，当然自有其意义和价值；但是，却存在一个根本性的弱点，即把鲁迅纳入到毛泽东思想的既定轨道，用鲁迅的思想和作品来证明毛泽东思想的普遍真理性。这可能是鲁迅研究、现代文学研究的一个积弊，总是想把自己的研究对象（鲁迅和其他现代作家）的思想和文学纳入某个既定理论框架：二十世纪五六十年代是毛泽东思想，以后就是某个西方的时髦理论，现在似乎又是某种国家意识形态。这样的研究的独立性缺失，自然也就谈不上任何研究的创造性。

在二十世纪八十年代，我们这些"文革"后第一代研

究生，面临的就是这个如何获得研究的独立性与创造性的历史任务。我们提出的口号是"回到鲁迅那里去"：这是王富仁在他的博士论文《〈呐喊〉〈彷徨〉综论》里首先提出的，我在《心灵的探寻》的《引言》里作了回应，并有这样的阐释——

> 这就必须承认，"鲁迅"是一个独立的"世界"：它有着自己独特的思想及思维方式，独特的心理素质及内在矛盾，独特的情感及情感表达方式，独特的艺术追求、艺术思维及艺术表现方式；研究的任务是从鲁迅自我"这一个"特殊个体出发，既挖掘个体中所蕴含、积淀的普遍的社会、历史、民族……的内容，又充分注意个体"特殊"的，为"普遍"、"一般"、"共性"所不能包容的丰富性。

任务、目标确定以后，我又做了一系列的理论设计，研究重点、突破口和研究方法的设计。也就是说，不仅要找到在现代思想、文学界里的鲁迅"这一个"；还要找到当代鲁迅研究中的我自己"这一个"：属于我的理论、领域与方法。在我看来，这是能否成为一个独立的、成熟的研究者的关键。我曾经说过，如果说硕士研究生的任务是"入门"，那么，博士研究生的任务就是要"找到自己"。应该说，我在这一点上是高度自觉的。我在自己第一部鲁迅研究专著《心灵的探寻》里，就做了两个方面的设计——

1. 理论设计

我在"引言"一开始，就这样写道——

> "鲁迅"（鲁迅其人，他的作品）本身即是一个充满着深刻矛盾的、多层次、多侧面的有机体。不同时代、不同层次的读者、研究工作者，都按照各自所处时代的与个人的历史哲学、思想情感、人生体验、心理气质、审美要求，从不同的角度、侧面去接近"鲁迅"本体，有着自己的发现、阐释、发挥、再创造，由此而构成了一个不断接近"鲁迅"本体，又不断丰富"鲁迅"本体的，永远也没有终结的运动过程。也正是在各代人广泛参与的过程中，"鲁迅"逐渐成为民族共同的精神财富。

这里包含了几层意思。

第一是承认"鲁迅本体"的存在，即历史客观本体的存在，坚信历史的可知性，坚守历史的研究的客观性。评价研究得失、价值的客观标准，就看多大程度上接近研究对象的本体。如研究者所说，"对本真的历史以及人性的存在的虔信，构成了钱理群这一代人难能可贵也是无法替代的财富"（吴晓东：《钱理群的文学史观》），这确实是我们这一代不可退让的底线，我们因此也就和主观主义、不可知论的历史虚无主义，以及实用主义、犬儒主义和道德虚无主义划清了界限。

第二，它又强调，作为研究对象的历史客体是一个"多层次、多侧面的有机体"，研究者对其认识是一个历史过程，一个"不断接近，而永远不可能穷尽，不可能完全把握与复原的，永远没有终结的运动过程"。研究者对研究对象的把握，只具有相对的意义和价值，但其中又确实包含了若干历史的绝对内容（因子），这就是"相对中的绝对"。

第三，研究者的每一次研究，或某一阶段的研究，都是从一个特定侧面去接近鲁迅，通过观察角度、方法、视野范围的不同选择，将客体的某一侧面、层次突出于"前景"，或推移于"后景"。而决定这样的不同选择的，首先是研究者所处的"时代精神"。成熟的研究者总能敏锐地把握自己时代提出的问题，以此"照亮"研究对象，即发现历史研究对象与当下时代之间的内在契合点，而加以凸显和发挥，从而创造出具有时代（不仅是鲁迅的时代，也包括研究者、读者的时代）特色的"鲁迅"来。

第四，促成不同时期对研究对象不同侧面的发现和照亮的，不仅有时代的问题与影响，更有研究者的主体因素：研究者是带着自身生命发展中的问题，去感应研究对象，寻求生命的共振、共鸣，从而对研究客体的某些方面作出富有创造性的开掘和阐释。这就是我们通常所说的学术研究的主体性，任何有创造性的研究成果必定是研究主体与客体的一种融合。从另一方面说，研究过程必定是研究者自我生命不断提升、丰富的过程。我的最大体会，就是鲁迅能够把你的内心最美好、最富创造性的素质与能力，全部激发出来。这也是鲁迅研究的特殊魅力所在。

第五、强调主体参与，同时也就是承认，研究者对于鲁迅的认识不仅受到客观条件的限制，而且受到研究者、主体自身发展的限制，任何研究只能部分地接近，而不可能全面把握和穷尽鲁迅本体。甚至可以说，每一次研究，在发现、强化了研究对象的某些侧面的同时，也会有所遮蔽，因此需要不断有新的研究来揭示被遮蔽的方面。它们相互补充、映照，在张力中显现对象的多个侧面，以形成相对完整的整体形象。

我之所以在这里比较详细的介绍我在八十年代最初的理论设计，就是因为我此后几十年的研究，基本上就是这样走过来的：随着时代的变化，以及自我生命的成长发展，不断发现和揭示鲁迅本体的不同侧面，总结起来，大概有八个方面，将其综合在一起，就形成了我的"鲁迅面面观"。

2. 研究方法的设计

问题是，通过什么途径，才能真正"回到鲁迅"，即抓住鲁迅之为鲁迅的特殊性，最大限度地接近鲁迅本体？这样的方法论的寻找，也是二十世纪八十年代探寻"我的研究之路"时，最伤脑筋、最为费力之处。

我最后找到的，是所谓"典型现象"（单位观念，单位意象）研究。这也是受鲁迅的启发：他就是用"酒、药、女、佛"来概括、描述六朝文学的。于是，就有了这样的设计："每一个独创性的思想家和文学家，总是有自己惯用的、几乎已经成为不自觉的心理习惯的、反复出现的观念（包括范畴）、意象；正是在这些观念、意象里，凝聚着作家对于生活独特的观察、感受与认识，表现着作家独特的精神世界与艺术世界，它们打上了如此鲜明的作家个性的印记，以至于可以在其上直接冠以作家的名字，称之为'×××的意象'，'×××的观念'，从而构成了我们所要紧紧抓住的最能体现作家个性本质的'典型现象'。而作家（以及思想家）作为一个语言艺术家，他的独特观念、意象总是通过独特的语言（词语）表现出来的。由此而产生如下研究路线：从作家在作品中惯用的、反复出现的词语入手，找出作家独特的单位意象、单位观念，（包括范畴）对单位意象、单位观念进行深入地多层次地开掘，揭示其内在的哲学、心理学、伦理学、政治学、历史学、美学等的丰富内涵，并挖掘出其中所积淀的传统文化、外来文化的多种因子，以达到对作家与古今中外广大世界息息相通的独特的精神世界与艺术世界的具体把握。"

　　我的第一本鲁迅研究专著《心灵的探寻》就是这一研究方法的自觉尝试，我也多次谈过，这里就不再重复了。

六、我的"鲁迅面面观"

1. 个人的、民族的、人类的鲁迅

在二十世纪八十年代，是什么样的时代问题，以及自我生命发展中的问题，激发了我的鲁迅研究，由此而发现与强调怎样一个鲁迅呢？我在《心灵的探寻》《引言》里，有过这样的说明："在民族遭受异族侵略及外国势力封锁的二十世纪四十、五十、六十年代，人们自然不能不把目标集中于民族的独立、解放和民族精神的发扬上；而在中华民族再次觉醒、崛起的二十世纪七八十年代，我们民族不仅需要再度发扬民族精神，而且需要补历史的一课：重新认识、评价、发扬自我的价值——于是，年轻一代把目光转向鲁迅的自我；我们的民族再一次走出了闭关自守的绝境，开始面对世界，以人类大家庭的一员积极参加世界文化的创造——于是，鲁迅对人类文化发展的潜在价值被发掘了出来，成为人们关注的中心之一。我们对鲁迅的观察视野从'民族'的单层面转向'个人'、'民族'、'人类'统一的多层面，从根本上说，反映了民族视野的扩大，从单向思维向多向思维的发展。"

这里说到"历史的补课"，是一个重要背景：二十世纪七十年代末八十年代初，人们痛定思痛，反思"文化大革命"的历史教训，因此，"历史的补课"首先要补的就是"个人"之课；强调个人欲望、利益、尊严与权利的

合理性、合道德性的"个人主义"就成了八十年代思想启蒙与解放的主要任务之一。鲁迅的以"个人精神自由"为中心的"立人"思想就这样被重新发掘与发现，具有人的全部丰富性、复杂性的鲁迅"个人"的心灵世界，也因此成为包括我在内的新一代鲁迅研究者关注的中心，我以《心灵的探寻》命名自己第一部独立的鲁迅著作，就是对八十年代启蒙主义时代思潮的自觉回应。这又有了在《引言》里，谈到的另一个研究关注点的转移：在二十世纪四十、五十、六十年代，"人们普遍的不无盲目地认为，我们对于一切已经有了结论，只需要按（党的）'既定方针'办事，依照现成的楷模去行动就够了，'探索'只是少数'伟大人物'的事。正是这种多少僵化了的社会心理、思维方式塑造了多少有些僵化的鲁迅'英雄'形象。到了七八十年代，我们整个民族的社会心理发生了极大变化：现成的结论、模式，受到怀疑，进行重新审视，开始了全民族的大探索；探索真理的权利开始回到人民（包括作家、思想家）手里，并且变成了亿万人民的实践活动。于是，人们对鲁迅的观察由'结果'转向了'过程'。没有怀疑鲁迅的伟大，不否定鲁迅作为民族英雄的历史地位；但人们的兴趣已经转移到鲁迅作为二十世纪中国的伟大先驱者，他在探索民族变革、复兴道路过程中所面临的矛盾（外在的，更是内在的），他复杂万端的心态与情感，他的愤激与焦躁，感伤与痛苦，以及鲁迅怎样从'内心的炼狱'中挣扎而出，找到正确的道路"，也就是说，人们追寻、发现的是一个"平凡而复杂的探索者"，并由此而找到鲁迅与自我之间的心灵通道。

可以看出，对"每个人都是真理的探索者"的权利的强调，是前文谈到的二十世纪八十年代恢复了合理性的个人主义的应有之义；同时，这也是八十年代刚刚走上鲁迅研究、学术研究之路的我内心最大的渴望。"探索真理"是自我生命与学术生命的根本追求，我也因此找到了与我的研究对象鲁迅的"心灵通道"。我毫不怀疑地认定：自己的鲁迅研究实质上就是两个真理的探索者（先驱者与后随者）的自由、平等的精神对话。我的鲁迅研究的基本品格也由此确立了。

2. "周氏兄弟相互映照"下的鲁迅，现代文学、现代知识分子传统中的鲁迅

但要真正找到自己的独立探索之路，并不容易。这是因为我在进入鲁迅研究领域时，有一个"前历史"，即前文说到的，我在二十世纪六十年代初即已开始了鲁迅研究的尝试，而那时的研究完全处于毛泽东的鲁迅观的笼罩下，在二十世纪八十年代要进行独立研究时，就成了一个包袱。因此，我在读研究生的最初阶段，怎么也摆脱不了旧有的框架。于是，就想到应该另辟途径，找一位既与鲁迅有密切关系，又别有天地的作家作为参照，或许可以打开鲁迅研究的新视野、新思路。这就找

到了周作人。于是就想到要从"周氏兄弟的比较研究"开始我新的鲁迅研究，我的毕业论文题目就是《二十世纪中国大变革中的历史抉择——周作人、鲁迅思想发展道路的比较》。在开始阶段，对周作人的关注是策略性的，出于方法论的考虑，是服从鲁迅研究的需要；但真正进入研究，就突然发现了"既和鲁迅相通，又是那样不同的启蒙思想、知识结构、言说方式"，这是一个独立的周作人世界，也可以说，是另一个"启蒙传统"，即我在论文里概括的"人道主义、自由主义的启蒙思想、文学传统"，与鲁迅的最终走向左翼的传统相互补充、冲突、制约，形成一个张力结构。将鲁迅置于这样的现代思想史、文学史的结构里，与周作人相对照，也大大丰富了我们对鲁迅的独特性的认识。我后来在北大专门开设了"话说周氏兄弟"的课程，并整理成书。最后在"有意味的参照"里，讲了三层意思。其一是强调周氏兄弟思想上的一致性：他们最关心的是"立人"，是"个体精神自由"。但他们又有各自不同的关注点，不同的领域，有极大的思想互补性。其二，面对中国社会的全面危机，他们在价值取向、人格自塑、入仕和文学道路上都作出了不同的选择，代表了现代知识分子的两种范式。其三，和屠格涅夫分析的堂·吉诃德、哈姆雷特一样，周氏兄弟这两个典型，也"体现了人类天性中的两个根本对立的特性，就是人类赖以旋转的两极，构成了一个文化、精神、人格的共生体"。我至今仍认为，这个"周氏兄弟生命共生体"的概念，是一个极有价值的学术生长点，可惜我自己未能展开。但我已经从周氏兄弟的比较研究中获得了一个重要的学术研究经验。我说过，我这一辈子从事现代文学、现代知识分子精神史的研究的最大成功，就是一开始就找到了鲁迅，同时又找到了周作人这两个旗鼓相当的领军人物。抓住他们，就把整个现代文学史、思想史、文化史、精神史拎起来了；并且，以我的方式进入他们的世界以后，通过对他们的阐释，我自己的思想、情感、创造力和想象力也就得到了淋漓尽致的发挥：学术研究就应该这样研究大家、大师，并且最好是同时关注有鲜明的可对比性，又相互补充的两位或两位以上的历史大人物，这样就能够把握与展现最亮丽又具有足够丰富性的时代风景，自己的研究也因此熠熠生辉。

3. 世界知识分子精神史上的鲁迅，集中了二十世纪中国和东方经验的"东亚鲁迅"

　　但如果细读写于二十世纪八十年代的《心灵的探寻》，仍然可以发现，我尽管提出了"个人的鲁迅，民族的鲁迅，世界、人类的鲁迅的统一"的命题，但在书里真正展开的，却只是"个人的鲁迅"。应该说，"民族的鲁迅"是有意淡化的；而"世界、人类的鲁迅"只停留在理论上的强调（八十年代我和黄子平、陈平原提出"二十世纪中国文学"，就将其定义为"走向世界的文学"），但并没有落实为具体的研究。真正进入我的研究视野，并有了实实在在的成果的，是在九十年代初《丰富的痛苦——堂吉诃德与哈姆雷特的东移》一书的写作。我多次谈到，它的一个大背景，是在苏联和东欧瓦解以后出现的社会主义的危机，使我关注到"共产主义运动与知识分子的关系"问题，而海涅与马克思、鲁迅与中国共产党领导的中国革命的关系，引起了我的研究兴趣。但我并没有做直接的处理，而是经过几番转化，变成了一个世界文学史、世界知识分子精神史上的堂·吉诃德与哈姆雷特两个文学典型"东移"的问题，通过对鲁迅内在精神气质和堂·吉诃德气与哈姆雷特气的复杂关系的细致分析，以及鲁迅与在"东移"中起着决定作用的德国的海涅、俄国的屠格涅夫的关系的具体考察，"把生活在截然不同时空里的几位世界级艺术大师、思想家——从英国的莎士比亚，西班牙的塞万提斯，德国的海涅，俄国的屠格涅夫，到中国的鲁迅，以及他们周围的一大群作家、知识分子连接在一起，从而反映了从十七世纪到二十世纪人类精神发展、世界知识分子心灵历程的某一个侧面"。

应该说《丰富的痛苦》一书，在我的鲁迅研究中，是一个重要的发展：它使我从鲁迅个人的主体精神特征（即我所说的"心灵辩证法"）的关注，扩展到"知识分子的精神史"的研究，不仅第一次触及鲁迅及其同类知识分子与中国革命的关系，而且表现了对世界知识分子精神发展、人类共同的精神现象的特殊关注，从而获得了某种"形而上"哲学意味。

在二十世纪九十年代，我和日本、韩国的学者有了较多的接触，并有机会在韩国任教一年，这更扩大了我的研究视野，对鲁迅与东亚知识分子的关系，产生了浓厚的兴趣，于是，就有了"东亚鲁迅"概念的提出。这一概念包括了两个方面的内涵，一是强调鲁迅思想与二十世纪东亚思想关系中的"平行性"，即面对共同或相似的问题，不约而同地提出某种具有内通性的思想，产生具有可比性的文学。二是强调其"相互影响性"，特别是有些东亚国家的思想家、文学家，他们或者不同程度上受到鲁迅影响，但又以自己的独立创造发展、丰富了鲁迅思想，或者是鲁迅的研究者，面对自己时代与民族的问题，阐释鲁迅，又接着鲁迅往下说，也同样丰富与发展了鲁迅的思想与文学。因此，所谓"东亚鲁迅"指的就是"鲁迅和同时代的东方，特别是东亚国家的思想家和文学家共同创造的'二十世纪东方思想、文化、文学遗产'，它是'二十世纪中国与东方经验'的一个重要组成部分"。把鲁迅思想与文学视为"二十世纪中国与东方经验"的代表，并强调其引领作用，这无疑是对鲁迅的意义和价值在认识上的一个重要提升，也可以看作是对前文提到的我在六十年代初提出的"东方风格"的一个呼应。而在九十年代和二十一世纪初"东方经验"的提出，则有不同的时代背景，具有明确的现实针对性，这就是我在文章里指出的，九十年代以来的中国思想、文化、文学界把目光集中于中国古代传统经验或西方（特别是美国）的经验，而恰恰忽略了"二十世纪中国和东方经验"，在我和我的朋友看来，这是一个重大缺陷，而且会造成严重后果，因此有大声疾呼的必要。[1]

鲁迅与同时代的西方作家、思想家的关系，我最关注的，是鲁迅与卡夫卡文学和精神的相通。在我看来，鲁迅与卡夫卡是最有资格代表"二十世纪时代"的两位世界级大家。"他们都生活在'社会大转型'的时代，又同是'被排斥在人类世界之外的，无家可归的异乡人'，他们与时代既'在'又'不在'（不被承认也不愿纳入）的关系，反而成就了他们，使他们对二十世纪世界图景作出了独特的、超前的、预言式的解读。"尽管有这样的认识，但我受到知识结构的限制，未能展开来研究，只对鲁迅写于一九二六年的《五猖会》《父亲的病》，和卡夫卡写于一九一九年的《致父亲》做了对读，得出了两个重要结论："鲁迅的写作和卡夫卡一样，本质上是一种走出以父权为基础的'奴隶时代'的悲壮的突围和逃亡"；"卡夫卡说，父亲的绝对统治，使'我成了一个奇想迭出、多半寒气逼人的孩子'"。我们在鲁迅身上，也发现了同样的精神气质，而正是这样的精神气质决定了他们的文学风格。我们可以说，鲁迅与卡夫卡的文学，是一

1　参看《"鲁迅"的"现在价值"——在"中韩鲁迅研究对话"会上的讲话》，收《中国现代文学史论》。

种"奇想迭出、寒气逼人"的文学，从而构成了"二十世纪世界文学的奇观"。[2]

4. 社会的、阶级的、左翼知识分子的鲁迅，"鲁迅左翼"的传统

到二十世纪九十年代中后期，八十年代中国改革开放的后果逐渐显现：在获得经济的高速发展的同时，出现了权力向资本的转化，形成了权贵资本；同时出现了严重的两极分化，以及生态环境的大破坏、民族精神与道德的大滑坡。这样的后果，是我们这些积极参与和推动八十年代启蒙运动的知识分子所完全没有料到的；但就是这样的"出乎意料"引起了我的反省与反思。我追问自己：为什么没有及早地发现与关注中国社会的这些变化？为什么对严重的两极分化，在很长的时间里，自己竟然视而不见？于是，我就开始对自己八十年代的思考、研究，也进行了反省和反思。我发现，这一时期的著作都注重在对知识分子自身命运的思考，这当然有它的历史必要和意义，但"普通人民的生活和命运，却在自己的关怀范围之外"，这就有了问题。由此而注意到，在九十年代以后，中国知识分子自身越来越贵族化，自觉、不自觉地陷入了自恋、自怜、自娱之中，而忽略了身外广大的世界。我由此又想起鲁迅在三十年代对有些知识分子的批评：他们只是"咀嚼着身边的小小悲欢，而且就看这小悲欢为世界"。

2　参看《作为人之子与人之父的鲁迅》，收《鲁迅九讲》。

更为重要的是，这由此引发了我对自己八十年代的鲁迅研究的反省和反思。这里不妨讲一个小插曲：我到上海去参加一位博士生的论文答辩，他对当下的鲁迅研究提出了尖锐批评，并引述了鲁迅《今春的两种感想》里的一段话："我们常将眼光收得极近，只在自身，或者放得极远，到北极，或到天外，而这两者之间的一圈可是绝不注意的。"鲁迅还说："在中国做人，真非这样不成，不然就活不下去。例如倘使你讲个人主义，或远而至于宇宙哲学，灵魂灭否，那是不要紧的。但一讲社会问题，可就要出毛病了"，"文学上也是如此。倘写所谓身边小说，说苦痛啊，穷呵，我爱女人而女人不爱我啊，那是很妥当的，不会出什么乱子。如果一谈及中国社会，谈及压迫与被压迫，那就不成。不过你如果再远一点，说什么巴黎伦敦，再远些，月界，天边，可又没有危险了"。鲁迅的这段话对于我如同当头棒喝，我立刻就想起前面引述过的我对《心灵的探寻》一书的设计：我不正是要谈"极近"的"个人的鲁迅"，"极远"的"人类的鲁迅"，而恰恰不谈和少谈"社会的鲁迅"吗？而鲁迅自己最为看重的是"社会批评"与"文明批评"，他的任务就是要揭示中国社会的"压迫与被压迫"；鲁迅早就说过，他是"执着现在，执着地上"的，离开了鲁迅对社会问题的关注与批判，也就根本失去了鲁迅。应该说，在八十年代改革开放初期凸显"个人的鲁迅""人类的鲁迅"，也是对当时的时代精神的呼应，自有不可忽视与否定的价值。但就像前文所说，在"照亮"了鲁迅的个人性与人类性的同时，却"遮蔽"了鲁迅的社会性，这又是必须正视的。特别是到了二十世纪九十年代以及二十一世纪初，时代提出的问题已经是"如何面对新的压迫"的出现。这样鲁迅的社会批判性的方面，就又得到了凸显，或者说被新的时代问题和精神所照亮了。

我就是带着这样的时代问题，重读二十世纪三十年代鲁迅的杂文，发现了一个我既熟悉（这些杂文我早就读过）又陌生（一度被遮蔽而陌生）的鲁迅。我注意到，鲁迅对社会问题的关注有了新的方向。主要有三个方面。首先是指向国民党统治的"党国"体制，他尖锐地指出，只要看看"有怎样的'党国'，怎样的'友邦'"，就知道中国的问题在哪里了：他要揭示的正是"党国"听命于"友邦"即西方殖民主义、帝国主义的中国社会、政治、文化结构的"半殖民性"。鲁迅更把批判锋芒指向"现代都市文明"。他在以上海为代表的中国都市资本主义化的过程中，发现了新的压迫和奴役，并产生了新的社会典型。在他的笔下，出现了"资本家的走狗"、"西崽"和"洋场恶少"。并且他向知识分子提出警示：在充当传统的"官的帮忙和帮闲"的同时，在经济发展的现代社会，还可能落入"商的帮忙和帮闲"和"大众的帮忙和帮闲"的陷阱。最难能可贵的，是鲁迅在反抗国民党统治的中国共产党领导的革命队伍里，也发现了"革命工头"和"奴隶总管"，预见了革命发生异化，出现新的压迫与奴役的危险。鲁迅毫不掩饰自己的阶级立场，宣布他和他所参与的无产阶级革命文学"和革命的劳苦大众是在受一样的压迫，一样的残杀，作一样的战斗，有一样的命运"（以上分析见写于二〇〇一年的《"真的知识阶级"：鲁迅的选择》）。就这样，在二十世纪九十年代以后的中国时代问题的映照下，社会的、阶级的、左翼知识分子的鲁迅，就被重新照亮了。

到二〇〇九年，在台湾讲学时，我又提出了"鲁迅左翼"的概念。这个问题，是王得后先生首先提出的，即是要把二十世纪三十年代的左翼传统区分为两条脉络，一个是"党的左翼"，一个是"鲁迅左翼"。这两者之间显然有着深刻的认同，鲁迅一直把"左联"的共产党人视为"战友"，绝非偶然：他们共同反对国民党的"党国"体制，支持共产党领导的工农革命运动。但不可忽略的，是他们之间的差异与分歧。这涉及鲁迅对政党政治的看法、态度和关系。在一九二七年国共合作期间，许广平曾有意加入国民党；鲁迅对她说，一个政党要靠组织力量来实现它的理想，所以要强调纪律性，要求党员绝对服从党的决议，把党的利益和意志置于至高无上的地位，有的时候要求牺牲个人意志。你愿意牺牲就不妨加入，你如果要始终保持个人思想的自由与独立，就别加入。这就决定了鲁迅与政党政治的关系：既在一定条件下，可以合作，甚至不同程度上接受自己认可的革命政党的领导；但又要保持自己思想的独立和批评权利。

"鲁迅左翼"的最大特点，就是在任何时候，都要坚守党派外、体制外的独立性与主体性，这样，才能保证作为批判知识分子的思想的自由与彻底性。

5."真的知识阶级"，"精神界战士"的鲁迅

本来，"真的知识阶级"和"精神界战士"都是左翼知识分子的核心内涵，在这里单独提出，是因为我是带着自己的生命发展中的问题，发现和强化了鲁迅这两个侧面的，需要做专门的讨论。

到了二十世纪九十年代，原先共同参加八十年代思想启蒙运动的知识分子发生了分化，到九十年代中期，出现了所谓"自由主义"与"新左派"的论争。我没有参与其中，是因为我对这两派的主张与追求，在某些方面都有所理解与同情，又在另一些方面有所保留与质疑。我思考得更多的，是我自己的选择：面对九十年代以后中国社会的历史性巨变、越来越尖锐与复杂的中国问题，面对中国知识分子的分化，我应该确立怎样的基本立场，我要做一个怎样的知识分子？坦白说，这个问题曾经一度让我寝食难安。

我依旧到鲁迅那里求援，而且很快就得到了启示。当我读到鲁迅一九二七年发表的《关于知识阶级》[3]的演讲时，眼睛为之一亮：鲁迅提出了"真的知识阶级"的概念，并且作了三点界说：其一，"对于社会永不会满

3　收《鲁迅全集》8卷。

意"，"所看到的永远是缺点"，并且"不顾利害"，"想到什么就说什么"；其二，"他确能替平民抱不平，把平民的苦痛告诉大众"，"因为他与平民接近，或自身就是平民"；其三，他们在任何社会都不受欢迎，永远"吃苦"，而且自己的"心身方面总是苦痛的"。真的是"心有灵犀一点通"，我立即认定，这就是鲁迅的自我定位，这也是我所需要、追求的：永远不满足现状，做永远的批判者；永远站在平民这一边，弱势群体这一边；永远靠边站，处于体制的边缘位置。这样，我在发现鲁迅的同时，也找到了自己：这三个"永远"，照亮了我此后的人生之路、学术之路。

二十世纪九十年代末，我的生命又遇到了一次危机：当我被学术界、学院接受，甚至成了"著名学者"以后，我却感到了学院体制的束缚，自我发生异化的危险。我又在鲁迅"精神界战士"的召唤里找到了出路。鲁迅早在二十世纪初（一九〇七年）的《摩罗诗力说》里大声疾呼："今索诸中国，为精神界之战士者安在？"而他所说的"精神界战士"，其最大特点，就是"立意在反抗，指归在动作"，在强调反抗精神的同时，更强调行动；而所说的行动主要是思想、文化战线的批评实践。鲁迅无疑是中国现代"精神界战士"的第一人，他终生都坚持"社会批评"与"文明（文化）批评"。在我急欲冲出学院的藩篱时，鲁迅的榜样，就给了我极大的启发和力量：我可以走一条"学者兼精神界战士"的道路，在坚持学院里的研究的同时，又介入思想、文化、教育改革的实践，对社会发出自己独立的既有批判性、又有建设性的声音。而这样的介入，是以自己的学术研究，特别是鲁迅研究的成果为支撑的，在某种程度上，这是一个把鲁迅精神资源转化为社会、教育资源的过程，向中国年轻一代传播和普及鲁迅思想的过程，这也就做到了学者与"精神界战士"的统一。可以说在鲁迅之光的照耀下，我终于找到了一条实现自己的理想、追求，又切实可行之路。这既是对鲁迅的重新发现，更是自我生命的提升：学术研究与生命成长就这样融为一体了。

6. 具有原创性与民族思想源泉性的文学家与思想家的鲁迅

我晚年参与的社会、文化、教育改革实践，主要有两个方面，即中小学语文教育改革与青年志愿者运动。而中小学教育改革的一个重要方面，就是中小学鲁迅作品教育的改革，这也是我用力最多之处。除了直接参加中学鲁迅作品教育的实践，我更要面对对鲁迅作品进课堂的种种责难和限制：作为研究鲁迅的学者，我必须在理论上作出回应。这就促使我重新思考、认识鲁迅对民族精神、文化与教育的意义和价值。于是，又有了两个重要发现。

在一次和中学语文老师的谈话里，我这样讲道：鲁迅不是一般的文学家，而是具有原创性的、民族思想源泉性的思想家、文学家。这样的原创性、源泉性作家，每一个民族都不多，比如英国有莎士比亚，俄国有托尔斯泰，德国有歌德，等等。这样的作家在他那个国家、民族里，是家喻户晓的。人们从小就读他们的作品，而且要读一辈子，不断地从阅读他们的作品里，获得启示，获得灵感，获得精神的支撑。因此他们的作品总是成为国民教育的基本教材。他们的作品的教学，是培育民族精神的基础性工程。在中国，这样的原创性、源泉性的作家也不多。我曾和很多专家、语文教师讨论过，应该成为国民教育基本教材，不但在必修课教材里，要占相当的比例，而且还要开选修课进行讲授的作家作品有哪些？大家意见比较一致的，认为至少应该开五门课，那就是"《论语》选读"和"《庄子》选读"——这是我们民族思想文化的源头；"唐诗选读"——这是我们民族文化的青春期；"《红楼梦》选读"——这是民族文化的集大成；"鲁迅作品选读"——这是现代思想文化的开创。接受了这样的基本教育，每一个中学生在精神和文化上就有了一个底，以后他们无论选择什么职业，做什么工作，都有了底气。我经常说，中学教育是给孩子的终身发展垫底的，鲁迅作品教学应该在这一"精神和文化垫底"的基本工作中发挥特殊的、别的作品教学不能替代的作用。[4]

4　见《和中学老师谈鲁迅作品教学》，收《中学语文教材中的鲁迅作品解读》。

7. 作为现代白话文学语言的典范的鲁迅，作为文体家的鲁迅

在和中学语文教师的谈话里，我这样阐释鲁迅作品教学在民族文化基础教育里的第二个方面的意义：鲁迅作品不仅是精神读本，更是文学读本，语言读本，"他是一位现代白话文学语言的大师，他的作品是现代白话文学的典范，因此也应该成为学生学习现代白话文的基本教材"。我强调，"鲁迅的语言是以口语为基础，有机融入了古语、外来语、方言的成分，把现代汉语抒情、表意的功能发挥到了极致"。语文教育最重要的，就是要突出母语教育的特点，正是在这一点上，鲁迅作品就显示出了特殊的重要性："我们正是要通过鲁迅作品的文学语言，来引导学生感悟现代汉语的魅力，欣赏现代汉语的语言美。"在另一篇《且作一呼》的文章里，我还提出："现代作家中白话文写得最好、堪称典范的，有三大家，即鲁迅、胡适和周作人。所以过去的中小学语文课本里，他们三位的文章是入选最多的。可以说，一代一代的中国年轻学子都是在他们的作品熏陶下登堂入室，进入中国现代思想与文学、语言的殿堂的"，而直到现在，胡适、周作人的作品还被拒于语文教学课堂之外，鲁迅作品教学也面临着逐渐被淡化的危险，无论如何这是不正常的。

我由此而发现了又一个鲁迅研究的新天地：鲁迅的语言究竟有什么特点，有什么属于鲁迅的独特创造？在与中学语文教师的谈话里，我讲到了两点。我说，"周作人曾经说过，汉语有三大特点，即为装饰性、音乐性和游戏性。其实这也是鲁迅语言的特点"。鲁迅语言的装饰性主要体现在它的绘画性、色彩感和镜头感上；鲁迅语言的音乐性背后明显地有中国传统骈文的影响，周作人曾提倡"混合散文的朴实与骈文的华美的文章"，真正做到的是鲁迅。鲁迅作品是需要高声朗读的，在抑扬顿挫中感受其语言的音乐魅力。而鲁迅语言的绘画性、音乐性，不仅有中国传统的影响，更是他自觉借鉴西方现代美术和音乐表现手法的结果，这或许是更加值得注意的；而鲁迅文字里的游戏笔墨，则显示了鲁迅式的幽默与机智，和当代中学生是自会有会心之处的。而鲁迅语言里的色彩感、音乐感以及镜头感，也是最接近中学生的思维、欣赏趣味，最容易为他们所接受的。

不可忽略与回避的，还有鲁迅语言的超越性、非规范性的特点。我在另一篇文章里，专门提到鲁迅的一句话："当我沉默着的时候，我觉得充实；我将开口，同时感到空虚。"这说明，人，特别是现代人，最复杂的情思，最幽深的体验，是语言达不到的。而"鲁迅作为一个真正的语言艺术家，偏要挑战这不可言说，试图用语言照亮那难以言说的世界"。于是，在他的作品里，特别是在《野草》里，出现了大量的"违反日常思维习惯，修辞习惯和语言规范的表达"。这样的自觉的语言试验，甚至是语言冒险，尽管会经常遭到"语言不通"的责难，但他确实"为用汉语表达现代人难言的生命体验开拓了新的空间，展现了现代汉语的无限广阔的表现前景"。[5] 这或许是鲁迅对现代汉语文学与语言发展的更大贡献。

不可忽视的，还有鲁迅的文体试验。鲁迅的小说、散文、散文诗、杂文无疑是中学生学习现代文体的最主要的典范。如何解读选入教材的鲁迅不同文体的文本，就成了中学语文教育的一大难题。这也反过来促进了我的鲁迅研究：我用了很大的精力进行鲁迅的"文本细读"，由此而产生了许多饶有趣味的关于"鲁迅文体"的讨论与研究，如鲁迅小说的"从容美学"、鲁迅散文的"任心闲谈"、鲁迅散文诗的"独语"，以后又提出了鲁迅"杂文美学"的研究方向，等等。在我看来，这都是有极大开拓空间的，甚至有可能成为鲁迅研究新的突破口的。

可以看出，我在参与语文教育改革的实践时，也总能抓住其中的理论问题，反过来促进对鲁迅的认识与研究，达到了实践与理论研究的结合。

8. "活在当下中国的鲁迅"

我在从事大学教育、参与中小学校教育改革和青年志愿者运动、对年轻一代讲鲁迅时，都会遇到一个问题："鲁迅和当下中国，和我们每一个人有什么关系？"记得有一年我在北大开设"鲁迅研究课"，学生中就有过

5　参看《〈野草〉的文学启示 —— 汪卫东〈叩询"诗心"：《野草》整体研究〉序》，收《鲁迅与当代中国》。

一场争论：有的学生认为，鲁迅应该进入博物馆，成为可尊敬，但与现实无关的历史人物；另一些学生则认为鲁迅还活在当下中国，活在人们身边。我是支持后面一种意见的；我曾经说过，鲁迅不是"过去式"，而是"现在进行式"的作家与思想家，他还"活在当下中国"。这背后其实有一个对鲁迅文学，特别是对鲁迅杂文的认识问题。从表面上看，鲁迅的杂文都有具体的针对性，那么，时过境迁，随着鲁迅时代的过去，他所批判的对象的消失，在完全不同于鲁迅时代的当今社会，鲁迅杂文也就自然失去了现实意义。看起来，这似乎言之有理，但却存在两个问题：首先，历史并不是这样一路前进的，还会出现反复，即所谓"故鬼重来"，更为重要的是，鲁迅的批判，不仅有很强的现实针对性，而且还有超越性的思考。他的杂文因此具有了"这一个"与"这一类"的统一、"具体性"与"普遍性"的统一的特征；而鲁迅思考里的"这一类""普遍性"是深入到中国历史文化的深处，中国国民性的深处，人性的深处的。因此，他的杂文的批判也就有了超前性，具有许多超越时代的未来因素，能够跨越时空和今人对话。有人就做过这样的试验：将鲁迅三十年代批判都市文化的杂文重新发表，题目就叫"鲁迅论九十年代的中国思想文化"，读者强烈地感到，鲁迅就在面对当下中国发言。

这样，鲁迅思想就成了对中国历史与现实都具有解释力和批判力的思想理论资源。在我们面对现实的许多问题，感到焦虑、困惑和迷茫时，重读鲁迅作品，就会突然发现鲁迅许多精彩的论述，让你眼前一亮，茅塞顿开，引发许多思考。我曾经做过一个"活在当下中国的鲁迅"的演讲[6]，试图用鲁迅的相关论述来讨论当下所遇到的七个问题：什么是中国的基本国情？中国问题的症结在哪里？如何看待中国的改革？如何看待民族主义、爱国主义？中国的希望在哪里？我们怎么办？我们应该以怎样的精神去做事情？重温鲁迅的论述，我和我的听众都大受启发，大为感动，感到鲁迅在"和我们一起忧虑，观察，思考和探索。我们甚至感觉到了他那锐利的、温润的，充满期待的目光的凝视。于是，我们心里有了一丝温馨，一点力量"。这样的和鲁迅一起思考的阅读体验是十分美好的。我还做过一个"我们为什么需要鲁迅"的演讲[7]，谈到了鲁迅在整个中国文化（包括现代文化）传统、话语结构里，"始终是少数和异数"，是"另一种存在，另一种声音，另一种思维，因而也是另一种可能性"。这样，当你对既成教育、既成观念深信不疑时，你不需要鲁迅；而你一旦对自己听惯了的话，习惯了的常规、常态、定论，产生不满，有了怀疑，有了打破既定秩序、冲破几乎命定的环境、突破自己的欲求，这时候你就需要鲁迅了。而且你还可以一边读，一边和他辩论，鲁迅自己就在不断地进行自我质疑，他从

6　收《鲁迅与当代中国》。
7　收《鲁迅与当代中国》。

不试图收编我们，而只是要促进我们独立思考，期待和帮助我们成长为一个有自由思想的、独立创造的人：这是鲁迅对我们的主要意义，我们今天需要鲁迅的最重要的理由。

而且，这样的因现实问题的激发，对鲁迅的某些论述的联想和对话，是没有止境、随时发生的。最近，我就有过这样的一次联想。二〇一六年美国大选的结果带来的世界局势的变化，引起了广泛的讨论，我自己也一直在密切关注与紧张思考。我注意到上海《探索与争鸣》连续两期发表了北大哲学系教授何怀宏先生的文章《美国大选背后的价值冲突》，其中谈到冲突的一个重要方面发生在"独立自由与平等福利之间"："赞成以独立为核心的自由的一派，认为摆脱贫困、进而过一种'体面的生活'，乃至发财致富应当主要是自己的责任，而扩大政府的权力将损害到个人的经济自由。所以，他们在政治上主张小政府，赞成减税，反对在他们看来超出了真正需要救助的人们的范围 —— 在他们看来这些人今天只会是很少数 —— 却侵犯到他们的经济自由的国家福利政策，反对移民尤其是非法移民也享受本国的福利"；而"更加赞成平等福利的人们"，则"赞成向富人征收高税，扩大和推进国家的福利政策，包括在一段时间里推进弥补性的对少数族裔和弱势群体的照顾和优待，赞成接纳移民"。这里谈到的二〇一六年前后发生的"独立自由与平等福利"之争，立刻使我联想起鲁迅一九二八年，也就是九十多年前，在《〈思想·山水·人物〉题记》[8]里说的一段话："我自己，倒以为瞿提（按：海涅）所说，自由和平等不能并求，也不能并得的话，更有见地，所以人们只得先取其一的。"我之所以能够立即引起联想，是因为我早已注意到这段话，却始终不能理解。我曾经和王得后先生讨论过，鲁迅的有些论述是我们这些研究者一时不能理解的：除了这里说的"自由与平等"的矛盾，还有鲁迅在《关于知识阶级》里说的"思想自由和生存还有冲突"，"各个人思想发达了，各人的思想不一，民族思想就不能统一，于是命令不行，团体的力量减少，而渐趋灭亡"。现在看来，我们之所以不能理解，是因为我们心目中的"自由""平等""生存""统一"都是一种绝对化的状态，既看不到它们自身的限度，更有意无意忽略或回避它们之间的矛盾；而鲁迅对一切问题都采取远为复杂的分析态度，形成了他的思想的"既肯定又质疑"的矛盾、缠绕性。这也是鲁迅思想超前性的一个重要表现：他的许多思考、论断，都是同代人，甚至后几代人所不能理解，或者只能片面理解，而要在历史的复杂性逐渐显露以后，才能为后来人所醒悟的。而这样的"不理解"或"自以为理解却并不真正理解"的状况，就决定了还有很多的"鲁迅之谜"有待我们不断破解。鲁迅研究的永无止境，正是它始终能够吸引最富创造活力的研究者的魅力所在。

8　　收《译文序跋集》。

以上所说，大体形成了我的"鲁迅面面观"。打一个比方，研究鲁迅，就好像进入一个神奇的公园，一路观察，摄像。每走到一处，就会发现一道异样风景，惊喜之下，连忙"咔嚓"一声，在闪光灯照亮下，将这道风景，以及自己的瞬间感悟，全部录下。再往前走，又有了令人惊喜的发现，再闪光，再录像。这样一路走来，公园风景的方方面面，得以逐渐呈现，给人以美不胜收之感；而风景的观赏和摄像者也收获了无尽的发现的喜悦。最后汇集成美轮美奂的相册，就展现了公园风景的面面观。在尽情欣赏之余，又唤起人们进行新的探险，发现更多尚未看到的隐蔽风景的欲望与渴求，走上继续探求之路。

那么，我们今天的回顾，既是对过去的总结，又是一个新的开始。

附记

在我演讲后，有几位老师做了非常精彩的评议，接着应该有一个环节：由我做出回应。会议主持者陈平原先生也问我有什么话要说，但我一时反应不过来，就没有说话——这是我的一个毛病：现场反应能力不强，事后想想，又觉得还是有话要说。这回也是这样，这几天都在回味、思考在评议中提出的问题，就干脆写一篇"附记"，做一个迟到的回应吧。

听了老师们的发言，我突然意识到，这篇总结性的报告，只是对自己研究过程的一个历史回顾，因此，就有了八个方面的"鲁迅面面观"，但如果以此来概括我的鲁迅研究，就可能忽略、遮蔽我的一些更根本性的追求与认识。其实，我在研究一开始的理论设计里，就已经提出了自己的研究目标，就是要努力揭示一个"充满着深刻矛盾"的鲁迅"有机体"。揭示鲁迅思想的内在矛盾，建立一个阐释鲁迅的张力结构，就成了我一以贯之的追求。我的第一部研究专著《心灵的探寻》，就是以"一切"与"无所有"、"天上"与"深渊"、"无所希望"与"得救"这些鲁迅式的充满张力的概念来揭示鲁迅思维的"多疑"性；又将鲁迅置于"先觉者与群众之间""改革者与对手之间""生与死之间"的既对立又相通的复杂关系中，来展现鲁迅心境的"寂寞"；然后用"冷与热""爱与憎""沉默与开口"来描述鲁迅情感的纠缠性。以后，无论在研究与阐释"启蒙者"的鲁迅，还是"左翼鲁迅"时，我的着力点都是在揭示鲁迅"既坚守，又质疑"的复杂与暧昧，就像吴晓东注意到的那样，我强调的是鲁迅思想与表达的"丰饶的含混"性的特点。高远东老师说，我描述与倾心的鲁迅，主要有两条，坚持韧性战斗的"精神界战士"之外，最主要的就是"有深刻的自我批判、自我怀疑"的鲁迅，这是确实如此的。这样，我的鲁迅研究，不但有了自己独特的进入鲁迅的途径（即带着时代与自我生命的问题去不断照亮鲁迅的不同方面），自己的独特的观察、发现鲁迅风景的角度（即在报告里提出的八个方面），自己的独特的言说方式（主要是主体融入的方式和"接着往下讲"的自觉，也就是吴晓东说的"以鲁迅为中心"的与历史、当下和未来的"对话"），而且有了自己独特的研究追求，即揭示一个"无以概括"也"无以归类"的、又不断在进行自我挣扎的鲁迅思想的矛盾结构，"这一结构集中体现了中国历史之交的思想文化冲突"，"同时也是人性的，人类内在矛盾的展开"（参看《鲁迅与中国现代文化》一文，收入《鲁迅与现代中国》）。

这就说到了在讨论中提出的"钱理群鲁迅"（吴晓东所说的"钱式鲁迅"）的问题。坦白地说，这确实是我的自觉追求：我第一次在北大开鲁迅研究课，题目就是"我之鲁迅观"。在我看来，这是一个独立、创造性的学者应有的学术抱负：要在自己所研究的领域打上个人的印记。事实上，这也是鲁迅研究的传统：不仅日本鲁迅研究界有"竹内好鲁迅""丸山升鲁迅"等，中国当代鲁迅研究界也有"王富仁鲁迅""王得后鲁迅"等等。我今天上午在陈平原学生论文答辩会上，就提出这样的期待：不仅要坚守周氏兄弟的研究，而且要走出不同于我们这一代的新的路子，最终开辟出有鲜明个性与独创性的"×××研究"的研究体系和结构。有出息的青年人至少应该有这样的志气，要为自己立下这样的奋斗目标，至于达不达得到，在多大程度上达到，那是另一个问题。即使最后由于种种原因没有达到，也可以无愧地说：我努力了。这就够了。记得过去有一段时期，我每年都要对北大新生演讲，其中一个重要内容，就是鼓励学生"树雄心，立壮志"："此时不狂，更待何时？"现在的研究生实在是太老实、太拘谨了。

　　那么，今天在我的学术生命即将结束的时候，回过头来看我在学术起点上的雄心壮志，该做什么总结与评价呢？应该是两句话，一方面我形成了鲜明的学术个性，对鲁迅确实有自己的独立发现和属于自己的阐释，产生了一定影响；另一方面，我所追求"建立以揭示鲁迅思想矛盾性为中心的研究结构和体系"的目标，只是部分地实现，远不够完整、完善，问题多多。最致命的是，我自己个人生命、学术生命主体上的缺陷，这是我经常反省的——我是一个"没有文化的学者，没有情趣的文人"。我在知识结构与个人修养上严重不足，就使得我无法进入鲁迅思想与文学的许多更为内在的方面——我过去说过，自己与周作人是隔膜的，后来也就主动地结束了周作人研究；现在，我还要公开承认，自己在某些重要方面，和鲁迅也是隔膜的。在鲁迅研究上，已经不可能走得更远了。更准确地说，鲁迅的世界，我只是部分地"进入"了，但有的部分还是"进不去"；我和鲁迅这样的罕见的独特、丰富、复杂的生命个体，这样的历史与文学巨人之间，是既相通，又相隔的。这样的"进入"与"相通"，是很不容易、弥足珍贵的；而"进不去"与"相隔"又是必然的、必须正视的。这一点，我是清醒的：学术上的一切发现，同时意味着某种遮蔽；与学术贡献相伴随的，一定是种种不足与弊端；学术成就越大，失误也越多。我经常说的"有缺憾的价值"就是这个意思，这也是我对自己的鲁迅研究和其他学术工作的最终评价。刚才的评议中，也有老师提到这一点，我以为这是真正知我之言，谢谢了！

2017年5月31日补写

后　记

二〇〇二年六月二十七日，我在北大上完最后一课，正式退出了大学执教岗位。学生们问我，退休后要去哪里？我回答说，要回归家庭，回归"第二故乡"贵州，还要到中学去讲鲁迅，"始终守住鲁迅"。经过近两年的准备，二〇〇四年、二〇〇五年我在南师大附中、北大附中和北师大实验中学，开设了"鲁迅作品选读"选修课。同时，从二〇〇二年十二月开始到二〇〇五年，连续三年半，我应邀在全国各地讲学，所到城市计有江苏南京、徐州，浙江杭州，山东聊城、烟台，福建厦门，广东汕头、韶关，河南郑州、开封，甘肃兰州，陕西西安、宝鸡，辽宁沈阳，湖南长沙、怀化，贵州贵阳、安顺、都匀、遵义、凯里，以及上海、天津、北京等，讲学的中心话题，就是鲁迅。

二〇〇六年是鲁迅逝世七十周年，本不想参与任何纪念活动，却不断有年轻人——中学生、大学生、电大自学者、青年志愿者，以及中学青年教师来约请我讲鲁迅。我说过，"只要有年轻人愿意听，我就不能不讲，这是我给自己定下的'规矩'，也是我的'使命'"。于是，这一年，我又在北京、南昌、南京、上海、西安等地的学校，在电视大学、志愿者论坛、三联书店举办的暑期读书会上大讲特讲鲁迅，最后还汇成《鲁迅九讲》一书。欲罢不能。

二〇〇七年南下和中小学教师一起讨论"理想中的中小学教育"期间，又在东莞中学、福州一中、苏州十中给中学生讲"鲁迅是谁"。

休息了一年，二〇〇九年下半年，又应聘为台湾地区"国科委"讲座教授，在台湾清华大学中文系给本科学生开设"鲁迅作品选读课"：这是鲁迅第一次进入台湾大学课堂。我还在台湾多个学术论坛与学术会议上讲"鲁迅左翼传统"。二〇一〇年是我闭门著述的一年，但也应上海宝山钢铁公司之邀，去给他们那里的部门领导和骨干，作过一次"鲁迅论中国人和中国社会的改造"的学习辅导报告。这是为中国当代"企业文化"建设提供鲁迅思想资源的尝试。二〇一二年，又将"讲鲁迅"推向世界讲坛，在印度召开的"鲁迅国际学术讨论会"上，作"鲁迅在当代中国的命运"的主旨发言。二〇一三年，是我在写作上的"收官之年"，即编成《中学语文教材里的鲁迅作品解析》和《志愿者文化丛书》中的《鲁迅卷》。这是我对中小学语文教育与青年志愿者运动的最后服务。

二〇一四年，一些年轻朋友告诉我，这些年全国各地都出现了青年人自发组织的读书会，参与者有在校大学生和研究生，更有已经工作、仍渴望学习的各行各业的年轻人，他们多少具有理想主义的情怀，不满足现状，想要寻求新的更为深广的精神资源，就组织起来，一起读书、思考，在形成某种共识以后，就按照自己的价值观，尝试新的生活方式，同时为社会服务。我立即感到，这是当下中国年轻一代思想、文化的一个新动向，具有重要、长远的意义，作为关心中国未来发展的知识分子，我也必须参与其间，和他们一起读书、讨论。而我能提供给年轻朋友的，也只有鲁迅。于是，就有了和读书会的朋友"共读《野草》""共读鲁迅杂文"的新的尝试。我至今还记得，在那间小小房间的里里外外，挤满了闻讯赶来的年轻人，一动不动地站了三四个小时，最后的热烈讨论也持续了很久而欲罢不能。去年（二〇二〇年）我去贵州，还遇到一位参加听课、讨论的年轻人，回忆起当年的情景，仍然目光闪闪，激动不已，这也是我终生难忘的记忆。此次讨论最后编成《和钱理群一起阅读鲁迅》一书，算是对我的"讲鲁迅"的一个总结。也正是在这一年（二〇一四年）年末，我在"钱理群作品精编"出版座谈会上发言，宣布："我的时代已经结束，所要做的是最后完成和完善自己，并把祝福送给年轻的朋友。"

　　二〇一五年，我就搬进养老院，进入"为自己与未来"自由写作的新境地，不再参加学术活动与社会活动。即便如此，我还是做了三次关于鲁迅的公开讲话："鲁迅的当代意义和超越性价值"（二〇一六年五月）、"我为何、如何研究鲁迅"（二〇一六年五月）、"我们今天为什么需要鲁迅"（二〇一七年七月八日），同时还写了几篇关于鲁迅研究的书序。二〇一九年底，我回贵州安顺，近五十年前我在安顺卫校教书时的学生为我举行了数十人参加的聚会，我像当年那样，又给他们讲了一次鲁迅。这样，我就从年轻到年老，足足讲了五十年的鲁迅。这不只是"使命"，更是自己生命的需要。

这完全是一个自觉的选择：不停地讲鲁迅，从大学讲到中学；从学校讲到社会、工厂、民间组织、读书会；从大陆讲到台湾；从国内讲到国外。乐此而不疲，越讲越起劲，而且越来越自觉。总结起来，背后有三个理念做支撑。

第一，认定鲁迅的思考不仅针对他所处时代问题，而且深入中国历史文化深处、国民性深处、人性深处，具有超越时代的永恒性。他不是"过去式"，而是"现在进行式"的作家、思想家，"鲁迅活在当下中国"。这就有了与当代读者做跨越时空的对话的可能。

第二，认定对于鲁迅这样的经典作家，研究者不仅有阐释的职责，还有发现、发挥、再创造的广阔天地与权利。在学术史上，经典和经典作家被研究、阐释的过程，就是不断被丰富与发展的过程；经学史上的"儒学"已经不完全是"孔丘"个人的创造，而是一个历代儒者的集体创造物，每一个具有创造力的研究者都对经典文本作出了自己的独特理解、发挥和添加。在我看来，方兴未艾的"鲁学"也同样如此。研究鲁迅，就不仅是"讲鲁迅"，还要"接着往下讲"，甚至"往下做"，并在这一过程中，建构属于个人的即"×××鲁迅"。这样的打上个人烙印的"鲁迅"，既对"鲁迅本体"有独特发现，也会有遮蔽，本身就成为被后人研究、借鉴、质疑的对象：这会丰富、深化人们对鲁迅本体的认识，鲁迅本体是可以不断接近而不会完全被穷尽的，这也是鲁迅的魅力所在。

第三，认定鲁迅思想与文学具有原创性，是中华民族精神的源泉之一。因此，向年轻一代讲鲁迅，让鲁迅思想与文学在他们心灵上扎根，是民族精神建设的基础性工作：我的"讲鲁迅"的历史使命感正因此油然而生。对我个人而言，"讲鲁迅"还是一个不断提高自我精神境界的过程；同时具有学术研究的意义和价值：我正是通过"讲鲁迅"，在研究方法上试验将文本细读中的语言赏析与审美体验有机结合起来，希望达到一种真正鲁迅文学式的感悟与把握。另一方面则是进行"学术文体"的尝试，创造一种"演讲录"体的学术著作：这样的有着明确、具体对象，并有现场反应的读者、听众意识的文本，必然是开放式的，还会不同程度地展现研究的原生状态，既经"梳妆打扮"（规范化），又显出"蓬头垢面"（未经规范）的真容，是别有一种生气与趣味的。不想把学术研究弄得太死，想把它弄得好玩点、活泼些，并多少有点触动人心的人情味，这也是我的一贯追求。

感谢浴洋在繁忙的教学工作之余编选了这本《钱理群讲鲁迅》，我自己也编选了一本《钱理群新编鲁迅作品选读》。这不仅是为纪念鲁迅诞辰一百四十周年，也意味着，我在年届八十二岁、进入生命最后阶段以后，又回到了鲁迅这里。我的下一步研究重心将会从前一段着重政治思想史、民间思想史研究再转回研究鲁迅。

"守住鲁迅"，最终还是我的学术之根、生命之根。

二〇二一年三月十日急就